Bernadette Offenberger

Hüter der Donau

Eine mystische Welt mit lebensechten Figuren

Meine kostenlose Kurzgeschichte reißt dich aus deinem Alltag und lässt dich in tiefe Emotionen eintauchen

Lange vor Band 1 meines Skorpion-Epos ...

Der Meister des dunklen Ordens fordert den Anführer der Riesen heraus.

Du schlüpfst ganz in die Figurensicht und bist hautnah dabei.

Jetzt kostenlos herunterladen:
bernadetteoffenberger.at/newsletter

Abonniere meinen Newsletter und ich schenke dir diese Bonusstory

Inhalt

Albert stürzte auf die Knie, was ihm bestimmt nicht nur Schmerzen einbrachte, sondern auch Grasflecken auf seinem Kittel. »Hurensohn«, sagte er so leise, dass nur Hartmut es hören konnte.

Doch dieser schenkte ihm keine weitere Beachtung. Lächelnd wandte er sich dem Fürsten, Hohold von Sunhilburg, zu und verneigte sich tief.

Als er wieder aufsah, fächelte der Wind ihm seine dunkelbraunen Haare ins Gesicht. Gelassen strich Hartmut sie über seine Schulter zurück. Er war aus dem Kampf als Sieger hervorgegangen, nun erwartete er das Lob seines Dienstherren.

»Du bist der Beste der Knappen!« Der Fürst zwirbelte eine Strähne seines Bartes, während er ihn wohlwollend musterte. »Wahrhaftig würdig, einer meiner Ritter zu werden.«

Sein Gast, der Graf von Eldinstein, nickte Hartmut anerkennend zu, ehe er sich wieder Hohold zuwandte. »Bestimmt erweist er sich als wertvolle Stütze für Euch. Nicht einmal die langen Haare können dem Abbruch tun.«

»Aber er ist ja verwundet!« Die blonde Tochter des Grafen deutete auf Hartmuts blutigen Kittel.

Dieser besah sich den Schnitt an der Außenseite des Oberschenkels. »Das ist belanglos. Eine oberflächliche Wunde, die rasch heilt.«

Tatsächlich handelte es sich nur um eine Fleischwunde, die jedoch tiefer ging, als er im ersten Moment gedacht hatte. Aber das wollte er keinesfalls zugeben, um nicht seine eigene Geschicklichkeit zu schmälern.

Albert spuckte hinter ihm aus, ehe er sich hochrappelte. »Auf jeden Fall wirst du deinen Kittel flicken müssen.« Schadenfreude klang aus seinen Worten. Reue über seine Unbedachtheit schien er nicht zu verspüren.

Der Fürst wandte sich ab. »Lasst mich Euch mein neues Jagdpferd vorführen«, sagte er zu dem Grafen. »Ein Apfelschimmel, so prächtig, wie Ihr bestimmt noch keinen gesehen habt.«

Die beiden Männer verließen den Platz, die drei Damen hingegen blieben.

»Du hast dich gut geschlagen.« Cuno hieb Hartmut eine seiner Pranken auf die Schulter, dann tätschelte der Ausbilder auch Albert. »Du ebenso. Säubert nun eure Schwerter und eure Kleidung.« Damit stapfte er davon.

Doch Hartmut war keineswegs danach, ihm sogleich zu folgen. Zu begehrlich waren die Blicke der jungen Damen. Die altjüngferliche Anstandsdame schürzte missbilligend die Lippen.

»Natürlich gehen wir gleich«, wehrte die Tochter des Grafen den Versuch der Alten ab, sie vom Platz zu führen. »Aber erst, wenn ich es sage.«

Ihre Aufpasserin schnalzte tadelnd mit der Zunge, aber sie wagte nicht, zu widersprechen. Die jugendliche Begleiterin der Grafentochter kicherte hinter vorgehaltener Hand. Ihre Gefährtin hingegen ließ unverhohlen den Blick über Hartmuts breite Schultern, den flachen Bauch und die kräftigen Beine schweifen, um schließlich zu seinen Augen zurückzukehren. Sie waren von einem hellen Braun mit goldenen Pünktchen darin, eine Farbe, die viele Frauen an Bernstein denken ließ, wie Hartmut wusste.

Auf diese Art betrachtet zu werden, entlockte ihm ein gewinnendes Lächeln. Er war solche Blicke gewohnt, ja er genoss sie, denn sie verdeutlichten ihm, dass er der Beste war. Nicht nur um seiner Gewandtheit und Treffsicherheit im Kampf willen. Und das ließ ihn für kurze Zeit vergessen, dass er nur der dritte Sohn eines unbedeutenden Freiherren war. Ein Sohn, der sich selbst um sein Ansehen kümmern und sich verdient machen musste, um eigenen Landbesitz zu erlangen, ebenso wie eine schöne Frau.

Albert trat zu ihm und steckte sein Schwert in die Scheide. Die Damen schenkten dem Verlierer keine Beachtung.

Hartmut konnte es sich jedoch nicht verkneifen, seinen

Sieg auszukosten. »Ist nicht ganz aufgegangen, deine Taktik.« Er grinste seinen Waffengefährten an. »Schon bedauernswert, dass du die Regeln brichst und trotzdem scheiterst.«

»Es war ein Versehen«, murrte sein Widersacher. »Ich wollte vorbeistechen.«

»Ein Versehen!« Hartmut lachte auf. »Wer das glaubt ...« Er schüttelte den Kopf. »Du hast alles daran gesetzt, dich als Sieger feiern zu lassen. Das ist die Wahrheit.«

»Nein!« Albert ballte die Fäuste. »Denkst du etwa, ich würde eine Bestrafung riskieren, an einem Tag wie heute?«

Da der Graf und seine Tochter zu Besuch waren, würde am Abend ein Festessen aufgetragen werden. Das galt auch für diejenigen Knappen, die sich pflichtgemäß verhielten.

»Du hast gehofft, dass dir deine Anmaßung durchgeht«, hielt Hartmut dagegen. »Das ist sie ja.« Er hob die Augenbrauen. »Aber ich konnte mich wehren.«

»Und selbst den Sieg erringen.« Die Grafentochter lächelte. »Auf eine Art, die mir sehr gut gefällt.«

»Mir ebenfalls«, stimmte die kichernde Begleitung ein.

Die Anstandsdame schnappte nach Luft. »Ihr vergesst Euch!«

Albert schwieg betreten. Dass auch die Besucherinnen sich vorbehaltlos auf Hartmuts Seite schlugen, schien ihn zu kränken.

Übermütig zauste dieser die Haare seines Kontrahenten. »Vielleicht solltest du deinen Schopf auch länger wachsen lassen. Das könnte helfen.«

»Hör auf!« Albert schlug Hartmuts Hand beiseite und trat einen Schritt zurück. »Wir tun besser, was Cuno uns aufgetragen hat.«

»Dann fang schon damit an.« Hartmut wies mit dem Schwert in Richtung des Gesindehauses. »Ich komme gleich nach.« Lächelnd wandte er sich der Grafentochter zu. Ihre Begleiterin war so unscheinbar, dass er sie nicht weiter beachtete. Aber die Blondine würde ihm bestimmt auch beim Essen am Abend ihre Aufmerksamkeit widmen. *Danach* ... Er ließ sein

Schwert in die Scheide gleiten. Die schöne Besucherin schien keinen großen Wert auf Sittsamkeit zu legen. Und er gefiel ihr. Die besten Voraussetzungen für eine anregende Nacht.

Doch Albert tat ihm nicht den Gefallen, gleich zu verschwinden. »Was ist mit deiner Verletzung? Soll ich sie nicht säubern und verbinden?«

»Du?« Hartmut lachte wieder. »Du, der sie mir zugefügt hat?« Das Brennen in der Wunde wurde mit einem Mal stärker. Er ignorierte es.

»Ich sagte doch ...«

Ungeduldig winkte Hartmut ab. »Um den Kratzer kümmere ich mich selbst. Der ist nicht der Rede wert.«

Einen Atemzug lang zögerte Albert noch, ehe er ging.

»Endlich.« Hartmut entfuhr ein zischender Laut. »Ich dachte schon, der begreift nie, dass er verloren hat.« Er lächelte wieder, als er zu der Grafentochter sah.

»Du hast ihn gedemütigt«, erklang eine Stimme hinter ihm.

Er zuckte zusammen. Wie war es jemandem gelungen, unbemerkt in seinen Rücken zu gelangen? Entschlossen, sich seine Überraschung nicht anmerken zu lassen, zwang er sich zu einer ausdruckslosen Miene, ehe er sich umwandte.

Sein Blick fiel auf eine klein gewachsene Frau. Fältchen durchzogen ihr Gesicht, das von hellbraunen Haaren umrahmt wurde. *Der Farbe meiner Augen?* Mit zunehmender Verwirrung musterte er die Fremde. Obwohl sie keineswegs mehr jung war, trug sie ihre Haarpracht offen, ohne Schleier. Und obwohl ihre Haltung Anmut und Würde ausdrückte, war sie in ein Leinenkleid in einem unscheinbaren Blauton gewandet. Ein Weidenkorb baumelte an ihrem linken Arm. War sie eine Bäuerin oder eine Dame?

»Wer seid Ihr?« Sicherheitshalber verwendete Hartmut die respektvolle Anrede. Er hatte die Frau nie zuvor auf der Burg gesehen.

»Ich habe dem Fürsten meine Aufwartung gemacht und

ihm Kräuter gebracht.« Die Besucherin lächelte, doch es schien ihm etwas Bedrohliches in ihrer Miene zu liegen.

Er zuckte mit den Schultern. Eine Kräuterfrau also. Nun diese Weiber konnten ziemlich schrullig sein. Auf Förmlichkeiten brauchte er ihr gegenüber auf jeden Fall keinen Wert mehr zu legen. Er wollte sich von ihr abwenden, aber sie fasste ihn an einem Ärmel.

»Dein Freund hat recht. Du ...« Verwundert hielt sie inne, den Blick auf seine Hand gerichtet. »Was für ein Mal ist das?«

»Nichts von Bedeutung.« Hartmut presste die Lippen aufeinander. Seit er denken konnte, haderte er mit dem kreisrunden, braunen Mal zwischen Daumen und Zeigefinger an seiner linken Hand. Ein Makel in seiner Erscheinung, den er nicht ändern konnte.

»Nun ...« Die Kräuterfrau griff in ihren Korb und zog einen kleinen Beutel heraus. »Du solltest dich unverzüglich um deine Wunde kümmern. Darin ist Eisenkraut. Wenn du ...«

»Verschone mich mit deinen Ratschlägen.« Er streifte ihre Hand ab und trat zur Seite. »Ich brauche deinesgleichen nicht.« Betont langsam sprach er weiter: »Ich bin jung, stark und kräftig.« Das fehlte noch, dass das Weib ihn vor der Grafentochter wie einen Schwächling behandelte.

»Auch du bist nur ein Mensch«, wandte die Kräuterfrau ein. »Und wenn deine Wunde sich entzündet ...«

Verärgert zog Hartmut die Augenbrauen zusammen. »Das ist lächerlich! Und ich habe gesagt, du sollst gehen.« Er wies zum Burgtor. »Du hast mit dem Fürsten gesprochen, nun braucht dich niemand mehr hier.«

»Das wirst du bereuen.« Die Frau blickte ihn durchdringend an. »Die Wunde wird eitern und eine hässliche Narbe hinterlassen.«

»Das einzig Hässliche hier bist du«, entfuhr es Hartmut. Er hatte es satt, sich mit dem Weib zu streiten. Stattdessen wollte er die Grafentochter umgarnen. Ein kurzer Blick auf sie bestätigte ihm, dass sie der Auseinandersetzung aufmerksam folgte. Doch der verlangende, verheißungsvolle Ausdruck in ihrem Gesicht war einer gerunzelten Stirn gewichen. *Zu dumm!* Hartmut wandte sich wieder der Kräuterfrau zu und reckte seine breite Brust. »Hinaus mit dir! Du ...«

Ihr Blick bohrte sich in den seinen. »Hast du mich hässlich genannt?« Die Stimme der Fremden klang ruhig. Aber lauernd.

Hartmut war das egal. Hitze wogte durch ihn. Der Fürst schätzte ihn und würde es ihm nachsehen, wenn er vor Übermut eine Kräuterfrau beleidigte. »Das habe ich. Ein unansehnliches, gräuliches Weib bist du! Übriggeblieben, weil kein Mann dich haben wollte.« Herausfordernd funkelte er die Unbekannte an.

Sie erwiderte seinen Blick unverwandt. Ein zartes Lächeln umspielte ihre Lippen. »Soso. Das denkst du also über mich. Nun, du wirst dich noch oft an meine Erscheinung erinnern.« Mit einem Mal schwollen ihre Augen an, wurden größer und breiter.

Nein, das konnte doch nicht sein! Hartmut blinzelte irritiert.

»Denn von heute an«, sie streckte die rechte Hand in seine Richtung, »bist du verflucht.«

Was?! Welchen Schwachsinn würde die Frau sich noch ausdenken? Hartmut wollte eine harsche Antwort geben, aber von einem Moment zum anderen umgab die Finger des Kräuterweibes ein merkwürdiges, rotes Leuchten. Furcht durchzuckte ihn. Über welche Kräfte verfügte diese Fremde?

Die Anstandsdame stieß ein erschrockenes Krächzen aus.

»Dein schönes Antlitz wird dir genommen«, fuhr die Frau fort, »und einer hässlichen Fratze weichen. Dein ansehnlicher Körper wird sich in den eines Fisches verwandeln. Eines halben Fisches. Du wirst ein Wassermann sein, wann immer der Mond vom Himmel verschwindet. In jeder Neumondnacht und mit jeder Mondfinsternis.« Sie lächelte wieder. Ein schauriges

Lächeln. Das rote Leuchten löste sich von ihrer Hand und trieb als waberndes Wölkchen auf Hartmut zu.

Entsetzen packte ihn. Er wollte sich abwenden und fortlaufen, fort von dieser Zauberin! Doch er konnte sich keinen Schritt rühren, sondern nur gebannt auf das schillernde Gebilde starren. Es hatte ihn erreicht und verschwand nach und nach in ihm. Schmerz durchzuckte ihn. Ein Stechen in der Brust, das ihm den Atem nahm. Hartmut zitterte. Hilflos sah er mit an, wie die rote Wolke sich in seinen Körper fraß.

Erst als sie zur Gänze in ihn eingedrungen war, ließ die Frau die Hand sinken.

Unvermittelt umgab das Licht Hartmuts Hände, ja, seine gesamte Gestalt.

Die Anstandsdame schrie auf und zog die jungen Besucherinnen mit sich.

»Holzköpfe«, murmelte das Kräuterweib und nickte Hartmut zufrieden zu. »Sieh zu, dass du bei Sonnenuntergang ans Wasser kommst, sonst verendest du wie ein Fisch auf dem Trockenen. Heute ist deine erste Verwandlung.«

Ungeheuer

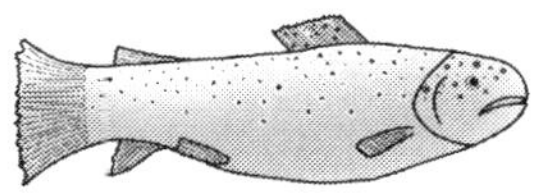

Ein Zittern durchlief Hartmut. Das war sicher die kühle Abendluft. Er biss die Zähne zusammen und zwang sich dazu, seine Hände ruhig zu halten – was ihm misslang.

Albert, der neben ihm am Ufer saß, warf ihm einen fragenden Blick zu. »Schmerzt deine Verletzung?«

Das fehlte noch, dass sein Rivale ihm seine Furcht ansah oder auch nur die Schmerzen! »Nein«, behauptete er. »Das ist nur ein Kratzer, der tut nicht weh. Auf jeden Fall *mir* nicht.« Das quälende Pulsieren würde sicherlich bald vorübergehen.

Hastig schlang er die Arme um seine angezogenen Knie und blickte zum Wasser. Soeben war die Sonne hinter dem Horizont verschwunden. Trotz des Lagerfeuers, das sie entzündet hatten, ließ der sanfte Wind Hartmut frösteln und bittere Gedanken in ihm aufsteigen. Nun wäre die Zeit gekommen, den Arm um die Grafentochter zu legen, um sie zu wärmen, während sie darauf warten würden, dass die ersten Sterne am Himmel funkelten.

Stattdessen musste er am Ufer der Donau ausharren – samt Albert.

Nachdem die Damen nichts Besseres zu tun gehabt hatten, als dem Grafen und ihrem Gastgeber von dem Fluch der Kräuterfrau zu berichten, hatte der Fürst angeordnet, dass Hartmut sich noch vor Sonnenuntergang an den Fluss begeben sollte. Sein Dienstherr war nicht leicht zu erschüttern, aber er schien es nicht für ausgeschlossen zu halten, dass das Weib doch irgendwelche Kräfte besaß. Also blieb Hartmut nichts anderes übrig, als mit seinem Rivalen die Nacht am Wasser zu verbringen. Immerhin trug er Mitschuld an dem Streit mit der Kräuterfrau. Dafür hatte Albert durchaus eine Strafe verdient. Aber musste es ausgerechnet die sein, ihn bangen zu sehen? Gerecht war das nicht. Hartmut schlug nach einer Stechmücke, die ihren Stachel in seinen Hals gebohrt hatte.

»Sollten wir uns nicht ein Nachtlager einrichten?«, frage Albert. »Noch ist es hell, und nur auf die Wellen zu starren, hat keinen Zweck. Stattdessen stünde mir der Sinn nach ein wenig Bequemlichkeit wie einer Decke.« Er seufzte. »Damit ließen sich auch die Mücken fernhalten.«

»Was du nicht sagst.« Hartmut warf ihm einen verächtlichen Blick zu. »Darauf wäre ich nie gekommen.« Er schlug neuerlich nach einem der Plagegeister.

Albert zuckte mit den Schultern. »Ich meine ja nur.«

»Dann tu das.« Ungeduldig wedelte Hartmut mit der Hand. Dass der Holzkopf nie wusste, wann seine Anwesenheit überflüssig war. »Mach es dir gemütlich, am besten an einer Stelle weit weg von mir.«

Verständnislos starrte Albert ihn an. »Wir haben gemeinsam ein Feuer entzündet. Und ich soll doch bei dir bleiben. Falls ... Falls du ... Hilfe benötigst«, fügte er leise hinzu.

Wut kochte in Hartmut hoch. »Verschwinde! Ich brauche keinen Beistand. Von dir schon gar nicht.«

Ein Atemzug verstrich, ehe Albert sich erhob. »Ist gut. Ich nehme eine der Decken.«

Erleichtert stieß Hartmut die Luft aus, als die Schritte seines Gefährten sich entfernten. Hoffentlich suchte er sich tatsächlich eine andere Stelle, um dort auszuharren.

Mit leisem Glucksen spülten die Wellen an das flache Kiesufer zu Hartmuts Füßen. Er richtete den Blick zu den Bäumen auf der gegenüberliegenden Seite des Flusses. Allzu lange würde es nicht mehr dauern, bis es stockdunkel wäre.

Schwerfällig stand Hartmut auf. Die Schmerzen im Bein ließen keine abrupte Bewegung zu. Vielleicht wäre es doch am besten, sich einfach schlafen zu legen. Der Tag war anstrengend gewesen und die ersten Sterne zeigten sich bereits.

Hartmut humpelte zu der Eiche, wo sie ihr Gepäck abgestellt hatten. Sie hatten für jeden eine Decke dabei und eine zusätzlich, wenn es noch kälter werden sollte als gedacht. Da Albert sich zurückgezogen hatte, freute Hartmut sich darauf, sich bequem auf einer davon auszustrecken und sich in die andere zu hüllen. Doch offensichtlich hatte sein Begleiter sich bereits zwei der wärmenden Stoffe genommen. *Dieser Schlappschwanz!* Damit war Hartmut gezwungen, mit einem Schutz auszukommen. Verärgert blickte er sich um, von seinem Gefährten war allerdings nichts zu sehen.

Kurz überlegte er, ob er Albert suchen sollte, noch hätte das schwindende Tageslicht ausgereicht. Aber das hätte den Eindruck erweckt, er wäre auf die zusätzliche Decke angewiesen – und das ging nicht. Also trat Hartmut wieder zum Feuer, hüllte sich in den Stoff und blickte in die Flammen. *Alles Unfug,* wiederholte er beharrlich. Sobald die Nacht ausgestanden wäre, würde er das Kräuterweib suchen und finden und ihr eine gehörige Abreibung verpassen. Ihre Hütte zerstören vielleicht? Sicherlich lebte sie nur in einer ärmlichen Behausung, und wenn sie die auch nicht mehr nutzen konnte, würde sie elendiglich frieren müssen. So wie er. Hartmut presste die Lippen aufeinander. Es war gut möglich, dass die Verwünschung im Gedächtnis der Burgbewohner und der Gäste haften blieb. Nicht, weil er sich tatsächlich in einen Wassermann verwandelte, aber Gerede könnte seinen Ruf schädigen und seine Aussichten auf Ruhm und Ehre schmälern. *In diesem Fall werde ich dem Weib noch ganz anders zusetzen ...*

Ein Geräusch ließ ihn nach oben blicken. Von einem Ast löste sich ein Schemen mit ausladenden Flügeln. Erschrocken zuckte seine Hand zu dem Dolch hinter seinem Gürtel. Doch gleich darauf stieß er erleichtert die Luft aus. *Nur eine Eule.* Der stolze Vogel hob sich schwarz vom sich verdunkelnden Himmel ab, der mittlerweile von unzähligen Sternen übersät war.

Obwohl die Nacht rasch voranschritt, saß Hartmut nach wie vor als Mensch am Feuer, keine Spur von einer Verwandlung. Selbstgefällig schnalzte er mit der Zunge. *Dummes Weib!*

Er fütterte die Flammen mit trockenen Zweigen. Trotz seiner Müdigkeit fühlte er sich zu aufgekratzt, um sich schlafen zu legen. Außerdem war das Pulsieren der Schmerzen in seiner Wunde in ein erbärmliches Stechen übergegangen.

Was, wenn das Holz nicht reicht, um mich die ganze Nacht warm zu halten? Nun, dann würde er Albert eins auf die Nase geben. *Sich einfach mit zwei Decken davonmachen ...*

Missmutig verscheuchte Hartmut die Stechmücken, die sein Gesicht umschwirrten. Eine eigenartige Wärme stieg in ihm auf. Hatte er das Feuer zu sehr geschürt? Er rückte ein Stück davon weg – doch die Hitze blieb. Und nicht nur das. Die stechenden Schmerzen in seiner Wunde breiteten sich weiter aus. Mit jedem Atemzug fraßen sie sich tiefer in seinen Körper und erfassten seine gesamten Beine. Gequält streckte Hartmut sie von sich, weg von den Flammen, die die Pein in ihm anzufachen schienen. Aber das genügte nicht. Von einem Moment zum anderen stach es auch in seiner Körpermitte, der Brust, den Armen und in seinem Gesicht.

Nun waren die geflügelten Quälgeister ihm gleichgültig. Hartmut zuckte unkontrolliert. In seinen Augen schien ein Feuer zu lodern, so heiß fühlten sie sich an. Panisch schlug er um sich. Die Schmerzen vernebelten ihm die Sicht. Ein Schrei entrang sich seiner Kehle.

»Verdammt!« Alberts Stimme, die wie aus weiter Ferne zu ihm drang. »Was ist mit dir?«

Auch das noch! Sein Rivale war Zeuge seiner Schwäche, seiner Hilflosigkeit.

Hatte Albert ihn etwa die ganze Zeit beobachtet? Hartmut ballte eine Hand zur Faust und stieß sie in Richtung der Stimme. Der Widerstand, auf den er traf, bestätigte ihm, dass er seinen Gefährten getroffen hatte.

Der Knappe stöhnte. »Was soll das?«

»Verschwinde!«, presste Hartmut heraus. »Hau ab!« Er schlug erneut zu, aber diesmal wich Albert schnell genug aus. Noch einmal ballte Hartmut die Rechte. Doch ein unerträglicher Schmerz raste durch seinen gesamten Körper – und raubte ihm jegliche Kräfte.

Gleich darauf ließ die Pein nach, aber er kauerte als wimmerndes Bündel auf dem Boden. Vergeblich versuchte er, aufzustehen. Seine Beine versagten ihm den Dienst, und mit jedem Atemzug fiel es ihm schwerer, Luft zu holen. Dafür klärte sich sein Blick, wenn auch alles in ein seltsames Rot getaucht schien.

Er sah zu Albert, der langsam vor ihm zurückwich. »Deine ... Augen.« Er zeigte mit dem Finger darauf. »Und deine Beine.«

Mühselig streckte Hartmut die Beine von sich. Seine Kleidung hing nur noch in Fetzen an ihm und was sich darunter zeigte, waren dunkel glänzende Schuppen an einem Fischschwanz. Das Entsetzen schlug wie eine Woge über ihm zusammen. Der Fluch war Wirklichkeit geworden. Er blickte auf seine Hände. Sie hatten zwar die menschliche Form bewahrt, doch der Schein des Feuers enthüllte graue Haut und ansehnliche Muskeln. Sein gesamter Körper war in jeder Hinsicht gewachsen.

Gequält holte Hartmut Luft.

»Du musst ins Wasser.« Eine Gestalt trat ans Ufer. Die Kapuze ihres Umhangs hatte sie tief ins Gesicht gezogen. »Sonst erstickst du.«

Das Kräuterweib! Auch wenn Hartmut ihr Antlitz kaum erkennen konnte, hatte er ihre Stimme noch gut im Gedächtnis. Zorn durchfuhr ihn und er drohte ihr mit der Faust. Obwohl er immer schwerer Luft bekam, stieß er aus: »Elende Zauberin!«

Sie schlug die Kapuze zurück und lächelte höhnisch. »Was willst du mir tun – in diesem Zustand?«

Er röchelte. »Verwandle mich ... in einen Menschen.«

Die Frau kam näher und musterte ihn eingehend. »Dunkle Haut, schwarze Haare – und rote Augen. Wie interessant! Mit diesem Blick wirst du unter Wasser alles bestens sehen können.« Sie hob den Zeigefinger. »Was die Rückverwandlung betrifft: Das regelt sich von allein. Sobald die Sonne aufgeht, nimmst du wieder Menschengestalt an.«

Hartmut rang um Luft. »Löse ... den Fluch.«

Sie rümpfte die Nase. »Du armer, hochmütiger Tor. Meinst du, du könntest mir etwas befehlen? Nein! Der Fluch bleibt, ich kann ihn gar nicht zurücknehmen. Erst wenn du gelernt hast, in Demut zu dienen, kann die Heirat mit einer besonderen Frau dich von der Verwünschung erlösen.«

Albert schüttelte verständnislos den Kopf.

»Was ... für eine Frau ... ist das?«, stammelte Hartmut.

Das Kräuterweib hob die Augenbrauen. »Eine mit roten Haaren und lilafarbenen Augen.«

Im ersten Moment hielt er ihre Antwort für einen Scherz. Aber ihre strenge Miene machte ihm klar, dass sie ihre Worte bitterernst meinte. Verzweiflung überkam ihn. »Das ... ist ... unmöglich. Es gibt keine Frau mit solchen Augen.«

Sie lachte auf. »Nun, keine Frau an Land, das ist wahr. Aber dein Blutserbe wird dich leiten.«

Was redete sie bloß für einen Unsinn? Oder war das nur das, was er in seiner Umnachtung verstand, und sie sagte in Wirklichkeit etwas ganz anderes?

Der Blick der Kräuterfrau schweifte zu Albert. »Willst du etwa zusehen, wie er erstickt? Schaff ihn endlich zum Wasser!«

Zitternd trat der Knappe näher und fasste Hartmut an den Armen, während sie seinen Fischschwanz packte. Auf diese Art schleppten sie ihn zum Wasser und ließen ihn hineingleiten.

Welche Wohltat! Die Wellen umfingen Hartmut wie eine Umarmung. Sofort schwand die Hitze, die in ihm getobt hatte. Endlich bekam er wieder genügend Luft. Dass er auf den Grund des Flusses sank, war erst einmal unwichtig.

Staunend sah er sich zwischen den wogenden Pflanzen um. Die Zauberin hatte in jeder Hinsicht recht gehabt: Mühelos durchdrang sein Blick das dunkle Wasser. Abgesehen davon war jegliche Müdigkeit von ihm abgefallen. Einzig die Verletzung setzte ihm zu, wenn auch die Schmerzen deutlich nachgelassen hatten.

Hartmut tastete nach der Stelle, an der sich normalerweise sein Oberschenkel befand. Sogar unter den Schuppen fühlte er kräftige Muskeln. Der notdürftige Verband, den er angelegt hatte, war ihm mitsamt seiner Kleidung abhandengekommen. Doch immerhin war die Wunde nicht aufgerissen. Sie schmerzte zwar, aber soweit er das feststellen konnte, blutete sie nicht.

Was sollte er nun tun? Er könnte wohl auftauchen und sich ans Ufer ziehen – doch welchen Zweck hätte das? Wenn er nicht sterben wollte, musste er die Nacht in der Donau verbringen. Die Aussicht, einfach nur am Grund auszuharren, weckte in ihm allerdings ein Gefühl der Hilflosigkeit. Etwas, das er hasste.

Versuchsweise stieß Hartmut sich mit den Händen ab und schlug mit dem Fischschwanz – ein kräftiger Schub vorwärts. Ungelenk bewegte er sich durch das Wasser. Immer wieder verfingen seine Arme sich in Schlingpflanzen oder er ließ sich zu tief sinken, sodass seine Flosse schmerzhaft den Grund des Flusses streifte. Auf welche Art konnte er in Anbetracht seiner Mischgestalt am besten schwimmen? Was sollte er mit den Händen tun?

Da Hartmut kein Ziel hatte, an das er gelangen wollte, ließ er sich zunächst in der Strömung treiben. Die Flusswelt bot durchaus Interessantes zu sehen: Pflanzen, manche mit unzähligen Blättern, zart wie Nadeln, andere mit ausladenderem

Blattwerk, bildeten in Ufernähe ein Dickicht, das stetig nach oben strebte. Er erkannte Laichkraut und Armleuchteralgen. Nun konnte er sie aus völlig neuer Perspektive betrachten.

Ein Karpfen glitt an ihm vorbei, ebenso ein Schwarm junger Barsche. Langsam schwamm Hartmut durch den bizarren Wald unter Wasser.

Nach einiger Zeit gelangte er an eine Gabelung. Die Donau bestand aus unzähligen Armen. Er zögerte. Würde er sich den Weg merken können, wenn er mehrmals abbog? Aber was sollte schon passieren, falls er nicht mehr zurückfand? Schlimmstenfalls müsste er am Morgen einen Fußmarsch auf sich nehmen, um zur Burg zurückzugehen. Vorausgesetzt, er verwandelte sich mit Sonnenaufgang tatsächlich in einen Menschen. Sein Bauch zog sich zusammen. Möglicherweise hatte das Kräuterweib ihn angelogen und er blieb auf ewig ein Wassermann. Ein Zittern durchlief Hartmut. Nein, das konnte er sich nicht vorstellen! Allerdings kam ihm ein anderer, verstörender Gedanke: Mit seiner Verwandlung hatte er seine Kleidung zerfetzt. Damit würde er auch als Mensch nackt sein. Ein Fußweg in diesem Zustand wäre unmöglich.

Dennoch schien es ihm unerträglich, die ganze Nacht an einer Stelle auszuharren. Die Neugier trieb ihn dazu, den Fluss weiter zu erforschen und seinen verwandelten Körper zu erproben. Er musste einfach rechtzeitig an den Ort, an dem er seinen Streifzug begonnen hatte, zurückschwimmen. Dort würde sein Waffengefährte am Morgen hoffentlich auf ihn warten und er konnte sich in eine Decke hüllen, während Albert neue Kleidung von der Burg holte.

Hartmut presste die Lippen aufeinander. Warum bloß war er vom Wohlwollen seines milchgesichtigen Rivalen abhängig? Eine Schmach! Voller Grimm schwamm er weiter. Den Weg und welche Abzweigungen er nahm, prägte er sich gut ein.

Nachdem er mit seiner neuen Gestalt ein wenig vertraut geworden war, fand Hartmut Gefallen daran, die Möglichkeiten des Schwimmens auszuprobieren: Das sanfte Bewegen seiner Flosse ließ ihn an Ort und Stelle stehen, mit leicht zur Seite gespreizten Ellbogen glitt er gemächlich dahin, während er mit angelegten Armen pfeilschnell durchs Wasser jagte.

Schließlich wurde er dem überdrüssig, und auch die Flusslandschaft bot weniger neue Reize. Wohin war er mittlerweile gelangt? *Links. Links. Rechts. Links. Links.* Konnte er sich noch mehr Abzweigungen merken? Vielleicht wäre es doch besser, zurückzukehren. Wie weit mochte die Nacht bereits fortgeschritten sein?

Mit kräftigen Flossenschlägen brachte Hartmut sich an die Wasseroberfläche. Kühle Luft umfing sein nasses Gesicht. Finsternis hüllte ihn ein, von Morgengrauen keine Spur.

Er ließ sich wieder tiefer sinken – und blickte einem Hausen in die Augen. Der monströse Fisch war mindestens dreimal so lang wie er und schwamm durch einen Wald aus Pflanzen gemächlich in seine Richtung.

Unter Wasser wirkte das Tier noch weit eindrucksvoller als von Land aus. Für einen Moment betrachtete Hartmut fasziniert die Knochenschilde seitlich und oben am Rücken, die langgezogene Schnauze und die Barteln daran. Aber auch der Hausen fixierte ihn.

Angst packte Hartmut. Sah der riesige Fisch etwa eine Mahlzeit in ihm? *Eine, die ihn lang sättigt* ... Hastig zog er sich in den Unterwasserwald zurück. Der Hausen folgte ihm.

Nun war Hartmut gewiss, dass das Tier ihn als Beute betrachtete. Mit angelegten Armen huschte er zwischen den Stängeln hindurch Richtung Ufer, wo die Pflanzen besonders dicht wuchsen. Vor allem aber konnte er sich dort an Land ziehen. Dachte er. Doch ein Blick zurück zeigte, dass der Hausen ihm bereits gefährlich nahe gekommen war. Hartmut vollführte einen kräftigen Flossenschlag. Einen zweiten. Einen hastigen Schlenker. Der Hausen schnappte zu. Um eine Handbreit verfehlte ihn das Maul des Fisches. *Weiterschwimmen!* Sich umständlich aus dem Wasser zu hieven, würde ihn das Leben kosten.

Panisch tauchte Hartmut in das dicht wachsende Laichkraut ein. Doch als Wassermann war er viel zu groß, um sich zur Gänze vor den gierigen Augen des Jägers zu verbergen. Der Fisch schnappte abermals nach ihm. Mit einer blitzartigen Drehung gelang es Hartmut, auszuweichen. *Aber wie lange noch?* Sein Herzschlag raste. Eine erneute Drehung und er hetzte weiter. Der Hausen hinter ihm.

Eine Abzweigung! War er von dort gekommen? Hartmut wusste es nicht, doch der Grund des Flussarmes war üppig bewachsen. *Hinein.* Der Fisch folgte ihm zwischen vielblättrigen Pflanzen hindurch. Ein Schwarm Barsche stob auseinander. Panisch riskierte Hartmut einen Blick zurück. Die Barsche lenkten den Hausen einen Herzschlag lang ab. Doch gleich darauf nahm er die Verfolgung wieder auf. Die Aussicht auf große Beute war ihm offenbar lieber als die kleinen Fische.

Hartmut durchquerte das grüne Dickicht. Unvermutet gelangte er in eine kahle Zone. Abrupt verharrte er. Im Umkreis von etlichen Schwertlängen wuchs keine einzige Pflanze. Nur ein finsteres Loch tat sich am Grund des Flusses auf, lediglich so breit, dass ein Mensch gut hindurchpasste.

Der Hausen schoss zwischen dem Laichkraut hindurch und an ihm vorbei. Gleich darauf bemerkte der Fisch, dass er in seinem Übereifer die Beute verfehlt hatte, und hielt inne.

Zurück? Doch Hartmut wusste, dass eine neuerliche Jagd seine Kräfte übersteigen würde. Trotz seiner Flosse und seiner athletischen Statur war er einem Raubfisch dieser Größe hoffnungslos unterlegen. Kurzentschlossen flüchtete er in den Tunnel. Für den riesigen Fisch war das Loch zu klein. Hartmut presste sich an die Wand des Ganges, der sich kurz nach der Öffnung erheblich verbreiterte.

Oberhalb schwamm der Hausen hin und her. Ihm schien gar nicht zu gefallen, dass seine Beute entkommen war.

Mit wild klopfendem Herzen verfolgte Hartmut die Bewegungen des Fisches mit seinem Blick. Wie lange würde es wohl dauern, bis sein Feind sich zurückzog?

Etwas Glitschiges stieß gegen Hartmut und löste ein Brennen an seiner Schulter aus. Erschrocken wandte er den Kopf. Durchsichtige, blau schimmernde Wesen, die lediglich aus einem Schirm und unzähligen dünnen Tentakeln bestanden, trieben durchs Wasser.

Welche Tiere sind das bloß? Oder handelt es sich um Pflanzen? Ein mulmiges Gefühl breitete sich in ihm aus. Die Wasserwelt, die er bislang gesehen hatte, mutete zwar merkwürdig an, aber im Grunde kannte er sie, wenn auch aus anderer Perspektive. Diese halb durchscheinenden Wesen hingegen waren ihm fremd. Sein Blick schweifte weiter den Tunnel entlang. Wohin mochte er führen? Auf jeden Fall fort von seinem Feind.

Hartmut sah wieder zum Eingang. Nach wie vor lauerte dort der Hausen. Also folgte er dem Gang, wobei er achtgab, nicht gegen die Tentakelwesen zu stoßen.

Schließlich endete der Tunnel. Vor Hartmut tat sich ein anderer Donauarm auf – oder nicht? Das Wasser schien undurchdringlich schwarz. Selbst seine rot glühenden Augen vermochten die Dunkelheit nur wenige Manneslängen zu durchdringen. Aber was er sah, ließ ihn staunend innehalten: Pflanzen mit Blättern so ausladend wie Rundschilde wogten im Wasser, Schwärme von Fischen, die in bunten Farben leuchteten, weitere Tentakelwesen. Dagegen mutete der Karpfen, der zwischen den armdicken Stängeln hindurchschwamm, seltsam gewöhnlich an, lediglich ein wenig größer als normal. Bis der Fisch ruckartig beschleunigte und nach einem kleineren schnappte. Sein Maul entblößte spitze Zähne, die sich in das Fleisch der Beute bohrten.

Das ist kein Karpfen! Die ernährten sich von Schnecken und Würmern – und sie besaßen kein solches Gebiss.

Langsam, um nicht die Aufmerksamkeit des Fisches zu

erregen, zog Hartmut sich zum Tunnel zurück. Er hatte genug gesehen. Auf eine weitere Verfolgungsjagd konnte er verzichten.

Ehe er in den Gang schwamm, wandte er sich trotzdem um. Die Schönheit dieser eigenartigen Welt schien ihm so bizarr, dass er sie noch einmal betrachten wollte.

Bunte Fische stoben an ihm vorbei. Erst dachte er, der unechte Karpfen würde sie jagen. Doch einen Atemzug später fiel sein Blick auf zwei Stoßzähne von mindestens drei Schwertlängen, die sich aus der Dunkelheit schälten. Sie gehörten zu einem riesenhaften Wesen mit gerundetem langgezogenem Körperbau und kleinen Flossen hinten und an den Seiten. Gewaltige Hauer ragten unten und oben aus dem Maul. Zusätzlich zu den Stoßzähnen. Ein Raubtier, wie Hartmut noch keines gesehen hatte.

Und es hielt direkt auf ihn zu.

Raubzug

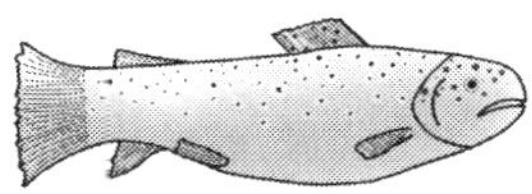

28. Oktober 1064, Vollmond

Der Geruch von Rauch und Eisen umfing Hartmut, als er die Schmiede betrat. Hitze schlug ihm entgegen. Das Feuer in der Esse beleuchtete die kräftige Gestalt eines jungen Mannes, der mit einem Schürhaken in der roten Glut stocherte.

Bei Hartmuts Eintreten wandte er sich ihm zu. »Herr Vogt!« Er verneigte sich und legte den Haken beiseite.

Hartmut bedachte ihn mit einem Nicken. Sein Blick glitt über den verrußten Tisch, auf dem zwei Helme mit Nasenschutz lagen – und ein Schwert. Endlich war es fertig!

»Gefällt es Euch?« Der Schmied lächelte. »Mein neuestes Stück.«

»Wurde auch Zeit.« Ohne sein Gegenüber weiter zu beachten, griff Hartmut nach der Waffe. Prüfend wog er das Schwert in der Hand. Es war sorgsam ausbalanciert, die Parierstange schön gerade gefertigt und die Länge des mit braunem Leder umwickelten Griffes war so bemessen, dass seine Rechte ihn voll umfing, ehe ein schlichter Scheibenknauf den Abschluss bildete.

Der Schmied knetete seine von der Arbeit geschwärzten Hände und beobachtete ihn angespannt.

Versuchsweise vollführte Hartmut einige Hieb- und Stichbewegungen. Der erste Eindruck hatte ihn nicht getäuscht: ein perfektes Schwert. Doch er schwieg dazu. Stattdessen legte er es auf den Tisch und krempelte den linken Ärmel seines Kittels hoch.

Schweigend starrte der Schmied ihn an. Er wusste wohl, was nun kam.

Hartmut griff abermals nach dem Schwert und setzte die Klinge an der Außenseite seines Unterarms an. Mühelos kappte die Schneide die dunklen Härchen.

Nun zeigte sich ein zaghaftes Lächeln im Gesicht des jungen Mannes.

Abfällig rümpfte Hartmut die Nase. »Gerade noch.«

Die Mundwinkel seines Gegenübers sanken nach unten. Hatte er ein Lob erwartet? Er war neu auf der Burg, aber Hartmut kümmerten solche Befindlichkeiten nicht. Jeder Esser musste seine Leistung erbringen, das war das Mindeste.

»Ich weiß nicht, was du dir vorstellst«, fuhr Hartmut mit strenger Stimme fort. »Deine Aufgabe ist, uns mit Waffen zu versorgen. Das kann nicht warten, bis du dich ausgeruht genug dafür fühlst, oder was immer dir im Kopf umgeht. In Zukunft musst du schneller arbeiten.«

»Sehr wohl, Herr Vogt.« Der Schmied senkte den Blick.

»Außerdem gehört der Schwertgriff eine Feinheit schlanker – aber nur eine Feinheit! Die Parierstange ist zu schlicht. Sieh zu, dass sie sich an den Enden leicht nach außen wölbt, sodass ein zarter Schwung entsteht. Und ich will nur noch schwarzes Leder an den Schwertgriffen sehen.«

Sein Gegenüber nickte ergeben.

Grußlos trat Hartmut nach draußen. Gut, dass er den jungen Mann zurechtgestutzt hatte. Dieser verstand sein Handwerk – aber darauf sollte er sich nichts einbilden.

Kalter Wind blies ihm einige Haarsträhnen ins Gesicht. Er strich sie hinter die Ohren und sah zum Himmel. Wolkenfetzen verdeckten die Sonne. War es tatsächlich klug, zum Markt nach Thalwang zu reiten? Das Wetter würde wohl noch unangenehmer werden. Allerdings hielt er es für angebracht, sich in dem Dorf sehen zu lassen. Es schadete nicht, wenn die Bauern sich bewusst waren, dass er ihr Treiben im Auge behielt.

Erst hatte Hartmut jedoch einen anderen Weg vor sich. Er lenkte seine Schritte zum Waffenübungsplatz. Schwertergeklirr drang ihm entgegen.

Am Rande der Fläche blieb er stehen. Der alte Cuno saß auf einem Hocker und beobachtete den Kampf zweier Knappen, die jämmerliche Figuren abgaben.

Verdrossen stieß Hartmut die Luft aus. »Zu langsam!« Er hielt auf die Kämpfenden zu. Als sie auf ihn aufmerksam wurden, bedeutete er ihnen, die Schwerter zu senken.

Schnaufend blickten die Jungen zu ihm. Einen Moment lang zeigte sich Verwirrung in ihren Gesichtern. Bestimmt hatten sie Cunos Eingreifen erwartet – nicht das seine.

Aber das war Hartmut gleichgültig. Er bedachte den Ausbilder mit einem herablassenden Blick. »Du bist alt geworden.« Hartmut wies auf die Knappen. »Was soll dieses elende Gefuchtel?«

Cuno erhob sich. »Sie sind hier, um zu lernen.«

»Das tun sie schon seit einem halben Jahr.« Verärgert schüttelte Hartmut den Kopf. »Mir scheint, du begnügst dich damit, ihnen ein Schwert in die Hand zu drücken und überlässt den Rest ihnen.«

Das Gesicht des Ausbilders färbte sich rot. »Ihr wisst, wie viele Knappen ich bereits unterrichtet habe. Immer zur Zufriedenheit des Fürsten.«

»Nicht zu der meinen.« Hartmut reckte das Kinn. Einst hatte auch er unter Cunos Fuchtel gestanden. Aber schon damals war er der Beste gewesen. Und wie viele Jahre waren seitdem vergangen? *Dreizehn?* Cuno konnte ihm längst nichts mehr beibringen. Vielmehr unterstand er ihm mittlerweile in jeder Hinsicht.

Zwei Atemzüge lang starrte der Ausbilder ihn wütend an.

Doch der Rangunterschied brachte ihn wohl dazu, die Beherrschung zu wahren. »Wir können das unter uns besprechen«, presste er heraus. »Nicht vor den Jungen.«

»Ein andermal.« Hartmut rang sich ein Lächeln ab. »Ich reite nun zum Markt und danach erwartet der Fürst meinen Bericht. Natürlich werde ich dich darin erwähnen.«

Cuno holte tief Luft, blieb jedoch stumm.

Hartmut richtete den Blick auf den Burschen, der den Angriff seines Gefährten erst im letzten Moment hatte abwehren können.

Die Unterlippe des Knappen zitterte. Er erwartete wohl eine Schelte.

Und die wird er bekommen. Vorwurfsvoll hob Hartmut die Augenbrauen. »Du bist nun schon seit einem halben Jahr im Knappenstand und träumst immer noch, wenn du ein Schwert in der Hand hältst.« Er schüttelte den Kopf. »Falls du so weitermachst, wird einer deiner Gefährten dich bereits vor deiner ersten Schlacht aufschlitzen.«

Beschämt sah der Junge zu Boden. »Es tut mir leid, Herr Vogt. Ich ...«

»Leid tut dir das?« Hartmut lachte auf. »Heute Abend gibt es für dich nur die halbe Ration. Vielleicht trägt das zu deinem Lerneifer bei. Morgen sehe ich euch beide nochmals beim Kampf.« Er blickte zu Cuno. »Und dann will ich einen raschen Schlagabtausch vorgeführt bekommen, kein schwächliches Abtasten.«

Der Ausbilder nickte mit verschlossener Miene.

Abrupt drehte Hartmut sich um und verließ den Übungsplatz. Voller Grimm stapfte er zu den Ställen.

War er denn nur noch von Holzköpfen umgeben? Er hatte nie Ruhe vor ihnen und ihrer Unfähigkeit. Als Vogt musste er sich Tag für Tag mit allen Belangen auseinandersetzen, die für das Leben auf der Burg bedeutsam waren. Eine äußerst achtbare Stellung – wenn auch nicht die, die er sich erhofft hatte.

Das würde er allerdings nie zugeben. Seine Ausbildung zum Ritter hatte er erfolgreich abgeschlossen, trotzdem war es ihm versagt geblieben, für den Fürsten in den Kampf zu ziehen. Wie Albert. Wie all die anderen Knappen, die seine Gefährten gewesen waren. Wie alle, die nach ihnen auf der Burg geweilt hatten. Wegen des Fluchs. Wann immer der Mond vom Himmel verschwand, sei es in den Nächten des Neumonds oder jenen mit einer Mondfinsternis, war Hartmut darauf angewiesen, im Wasser unterzutauchen. Das war nicht nur auf dem Schlachtfeld unmöglich. Allein die Tatsache seiner Verwandlung hätte binnen kürzester Zeit dazu geführt, dass er als Verfluchter galt, dem nie zugestanden wurde, Ruhm und Ehre zu erringen.

Viele Jahre lang hatte er es sich sogar versagt, zu heiraten, weil er die Hoffnung nicht aufgeben wollte, mit der richtigen Ehefrau den Fluch zu brechen. Und nun bestand endlich die Aussicht darauf ...

»Herr Vogt!« Der Stallbursche verneigte sich vor ihm. »Euer Pferd ist bereits gesattelt.«

»Und ich bin aufbruchbereit.« Ein großgewachsener Wachmann nickte Hartmut zu.

»Sehr gut.« Wenigstens zwei, auf die er sich verlassen konnte.

Wenige Augenblicke später führte der Junge Hartmuts Rappen aus dem Stall. Auch der Wächter holte sein Pferd und sie saßen auf. Ein rauer Wind ließ Hartmut frösteln, doch er trieb seinen Hengst vorwärts.

Die Hufe der Reittiere klapperten über die Zugbrücke, das Kreischen von Krähen begleitete sie. Auf dem Weg wirbelten gelb und rot verfärbte Blätter.

»Reichlich kühl geworden.« Hartmut zog seinen Umhang enger um die Schultern. Die Wolken wirkten noch düsterer als vorhin.

Der Wächter lenkte sein Pferd auf gleicher Höhe. »Sollte sich ausgehen, dass wir vor dem Regen in Thalwang sind.

Bestimmt finden wir dann in einer Schenke Unterschlupf.«

Hartmut nickte. Ohne ein weiteres Wort zu wechseln, trabten sie dahin.

Schließlich kamen hinter einem Hügel die Häuser des Dorfes in Sicht. Tatsächlich ließ der Regen immer noch auf sich warten. Allerdings trieb ein heftiger Windstoß Laub vor sich her. Hartmuts Hengst scheute. Doch es waren nicht die Blätter, die ihn aus der Ruhe gebracht hatten. Vier zerlumpte Gestalten erhoben sich am Wegrand zwischen den Sträuchern und verwehrten ihnen das Weiterreiten. Die Keulen und Mistgabeln in den Händen der Kerle verdeutlichten ihre üble Gesinnung.

Der Wachmann griff nach seinem Reiterhammer.

Unruhig tänzelte Hartmuts Pferd zur Seite. Er zog an den Zügeln, um den Hengst zu beruhigen, ehe er eine Hand auf den Schwertknauf legte. »Was wollt ihr?«, herrschte er die Unbekannten an.

»Sieh an, der Vogt von Sunhilburg.« Der Vorderste der Männer entblößte mit einem spöttischen Lächeln eine breite Zahnlücke. Seine massive Keule ließ er verheißungsvoll in die andere Hand klatschen. »Ihr kommt uns gerade recht – mit Eurer reich gefüllten Börse.« Sein Blick schweifte zu dem Wächter. »Und mit dem werden wir auch fertig.«

Einer seiner Gefährten hob drohend die Mistgabel.

Nun gab es keinerlei Zweifel mehr, dass es sich bei den Männern um Wegelagerer handelte.

Hartmut zog sein Schwert. »Zurück!«, versuchte er, die Strauchdiebe auf Abstand zu halten. »Wir werden euch nicht schonen!«

Mit Gebrüll stürzten die Strolche sich auf sie.

Energisch gab Hartmut seinem Rappen die Sporen und das Tier machte einen Satz nach vorne. Der erste Schwerthieb prallte gegen eine Mistgabel. Mit einem kräftigen Fußtritt stieß er den, der sie führte, zu Boden. Diesen Halunken würde er es zeigen! Ein weiteres Mal hob Hartmut die Klinge. Als er einem Wegelagerer den Arm abtrennte, schrie dieser jämmerlich.

»Elender Scheißkerl!« Der Sprecher der Bande und der Angreifer, der sich wieder hochgerappelt hatte, bedrängten Hartmut von der anderen Seite.

Hastig riss er sein Pferd herum. Gerade noch entging er einem Stoß mit der Mistgabel. Allerdings traf ein Keulenschlag seinen Oberschenkel. Schmerz durchzuckte Hartmuts Bein. Der Hieb hatte die wulstige Narbe getroffen, die ihm selbst nach all den Jahren Probleme bereitete. Ihm brach der Schweiß aus, vor Pein und vor Wut. Unbarmherzig stach er dem Angreifer das Schwert in die Brust.

Der mit der Mistgabel stieß nach den Fesseln seines Hengstes, aber das Tier wich gewandt aus und brachte Hartmut damit in die Position, seine Klinge in den Rücken des Angreifers zu stoßen.

Der Gesetzlose röchelte und sank auf die Knie. Die Mistgabel entglitt seinen Händen.

Hartmut blickte zum Wachmann. Der bullige Begleiter hatte sich des vierten Strolches entledigt. Stöhnend wand der Wegelagerer sich auf dem Boden. Blut färbte seinen Kittel.

Energisch brachte Hartmut sein Pferd zum Stehen und steckte sein Schwert in die Scheide.

Die aufgebrochene Beinwunde schmerzte unerträglich, doch er konnte nicht einfach weiterreiten. Als Vogt war es seine Pflicht, die Männer gefangen zu nehmen, die noch am Leben waren.

Mit zusammengebissenen Zähnen ließ er sich aus dem Sattel gleiten. Sein Hengst tänzelte wieder, aber Hartmut gelang es trotz seiner Schmerzen, den Rappen zu einem Baum zu führen und die Zügel um einen Ast zu schlingen.

Auch der Wächter stieg ab und band sein Tier fest.

Aufgebracht hinkte Hartmut zu dem Kerl, den sein Begleiter

niedergemacht hatte. Er war der Einzige, der seine Verletzungen möglicherweise überleben würde.

Als Hartmut sich über den Verwundeten beugte, roch er die stinkenden Ausdünstungen des Mannes. Vor Ekel verzog er das Gesicht. »Wer seid ihr?«

»Wir ...« Der Verletzte stöhnte. »Wir wollten doch nur ... reich werden.« Er schloss die Augen.

Unbarmherzig stieß Hartmut dem Wegelagerer die Faust in die Seite. »Von wo kommt ihr?«

»Klam ...«

Aufgebracht versetzte Hartmut dem Verwundeten abermals einen Hieb. »Hat euch der Markttag hierher getrieben?«

Der Wegelagerer nickte schwach.

Hartmut beließ es dabei. Er würde die Toten in Klam auf Pfähle spießen und zur Schau stellen lassen, als Abschreckung für alle Einwohner, die vielleicht ebenfalls nach Reichtum strebten, der ihnen nicht zustand.

Voller Grimm wandte er sich zu dem Wachmann um. »Durchsuch seine Taschen und fessle ihn.«

»Natürlich.«

Während der Wächter sich um den am leichtesten Verletzten kümmerte, humpelte Hartmut zu demjenigen, dem er den Arm abgetrennt hatte. Der Räuber lebte noch, aber bestimmt nicht mehr lange. Unablässig sprudelte Blut aus dem Stumpf.

Trotzdem verzog der Wegelagerer seine Lippen zu einem Grinsen. »Euch hat es am Bein erwischt«, presste er heraus. »Damit Ihr uns nicht ... vergesst. Oder heilt das ... sobald Ihr Euch ... in einen Fisch verwandelt?«

Blinder Zorn wallte in Hartmut hoch. Er trat dem Kerl gegen die Rippen. »Was erlaubst du dir?«

Der Verletzte stöhnte, grinste jedoch gleich wieder. »Ist es also wahr?«

Hartmut versetzte ihm einen weiteren Tritt. Ein Knacken kündete von gebrochenen Rippen. Noch ein Tritt. Und noch einer. Bis der Strolch keinen Laut mehr von sich gab und das Grinsen auf seinen Lippen erstarb.

»Alles in Ordnung?«

Hartmut hatte nicht einmal bemerkt, dass der Wachmann zu ihm getreten war. Auch jetzt schenkte er ihm keinen Blick. Schwer atmend starrte er den Wegelagerer an. *Sobald Ihr Euch in einen Fisch verwandelt* ... Er hasste jegliches Gerede über seinen Fluch. Und eigentlich hatte er gedacht, es wäre ihm gelungen, seine Unzulänglichkeit zumindest vor dem gemeinen Volk geheim zu halten. Aber er hatte sich geirrt. Sogar das Gesindel zerriss sich das Maul über ihn.

»Seid Ihr verletzt?«

Um seine Gefühle unter Kontrolle zu bekommen, atmete Hartmut tief ein und aus, ehe er sich dem Wächter zuwandte. »Unbedeutend.« Er blickte auf den roten Fleck, der seinen Kittel beschmutzte. »Nur meine alte Wunde.«

Der Wachmann nickte wissend. »Soll ich die Toten ins Gebüsch schleifen?«

»Ja, aber vorher ...« Hartmut bückte sich zu dem armlosen Wegelagerer und wühlte in dessen Taschen. Seine Finger schlossen sich um zartgliedriges Metall. Er zog seinen Fund heraus: ein Armband aus Silber.

Sein Begleiter pfiff leise durch die Zähne. »Nicht schlecht für ein paar Strauchdiebe. Auch der andere hatte so eines und einige Münzen bei sich.« Er reichte Hartmut Schmuck und Geld.

»Sieht so aus, als hätten sie es mit dem Reichwerden durchaus ernst genommen.« Zufrieden, solche Beute gemacht zu haben, ließ Hartmut die Wertsachen in seine Tasche gleiten. Der Fürst würde sich freuen. Derart angespornt trat er zu den beiden anderen Toten. Der eine hatte lediglich zwei Ringe und etliche Münzen in seiner Kitteltasche, der Anführer jedoch ... Hartmut ertastete etwas Rundliches, von der Größe eines Taubeneis. Die Oberfläche fühlte sich allerdings an, als bestünde sie aus kleinen glatt polierten Flächen. Ein Edelstein von ungewöhnlicher Größe? Es zählte zu Hartmuts Pflichten, die Beute der Wegelagerer seinem Fürsten zu übergeben. Aber das ...

Er blickte sich nach dem Wachmann um. Sein Begleiter war vollauf damit beschäftigt, den armlosen Toten beiseite zu schleifen. Trotzdem wandte Hartmut ihm den Rücken zu, ehe er das Fundstück an sich nahm: ein tiefroter, perfekt geschliffener Rubin. Rasch ließ er den Stein in seine eigene Tasche gleiten.

Ein Lächeln stahl sich auf sein Gesicht und seine Schmerzen traten in den Hintergrund. Er hatte nicht nur drei Wegelagerer getötet und das Fürstentum damit zu einem sichereren Ort gemacht – er überbrachte seinem Herren Reichtümer. Und seiner Schwester. Den Rubin würde er nicht dem Fürsten überlassen. Mit dem Geschenk dieses Steines hoffte er, dass Loretta einwilligte, seine Frau zu werden.

Lichtwaffe

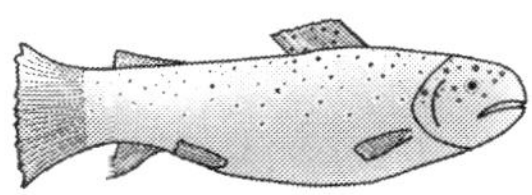

»Hartmut!« Die Stimme des Fürsten hallte durch den Gang. Sein korpulenter Dienstherr hatte sich im Türrahmen aufgebaut und blickte ihm entgegen. »Wir warten schon auf dich.«

Pflichtbewusst beschleunigte Hartmut seine Schritte. Das erhöhte den Schmerz in seinem Bein, aber er ignorierte die Qual. Eine Manneslänge vor Hohold blieb er stehen und verneigte sich. »Bitte entschuldigt. Es gab wichtige Angelegenheiten, um die ich mich kümmern ...«

»Loretta ist bereits ungeduldig.« Der Fürst winkte ihn mit sich in die Halle.

Fackeln tauchten den gewaltigen Raum in ein warmes Licht, auf dem ausladenden Tisch brannten zusätzlich Kerzen. Dort saß Hoholds Schwester auf einem Stuhl. In Anbetracht dessen, dass ihr Bruder mittlerweile ergraut war, wirkte sie immer noch jugendlich. Bestimmt trennten die beiden mindestens fünfzehn Jahre.

Hartmuts Blick fiel auf eine Schale voll auffallend weißer Muscheln. Kostbarkeiten, die er selbst für den Fürsten durch Tauschhandel gegen Stoffe erworben hatte. Allerdings war nun schon lange keiner der Händler mehr mit der begehrten Ware zu ihm gekommen. Was wollte Hohold nun damit? Hatte er vor, die letzten Reste zu verkaufen?

Die Schale mit den Muscheln stellte nicht die einzige Ungewöhnlichkeit auf dem Tisch dar. Auf einem goldenen Tablett verhüllte ein Seidentuch einen länglichen Gegenstand.

Was verbarg sich wohl darunter? Und stand es etwa in irgendeinem Zusammenhang mit den Muscheln?

Loretta erhob sich. Sie musterte Hartmut aufmerksam, während er an der Seite des Fürsten zum Tisch ging.

Es kostete ihn Mühe, den Schmerz in seinem Bein zu ignorieren und fest aufzutreten, aber die Schwester seines Dienstherren sollte ihn keinesfalls für einen Schwächling halten.

Unauffällig ließ auch er den Blick über ihre Gestalt schweifen. Sie trug das rote Seidenkleid mit den seltsamen Ärmeln, die sich ab dem Handgelenk unvermittelt und dermaßen erweiterten, dass ihre Stofffülle bis auf den Boden hing.

Weit besser gefielen Hartmut der goldene Gürtel, der um ihre schmale Taille lag, und die Kette mit den Onyxen, die ihre üppigen Brüste betonte. Aber von größter Bedeutung war etwas ganz anderes: Lorettas Haare glänzten in einem leuchtenden Rot – und sie hatte Augen in einem faszinierenden Lilaton. Das Glück, ihr begegnet zu sein, konnte Hartmut immer noch kaum fassen. Die Kräuterfrau hatte sich geirrt. Was sie mit dem »an Land« genau gemeint hatte, erschloss sich ihm auch nach all den Jahren nicht, aber das war ohnehin unwichtig geworden. Für ihn zählte, dass Loretta nicht nur das richtige Aussehen besaß, sondern sogar eine hohe Stellung – und dass sie ihm zugetan war. Unter gewissen Bedingungen. Ein Handel für beide Seiten.

Hartmut verneigte sich vor ihr. »Bitte verzeiht, dass ich Euch habe warten lassen. Wenn ich gewusst hätte, wie sehr Ihr meiner harrt, hätte ich alle anderen Verpflichtungen hintangestellt.«

»Wie schön, das zu hören.« Ihre Lippen umspielte ein Lächeln, doch es sparte ihre Augen aus.

Er konnte sich nicht erinnern, Loretta jemals auf eine andere Art lächeln gesehen zu haben, aber das war ihm gleichgültig. Ihre anziehende Figur machte mehr als wett, was ihr an Liebreiz fehlte.

»Schmerzt Eure Narbe wieder?« Sie strich sich eine Haarsträhne über die Schulter zurück. Dabei entblößte sie ihr linkes Handgelenk – und damit auch das runde Mal zwischen Daumen und Zeigefinger, das dem von Hartmut erstaunlich glich. Dieser Makel, mit dem sie beide leben mussten, machte sie für ihn nur noch anziehender. »Ihr hinkt«, fuhr sie fort, »und ich hörte, Ihr seid mit Wegelagerern aneinandergeraten.«

Verärgert, dass sie seine Einschränkung bemerkt hatte, vollführte er eine wegwerfende Geste. »Das ist nichts weiter. Und der einzige überlebende Strauchdieb ist in Gewahrsam.«

»Du hast sie alle niedergestreckt.« Der Fürst nickte ihm wohlwollend zu. »Tüchtig wie immer.«

Loretta hob die Augenbrauen. »Zum Preis des Schmerzes.«

Hartmut zwang sich, sein Gesicht ausdruckslos zu halten, doch wie stets, wenn er an eine seiner Unzulänglichkeiten erinnert wurde, brach sich seine Wut auf das Kräuterweib Bahn. Die Frau hatte ihn nicht nur mit dem Fluch belegt, sie hatte ihm prophezeit, dass die Verletzung, die Albert ihm zugefügt hatte, eine unansehnliche Narbe hinterlassen würde. Und so war es tatsächlich. Von den Schmerzen und dem Wiederaufbrechen hatte sie allerdings nichts gesagt. Und obwohl er damals unerbittlich nach ihr gesucht hatte, war sie verschwunden geblieben. Sie war auch nie wieder auf die Burg gekommen. Damit hatte sie ihm die Genugtuung verwehrt, sie ihrer gerechten Strafe zuzuführen.

Um von seiner Beeinträchtigung abzulenken, zog er das sorgsam gefaltete Seidentuch aus seiner Tasche. »Ich hoffe, mit einem Geschenk Euer Herz zu erfreuen.« Sein Blick schweifte zum Fürsten. »Wenn Ihr erlaubt ...«

Sein Dienstherr vollführte eine auffordernde Geste, woraufhin Hartmut seine Hand öffnete.

Loretta lachte gezwungen. »Wollt Ihr mich mit einem Tüchlein beeindrucken?«

Er schüttelte den Kopf. »Darunter verbirgt sich ...« Er atmete schneller, während er den feinen Stoff auseinanderfaltete. Der Rubin funkelte im Licht der Kerzen.

Überrascht sog die Schwester des Fürsten die Luft ein. Hohold gab einen verblüfften Laut von sich.

»Wo habt Ihr den her?«, wollte Loretta wissen.

»Diesen Stein habe ich allein für Euch beschafft.« Hartmut verneigte sich abermals leicht. Gefiel ihr der Rubin? Oder hatte er sie falsch eingeschätzt und sie argwöhnte gar, er hätte die Kostbarkeit auf unehrliche Weise in seinen Besitz gebracht? Hastig sprach Hartmut weiter: »Mit diesem Edelstein möchte ich Eure Schönheit preisen – als meine Ehefrau, wenn Ihr das wollt.« Er wandte sich abermals dem Fürsten zu. »Und Ihr das gestattet.«

Hohold wechselte einen Blick mit seiner Schwester, ehe er nickte. »Loretta entscheidet.«

Angespannt sah Hartmut wieder zu ihr. Für einen Moment versagte ihm die Stimme. Schließlich brachte er doch heraus: »Nehmt Ihr mein Geschenk an?« Mit angehaltenem Atem wartete er auf die Antwort. Falls sie ihn zurückwies, dann würde ihm nichts anderes übrig bleiben, als weiterhin mit dem Fluch zu leben. Weiterhin in die Fluten der Donau einzutauchen, wenn der Mond vom Himmel verschwand. Und weiterhin die Gerüchte über sich zu ertragen.

Loretta zögerte. Zwei Atemzüge. Drei. »Ja, das möchte ich.« Sie lächelte wieder auf ihre unbewegte Art und griff nach dem Rubin. »Sofern Ihr Euch als würdig erweist.« Mit leicht zusammengekniffenen Augen drehte und wendete sie den Edelstein im Kerzenlicht.

Verständnislos beobachtete Hartmut sie. *Als würdig erweisen?* Was hatte er denn nicht alles schon für sie getan? Unzählige Male hatte er sich in Gefahr begeben, um ihr ganz besondere Perlen zu beschaffen. Abgesehen davon diente er treu ergeben ihrem Bruder. War das nicht genug?

Der Fürst wies auf die gedrechselten Stühle. »Setzen wir

uns. Dann können wir alles Weitere besprechen.« Er nahm an der Kopfseite des Tisches Platz.

Loretta ließ sich zu seiner Rechten nieder. Den Rubin steckte sie in die Tasche ihres Kleides.

Sie wird doch nicht mein Geschenk annehmen – und mich dann zurückweisen? Ärger mischte sich in Hartmuts Anspannung. Das unangenehme Gefühl, dass sein Dienstherr und Loretta ein Spiel mit ihm trieben, keimte in ihm auf. Sein Heiratsantrag war gewiss keine Überraschung gewesen, aber unabhängig davon schienen sie etwas mit ihm vorzuhaben. Etwas, von dem er nicht sicher war, ob es ihm gefiel.

Als er sich der Schwester des Fürsten gegenübersetzte, fiel sein Blick abermals auf den verhüllten Gegenstand auf dem Tablett. Was auch immer darunter versteckt war – hatte es etwas mit Lorettas Zögern zu tun?

»Gewiss hast du mir vieles über die Wegelagerer zu berichten«, hob der Fürst an.

Rasch wandte Hartmut sich ihm zu. »Das habe ich. Wenn Ihr das wünscht, werde ich ...«

Sein Dienstherr brachte ihn mit einer Handbewegung zum Schweigen. »All das kannst du mir später erzählen. Wie du schon sagtest, ist ja alles geregelt.« Er wies auf seine Schwester. »Hör zunächst Loretta an.«

»Natürlich.« Hartmut blickte wieder zu ihr. »Was kann ich für Euch tun?« Mittlerweile kostete es ihn Mühe, sein freundliches Gesicht aufrechtzuerhalten. Er war bereit, eine Heirat einzugehen, um den Fluch zu brechen und im Gegenzug seine Frau mit großzügigen Geschenken zu erfreuen. Mehr konnte sie doch nicht von ihm verlangen?

Loretta neigte den Kopf leicht zur Seite. »Das gefällt mir so an Euch, dass Ihr immer bereit seid, meine Wünsche zu erfüllen.«

»Selbstverständlich.«

»Seit meiner Ankunft hier schätze ich Eure ... nun ... nennen wir es ›Eure besonderen Fähigkeiten.‹« Ihr Blick glitt über seine breiten Schultern. »Ich erhoffe mir noch viel mehr davon.«

Hartmut malte sich gerne aus, was sie damit meinen könnte, aber in Anwesenheit des Fürsten schwieg er besser dazu.

»Euer Wunsch geht in Erfüllung.« Sie neigte sich zu ihm. »Ich werde Eure Frau.«

Erleichterung durchflutete Hartmut. Seine Anstrengungen waren also nicht vergeblich gewesen. Allerdings hatte sie vorhin noch eine Voraussetzung angedeutet. Er runzelte die Stirn. »Aber ...?«

»Ihr sollt einen letzten Auftrag erledigen ... als Wassermann.« Loretta lehnte sich zurück. »Eine einzige Perle müsst Ihr mir noch bringen.«

Das war nicht die Antwort, die ihm ein gutes Gefühl gab, doch es hätte auch schlechtere Möglichkeiten gegeben. Ein letztes Mal in die Donau eintauchen, dann würde der Fluch Vergangenheit sein. »Nur noch eine Perle?«, vergewisserte er sich.

Sie nickte. »Heute Nacht findet eine Mondfinsternis statt.«

Darüber wusste Loretta stets im Voraus Bescheid, woher auch immer sie ihre Kenntnisse erlangte. Für Hartmut bedeutete das eine Erleichterung, weil er in Vollmondnächten nicht unnötig am Wasser ausharren musste, um den möglicherweise eintretenden Fall abzuwarten. Und mit ihren Aufträgen gab sie seiner Verwandlung einen Sinn – auch wenn diese Aufgaben stets Gefahr mit sich brachten.

»Heute Nacht wird sich der Vollmond verdunkeln«, fuhr Loretta fort, »und dies hat eine besondere Bedeutung. Wir haben Spätherbst, das Alte stirbt und Neues beginnt. Der einzig passende Zeitpunkt, um die letzte Perle zu holen, damit ich vollenden kann, was mir gewaltige Macht verleiht.«

Hartmut blinzelte verwirrt. »Macht? Ihr wolltet die Perlen doch, um Euch eine Kette daraus anfertigen zu lassen.«

»Bitte entschuldigt.« Sie rang sich ein Lächeln ab. »Die Wahrheit hättet Ihr mir nicht geglaubt.«

Seine Verwunderung wuchs. »Wie meint Ihr das?«

Mit einer raschen Handbewegung zog sie das Seidentuch von dem länglichen Gegenstand auf dem Tablett. »So meine ich das.«

Verblüfft betrachtete Hartmut den goldenen, mit feinen Ziselierungen verzierten Stab von der Länge eines Unterarms. An einer Seite erweiterte der Stab sich zu einem verschlungenen Ornament. Darin waren Perlen von makellos runder Form eingearbeitet. Sie leuchteten in allen Farben, wie perfekt geschliffene Opale. Allerdings hatte niemand sie bearbeitet. Hartmut hatte sie genau so von seinen Streifzügen als Wassermann mitgebracht. Neben diesem kostbaren Schaustück lag eine einzelne Perle auf dem Tablett. Hatte Loretta noch keine Zeit gefunden, sie einzufügen?

»Ein Zepter?« Verwundert musterte er Lorettas Gesicht. Wofür brauchte sie ein solches Symbol der Macht?

»Nein.« Sie hob die Augenbrauen. »Eine Waffe.«

»Edler Fürst?« Die Stimme einer Magd ließ alle herumfahren.

»Warum ausgerechnet jetzt?«, stieß Loretta aus. »Wer hat dich geschickt?« Ihr durchdringender Blick richtete sich auf die junge Frau.

Hartmut erkannte in ihr die Magd, die er erst vor drei Tagen eingestellt hatte.

Ihre Hände zitterten, sodass die Silberbecher auf dem Tablett wackelten. »Ihr sagtet doch ... ich sollte Euch ...« Unsicher sah sie zum Fürsten und weiter zu Hartmut. »Ich sollte Euch Wein bringen.«

»Wenn ich dich rufen lasse.« Loretta verzog ungehalten den Mund. »Nicht eher.«

»Mir schien es nach dieser Zeit angemessen ...«, versuchte die junge Frau, sich zu rechtfertigen.

»Hinaus!« Loretta schlug mit der flachen Hand auf den Tisch.

Die Magd zuckte zusammen. Rotwein schwappte über. Hastig trat sie an den Tisch und stellte das Tablett ab. Zu hastig. Als sie ihre Hand zurückzog, streifte sie einen der Becher – der umkippte. Der Rebensaft ergoss sich über die Tischplatte und auf Lorettas Kleid.

»Du dummes Ding!« Die Schwester des Fürsten sprang auf. »Sieh nur, was du angerichtet hast.« Anklagend wies sie auf den dunklen Fleck, der sich auf der edlen Seide ausbreitete. Obwohl auch der Stoff von roter Farbe war, würde es nicht einfach sein, die Verschmutzung zur Gänze zu entfernen.

Hartmut unterdrückte ein Seufzen. Die Magd war in der Burg fehl am Platze. Sie hatte ihm gegenüber völlig unterwürfig gewirkt, aber offensichtlich dachte sie zu viel. Sie machte sich Gedanken, obwohl sie nur gehorchen sollte. Er würde sie noch an diesem Tag zurück nach Hause schicken.

Die Wangen der jungen Frau verloren jegliche Farbe. »Ich ... Ich bitte untertänigst um Verzeihung.«

»Denkst du etwa, das genügt?« Loretta verzerrte das Gesicht zu einer Fratze. Sie griff nach dem Zepter und der losen Perle, die sie rasch in eine Vertiefung des Ornaments drückte. Dreimal tippte sie gegen das stumpfe Ende des kostbaren Stückes. »Mach, dass du fortkommst – falls du noch kannst.« Mit einer schwungvollen Bewegung richtete sie den Stab auf die Magd. Ein gleißender Strahl zuckte aus der Spitze des Goldornaments und traf die Frau.

Die Magd schrie auf. Mit schmerzverzerrtem Gesicht sank sie auf die Knie. »Ich ...« Sie rang um Luft. »Ich wollte ... doch nicht.«

Ein erneuter Lichtstoß streckte sie zu Boden, wo sie regungslos liegen blieb.

Für einen Moment dachte Hartmut, sie wäre tot. Das könnte Unannehmlichkeiten mit sich bringen, wenn ihr Vater sich traute, aufzubegehren, und Unruhe unter den Bauern stiftete. Doch dann sah er, dass der Brustkorb der Frau sich zart hob und senkte.

Erneut löste sich ein Blitz aus dem Zepter, traf jedoch die Wand – die unversehrt blieb. Es schien, dass diese Waffe nur gegen Menschen Wirkung zeigte und Loretta nicht die volle Kontrolle darüber hatte.

Der Fürst brummte. »Was soll das? Jetzt liegt die dumme Magd da und wir müssen warten, bis sie wieder erwacht.«

Seine Schwester ballte die freie Hand zur Faust. »Sie hat die Strafe verdient.« Noch ein Blitz.

»Stell das ab!«, verlangte der Fürst. »Es wird auch so Gerede genug geben.«

Loretta presste die Lippen aufeinander und tippte dreimal gegen das stumpfe Ende des Stabes, ehe sie die eine Perle aus der Fassung löste. Nun war das Zepter wieder nur ein kostbares Schaustück.

»Scheint schwierig zu beherrschen zu sein.« Der Fürst brummte unwillig. »Ich hoffe, du weißt, was du tust.«

»Natürlich, die alten Schriften sind eindeutig.« Sie lächelte, doch auf ihrer Stirn hatten sich Schweißtropfen gebildet. Ihre Hand zitterte, als sie das Zepter auf das Tablett legte. Immer noch lächelnd wandte sie sich Hartmut zu. »Gewiss habt Ihr nun erkannt, welche Macht in dieser Lichtwaffe liegt. Ich möchte nur, dass Ihr versteht, unser Fürst Hohold«, gönnerhaft nickte sie ihrem Bruder zu, »kommt in die Jahre und hat keine Kinder aus einer aufrechten Ehe. Jemand anderer muss das Erbe antreten.« Damit ignorierte sie Hoholds Sohn, doch der weilte weit weg für seine Ausbildung zum Ritter. Lorettas Blick richtete sich wieder auf Hartmut. »Ich – und Ihr an meiner Seite werden unseren lieben Fürsten beerben. Sobald wir verheiratet sind, wird mein Bruder Euch als seinen Nachfolger bestimmen. Die Lichtwaffe wird uns helfen, unsere Herrschaft beträchtlich zu erweitern. In Gebieten, die Euch bislang unbekannt sind.« Sie sah kurz zu der Magd, die leise stöhnte. »Eine gewaltige Macht – und dabei ist die Waffe noch gar nicht fertig. Wenn ich sie mit einer weiteren Perle vollende, entfaltet sie tödliche Kraft, wen immer der Lichtstrahl trifft.« Loretta lächelte. »Ihr werdet mir diese Perle beschaffen, Hartmut. Heute Nacht. Dann werde ich Euch von dem Fluch erlösen, der Euch quält.«

Begegnung

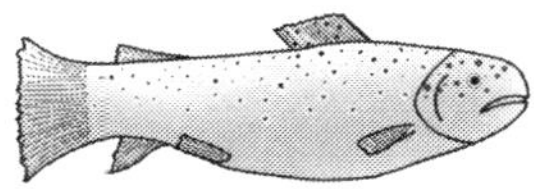

Aufmerksam schweifte Hartmuts Blick am Ufer entlang. Nach dem Regen zeigte sich nochmals die Sonne – und das nutzte ein junges Pärchen, um an der Donau zu verweilen. Die beiden schlanken Gestalten standen eng beieinander und unterhielten sich leise. Der Mann wies aufs Wasser. Sein blondes, halblanges Haar leuchtete in der Abendsonne. Die Frau nickte. Sie hatte ihr Haupt mit einer Kapuze verhüllt, aber trotz des langen Umhangs verrieten ihre Silhouette und ihre Bewegungen ihr Geschlecht.

Hartmut verbarg sich hinter einer ausladenden Weide. Den Beutel mit den Decken und dem Proviant lehnte er gegen den Stamm. Obwohl der Baum bereits einige seiner welken Blätter verloren hatte, bot er Sichtschutz.

Wer sind die bloß? Der Unbekannte wirkte noch sehr jung, seine Wangen waren frei von jeglichem Bartflaum. Hartmut war sicher, dass er den Jüngling nie zuvor gesehen hatte. Auch die ungewöhnliche Machart des Dolches, den der Fremde hinter seinem Gürtel stecken hatte, deutete auf jemanden hin, der nicht von hier war. Abschätzig betrachtete Hartmut die Waffe. War das Bronze? Die Frau hatte ihr Gesicht zu sehr bedeckt, sodass er nicht sagen konnte, ob er sie kannte. Zu seinem Ärger schlenderten die beiden ein paar Schritte in die eine, dann in die andere Richtung. Offenbar konnten sie sich nicht entscheiden, wohin sie gehen sollten. Oder sie wollten es nicht. Auf jeden Fall hielten sie sich viel zu nahe bei dem

Holunderstrauch auf, unter dem Hartmut seinen Dreizack versteckt hatte. Er konnte ihn nicht holen, ohne von dem Pärchen beobachtet zu werden. Die Waffe, die der frühere Schmied angefertigt hatte, leistete ihm unter Wasser gute Dienste.

Mürrisch prüfte er den Sonnenstand. Die Strahlen färbten sich bereits rötlich. War die Sonne erst einmal untergegangen, würde der Windhauch bedeutend kühler werden. Was trieben die beiden noch da? Bestimmt mussten sie ein Stück Weg zurücklegen, um zu ihrer Unterkunft zu gelangen. Wer wollte das denn im Dunkeln?

Der Fremde neigte sich zu seiner Begleiterin und sagte etwas zu ihr.

Über den Wind wurden nur einzelne Fetzen ihrer Antwort zu Hartmut getragen. »Es ist unerlässlich ...« Die nächsten Sätze verstand er nicht. »... sie aufhalten.«

Verwundert runzelte er die Stirn. Nach Geturtel klang das nicht. Die beiden hatten anscheinend etwas Ernsteres zu besprechen.

Unvermittelt sah die Frau zu der Weide.

Hartmut zuckte zusammen. Gleich darauf wallte Ärger in ihm hoch. Sonst war er doch auch nicht schreckhaft. Abgesehen davon hatte er sich gut genug verborgen, um vor den Blicken der beiden geschützt zu sein. Aber selbst wenn sie auf ihn aufmerksam wurden, war das bedeutungslos. Sie hatten nicht das Recht, ihn für sein Hiersein zur Rede zu stellen. Allerdings enthüllte die Fremde mit ihrer Kopfbewegung einen Gutteil des Gesichts – eines ebenmäßigen Antlitzes mit einer ausgeprägten, aber geraden Nase und vollen Lippen.

Bildete Hartmut sich das nur ein oder ging von ihren Augen tatsächlich ein Leuchten aus? Ihr Blick schien das Blattwerk zu durchdringen – ebenso wie Hartmuts Kleidung. Ihm wurde heiß und kalt gleichzeitig. Fasziniert starrte er die Unbekannte an. *Wer ist sie?* Von einem Moment zum anderen maß er dieser Überlegung enorme Wichtigkeit bei. Einen Atemzug lang war er sogar versucht, sein Versteck zu verlassen und sie schlichtweg zu fragen. Als Burgvogt stand es ihm zu, von Fremden Auskunft darüber zu verlangen, was sie hier wollten.

Doch die Frau wandte sich ab und der Impuls verblasste. Offensichtlich hatte er sich nur eingebildet, dass sie ihn bemerkt hatte. Hartmut rief sich zur Ordnung. *Besser, sie gehen endlich.* Falls er sich einmischte, würde das zu Ärger führen. Danach war ihm nicht zumute. Und womöglich würden sie weitererzählen, dass er sich um diese Abendzeit am Donauufer aufhielt. Das würde Nachschub für die Gerüchteküche bedeuten. Auch wenn das Gerede ihm nichts anhaben konnte, die Spekulationen, warum er zu bestimmten Mondphasen zum Wasser ging und was er dort tat, empfand er als Makel. Ein Umstand, den er mit dieser Nacht beseitigen, nicht verfestigen wollte.

Also lehnte Hartmut sich seitlich gegen den Baumstamm und wartete.

Zu seiner Erleichterung hatte sich das Stechen in seiner aufgebrochenen Wunde zu einem zarten Pulsieren verringert, aber nun, da er nichts weiter tun konnte, als auszuharren, spürte er es wieder deutlicher.

Die Sonne verschwand hinter den Bäumen am Flussufer, bald würde sich Düsternis ausbreiten.

Die Fremden sprachen leise miteinander. Es schien, dass sie gegensätzlicher Meinung waren. Schließlich wandten sie sich in Hartmuts Richtung. Erst dachte er, sie würden den Heimweg antreten, doch sie hielten geradewegs auf die Weide zu. *Sie hat mich tatsächlich gesehen.* Sich zu verbergen, hatte nun keinen Sinn mehr.

Er trat auf den Weg und baute sich breitbeinig vor den beiden auf. »So spät noch unterwegs?«, fragte er mit grollender Stimme. »Was habt ihr hier zu suchen?«

Die Frau sah ihm ins Gesicht – und Hartmut musste sich zwingen, ruhig stehen zu bleiben. Dieser Blick! Ihre Augen im

Schatten der Kapuze schienen ihm unergründlich, wie unendlich tiefe Teiche.

Sie reckte das Kinn. »Wer will das wissen?«

Hartmut legte eine Hand auf den Schwertgriff. »Der Vogt von Sunhilburg. Ihr seid Fremde, und als solche solltet ihr euch zu dieser Tageszeit in eure Herberge begeben. Es sei denn, ihr wollt die Nacht im Kerker der Burg verbringen, damit ich euch ein andermal ausführlich befragen kann, was euch hierher geführt hat. Morgen vielleicht. Oder auch erst in zwei Tagen, oder drei.« Gelassen zuckte er mit den Schultern. »Wie mir danach ist.«

»Unmensch!« In den Augen der Frau schien ein Feuer zu lodern. »Wir haben niemandem etwas getan. Ihr könnt uns nicht einfach ins Gefängnis stecken.«

»Meinst du das?« Hartmut hob die Augenbrauen. »Ich tue, was ich will, denn ich schulde nur meinem Fürsten Rechtfertigung. Und der ist bestimmt nicht damit einverstanden, dass Fremde sich auf seinem Grund und Boden zur Nachtzeit herumtreiben.«

»Das tun wir doch gar nicht.« Ärger klang aus der Stimme der Unbekannten. Sie zeigte sich von seinen Drohungen kein bisschen beeindruckt. »Wir verbringen einen friedlichen Abend am Fluss, nichts weiter. Sagt das Eurem Fürsten und lasst uns in Ruhe.«

Wut packte Hartmut. »Deine Widerworte können dich den Kopf kosten!« Er zog das Schwert.

Der Mann verneigte sich tief. »Bitte verzeiht. Sie weiß manchmal nicht ...« Er warf der Frau einen bedauernden Blick zu. »Sie weiß manchmal nicht, was sie sagt.«

»So?« Ruckartig wandte sie sich zu ihm und bleckte die Zähne. »Untersteh dich ...«

Der Jüngling fasste sie am Arm und verbeugte sich erneut. »Ihr habt recht, die Nacht bricht herein und wir sollten uns auf den Weg machen.«

Seine Begleiterin schnappte nach Luft, aber ehe sie etwas sagen konnte, zog ihr Gefährte sie mit sich, weg von Hartmut.

Sollte er sie aufhalten? Er schluckte seinen Groll hinunter. Er hatte erreicht, was er wollte, das war ihm genug.

Als das Pärchen außer Sicht war, steckte er das Schwert in die Scheide und holte seinen Beutel. In dem Pflanzengestrüpp unter dem Holunderstrauch hatte er seinen Dreizack verborgen, abgedeckt mit Ästen und Laub. Behutsam entfernte er die schützende Schicht und hob die Waffe auf. Erdbröckchen beschmutzten die Spitzen und Hartmut wischte sie weg. Versonnen betrachtete er das metallene Symbol seines Fluchs. *Ein letztes Mal* ... Dann hatte er für den Dreizack keine Verwendung mehr. Zum Wegwerfen war dieser trotzdem viel zu kostbar. Fortan würde er ihn in seinen Räumlichkeiten verwahren – als Erinnerung. Ein Hochgefühl breitete sich in ihm aus. Er würde nicht nur Loretta heiraten, eine der schönsten Frauen, die ihm je begegnet waren, und damit den Fluch brechen, er würde über kurz oder lang Fürst sein. Hohold hatte ihm selbst zugesichert, dass er das veranlassen würde, denn sein Sohn hätte ihn stets nur enttäuscht.

Unwillkürlich kam Hartmut die Lichtwaffe in den Sinn. Ihre Existenz schien ihm seltsam unwirklich, als wäre sie einem Traum entsprungen. Aber nachdem die Magd vollständig erwacht war, hatte sie nur wirres Zeug geredet und konnte sich an die Ereignisse in der Wohnhalle nicht erinnern.

Was hatte Loretta mit der Waffe vor? Wollte sie damit die Bauern in Angst und Schrecken halten? Oder neuen Grundbesitz erobern? Bis vor zwei Jahren hatte die Schwester des Fürsten bei ihren Eltern auf einer abgelegenen Burg gelebt. Vielleicht war sie auf der Reise hierher durch Gebiete gekommen, die sie gerne als ihren Besitz ansehen würde. Möglicherweise hatte ihr auch jemand von irgendwelchen wundersamen Gegenden erzählt.

Hartmut strich sich die Haare über die Schulter. Das ließ

sich alles besprechen, wenn sie verheiratet waren. Dann würde er Loretta klar machen, dass das Zepter zwar großes Potenzial besaß, es aber auch nur eine einzelne Waffe darstellte. Gegen eine Armee konnte sie damit wenig ausrichten. Ein Lächeln überkam ihn. *Eine Frau und ihre Fantasie.* Würde sie wütend sein, wenn er ihr die Wahrheit sagte? Er dachte daran, wie begehrlich sie während des Gesprächs seine Gestalt gemustert hatte. Es würde ihm wohl leichtfallen, ihren Unmut zum Verschwinden zu bringen.

In Gedanken bei Lorettas wohlgeformtem Körper und ihren üppigen Brüsten zog Hartmut die Decke aus dem Beutel und breitete sie unter dem Strauch aus. Vorsichtig, um den Schmerz in der alten Wunde nicht zu sehr anzufachen, ließ er sich darauf nieder. Der Holunderstrauch bot ihm Windschutz, dennoch würde es eine kalte Nacht werden – es sei denn, die Mondfinsternis setzte bald ein. Den genauen Zeitpunkt wusste allerdings nicht einmal Loretta vorherzusehen.

Er strich über die Spitzen des Dreizacks. *Ein letztes Mal ...* Dann wäre die schöne Schwester des Fürsten seine Frau. *Und ich bin meinen Fluch los.*

Kampf

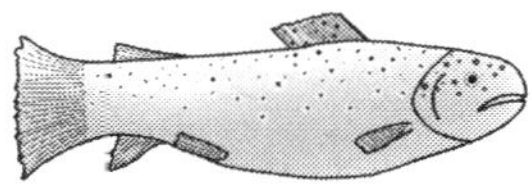

Die Nacht schritt voran. Obwohl Hartmut sich in eine zweite Decke gehüllt hatte, zitterte er vor Kälte. Es war sternenklar. Der Vollmond stand hoch am Himmel und strahlte in seinem schönsten Licht. Wann verfinsterte er sich endlich? Anders als in den Neumondnächten verwandelte er sich erst zu diesem Zeitpunkt, blieb aber auch dann bis zum Sonnenaufgang in seiner Gestalt als Wassermann.

Hartmut rieb seine Handflächen aneinander, in dem vergeblichen Versuch, sich zu wärmen.

Wenigstens gab es um diese Jahreszeit keine Stechmücken, aber das war ihm nun auch wenig Trost.

Könnte Loretta sich geirrt haben? Er blickte abermals zum Mond. Nach wie vor wirkte die Himmelsscheibe perfekt rund. Kein Anzeichen, dass sie sich verdunkelte.

Frustriert wickelte Hartmut sich noch enger in die Decken. Wenn er Pech hatte, harrte er vergeblich in der Kälte aus.

Da stieg eine wohlbekannte Wärme in ihm auf. Also doch! Ein Blick zum Mond bestätigte ihm, dass endlich die Finsternis einsetzte.

Rasch stand er auf und öffnete die Schließe des Umhangs. Sorgsam legte er das Kleidungsstück zusammen und unter den Strauch. Seine restlichen Kleider folgten. Die Wärme in ihm war wogender Hitze gewichen. Nun konnte die Kälte der Herbstnacht ihm nichts mehr anhaben. Er hängte sich den kleinen Beutel mit dem langen Riemen schräg über die Schulter. Darin würde er die Muschel samt der kostbaren Perle transportieren. Hartmut packte den Dreizack und ging die wenigen Schritte zum Wasser.

Gierig leckten die Wellen über seine bloßen Füße. Schmerz durchzuckte seine Beine und weiter durch seinen gesamten Körper. Er sank auf die Knie, wobei er die Waffe fest umklammerte. Vor Pein keuchte er. Daran hatte er sich nie gewöhnt.

Nachdem die Verwandlung abgeschlossen war, ließ Hartmut sich in tieferes Wasser gleiten. Auch hier spürte er die Kühle der Jahreszeit, aber längst nicht so stark wie an Land. Und mit kräftigen Flossenschlägen gelang es ihm bald, sich aufzuwärmen. Die alte Wunde verursachte in dieser Gestalt nur ein leichtes Ziehen.

Mühelos durchdrang sein rot glühender Blick die Schwärze des Flusses, während er den vertrauten Weg entlangschwamm. Den Weg zu den schillernden Perlen.

Ein Hecht kam ihm entgegen, ein Schwarm Zander, Karpfen und Barsche kreuzten seinen Weg. Der Dreizack sorgte dafür, dass sie alle Abstand hielten. Doch ... Er schluckte. Das Ungeheuer, gegen das er antreten würde, hatte sich von seiner Waffe noch nie beeindrucken lassen. Zu seinem Leidwesen musste er die Perlen für Loretta ausgerechnet aus den Höhlen der Untiere mit den langen Stoßzähnen holen.

Schließlich langte er bei dem Tunnel an, der in die magische Welt führte. Zumindest nannte Hartmut sie so. Er hatte keine andere Erklärung für all die seltsamen Tiere und Pflanzen, die sich darin tummelten.

Am Eingang verharrte er. Die Schwärze, die sich vor ihm erstreckte, war selbst für seine glühenden Augen kaum zu durchdringen.

Ein letztes Mal ... Hartmut gab sich einen Ruck und durchquerte den finsteren Gang.

Die blau schimmernden Tentakelwesen trieben ihm entgegen. Geschickt wich er ihnen aus.

Am Ende des Tunnels hielt er inne und sah sich nach allen Seiten um. Ein Schwarm leuchtend bunter Fische schwamm gemächlich vorbei. Die großblättrigen Pflanzen wogten sachte in der Strömung. Von einem Raubfisch war nichts zu sehen. Dennoch packte Hartmut seinen Dreizack fester. Im Schutz der Blätter bewegte er sich von einem beindicken Stängel zum nächsten, wobei er achtgab, ein gleichmäßiges Tempo beizubehalten. Nur keine Aufmerksamkeit auf sich ziehen. Wer immer ihn in dieser seltsamen Welt angriff – ein Kampf barg stets Todesgefahr.

Trotz seiner Vorsicht zeigte Hartmut ein Blick zurück, dass ihm einer der karpfenähnlichen Fische folgte. Diese Biester ließen sich weder von seiner Körpergröße noch von seinem Dreizack einschüchtern. Sie warteten einfach auf den passenden Moment, um ihn zu attackieren. Die scharfen Zähne eines solchen Tieres zu spüren war eine Erfahrung, die Hartmut nicht wiederholen wollte.

Aus dem Augenwinkel behielt er den Fisch im Blick, während er weiter den Unterwasserwald durchquerte.

Schließlich lichteten sich die großblättrigen Pflanzen.

Hartmut richtete seine Aufmerksamkeit auf den Untergrund, wusste er doch ... Pfeilschnell schoss der Fisch auf ihn zu. Offenbar wähnte der bissige Angreifer sich nun im Vorteil, da es hier kaum Deckung gab. Aber Hartmut hatte mit der Attacke gerechnet. Statt zu fliehen, stieß er dem Tier den Dreizack entgegen. Das Biest wich aus – und griff neuerlich an. Hartmut konnte es abermals abwehren. Diesmal bohrte sich eine der Spitzen seiner Waffe in die Seite seines Kontrahenten. Blut quoll aus der Wunde, was das Tier wohl veranlasste, vorerst von einem weiteren Angriff abzusehen. Dennoch behielt es Hartmut abwartend im Auge.

Zähes Vieh! Dass der Fisch sich nach wie vor bereit zeigte, den Kampf bei günstiger Gelegenheit wiederaufzunehmen, passte Hartmut gar nicht. Vor ihm fiel der Untergrund steil ab. Eine dicke Schlammschicht bedeckte den Boden, es schien jedoch nur so, als würden in ihr weniger Pflanzen gedeihen.

Aufmerksam schweifte Hartmuts Blick über den Schlamm, während er darüber hinweg schwamm. Der bissige Karpfen folgte ihm, ja hielt sich sogar auf der gleichen Höhe, wenn auch außerhalb der Reichweite des Dreizacks.

Hartmuts Herz pochte in schnellem Rhythmus. Das Biest im Auge zu behalten, war bereits schwierig genug, aber nun noch darauf zu achten ... Eine Ranke schoss aus dem Untergrund. Mit einem blitzschnellen Schlenker entging er ihrem Würgegriff – was der Fisch für die nächste Attacke nutzte. Seine Zähne bohrten sich in Hartmuts Waffenarm.

»Mistvieh!« Er versuchte, das Tier mit der anderen Hand von sich zu stoßen. Doch der Angreifer hatte sich festgebissen. Eine schnelle Drehung. Eine Rolle. Vergeblich.

Eine weitere Ranke schuf Abhilfe. Sie wickelte sich um den Fisch und riss ihn Richtung Grund.

Der Moment der Erleichterung währte für Hartmut nur kurz. Eine andere Schlingpflanze wand sich um seine Flosse und zog ihn unerbittlich tiefer.

Er stach mit dem Dreizack nach der Ranke, aber er konnte sie nicht erreichen, ohne sich selbst zu verletzen. *Verdammt!* Mit aller Kraft kämpfte er gegen den Zug an – vergeblich. Immer deutlicher konnte er den schlammigen Grund des Flusses erkennen. Und das gefräßige Maul der Pflanze, das aus dem Schlick auftauchte. Dieser Mund war doppelt so lang wie Hartmut und mit armlangen Stacheln bestückt. Das Maul öffnete sich, sodass er in das rosige Innere blicken konnte – samt der zuckenden Zunge.

Panisch schob er eine Spitze des Dreizacks zwischen seine Flosse und die Ranke. Doch es gelang ihm weder, die Schlinge zu lösen, noch, sie zu zerteilen.

Ein Beben ging durch das Gewächs.

Vorfreude auf die Beute?

Ihr Zug verstärkte sich. Hartmut blieb nur eine Möglichkeit. Er überließ sich dem Sog und hielt mit vorgestrecktem Dreizack auf das Maul zu.

Die Pflanze schnappte nach ihm.

Entschlossen stach Hartmut zu. Die Waffe bohrte sich in das fleischige Innere des Mundes. Nun wand sich das Wesen, als litte es Schmerzen. Mit einem Ruck riss Hartmut den Dreizack aus der Wunde – und stieß erneut zu.

Die Ranke zog sich fester um seine Flosse, als wollte sie ihn keinesfalls entkommen lassen.

Noch ein Stich.

Der Druck um Hartmuts Fischschwanz wurde unerträglich. Hatte das Gewächs Kraft genug, um ihn zu zerquetschen?

Ein Zurück gab es ohnehin nicht. Also setzte Hartmut neuerlich seine Waffe ein.

Endlich klappte das Maul zu und versank im Schlamm. Die Ranke, die sich um ihn gewickelt hatte, löste sich.

Fort! Mit kräftigen Flossenschlägen brachte er sich nach oben. Ein Rundumblick bestätigte ihm, dass der Fisch wohl als Pflanzenfutter geendet hatte. Nun erst warf er einen Blick auf die Wunde am Arm. *Verflucht!* Er blutete elendiglich. Der Geruch davon verteilte sich im Wasser – und würde sämtliche Raubfische zu ihm führen, wie gut er sich auch versteckte.

Hastig schwamm Hartmut weiter. Immer wieder wich er den Ranken aus, die nach ihm griffen. Ohne Ablenkung war dies wesentlich einfacher. Aber wie lange würden die Tiere ihn unbehelligt lassen? Und die Kreatur, gegen die er antreten musste, um die Perle zu holen ... Er würde sie über seine Anwesenheit nicht täuschen können.

Hartmut war klar, dass er umkehren sollte. Der Schwester des Fürsten würde nichts anderes übrig bleiben, als zwei Wochen länger auf die letzte Perle zu warten. Wenn er tot wäre, könnte sie ihr auch niemand bringen. Andererseits ... Er befand sich bereits nahe an seinem Ziel. Und Lorettas Worten nach, war der Zeitpunkt, zu dem er die Perle holte, von Bedeutung.

Also schwamm er weiter.

Er ließ das Gebiet mit den fleischfressenden Pflanzen hinter sich und erreichte die Ebene der Felsbrocken. Gewaltige Steinklötze lagen im Wasser, bildeten Unterschlupfe und Durchgänge. Ideal, um sich zu verstecken. Zu seiner Erleichterung kreuzten nur wenige Raubfische seinen Weg, und die vertrieb Hartmut mit dem Dreizack.

Im Schutz der Felsen bewegte er sich vorwärts, bis er bei der Höhle anlangte, die Loretta ihm genannt hatte. Finsternis tat sich vor ihm auf. Zwei Manneslängen, weiter vermochte sein Blick nicht in die Dunkelheit vorzudringen.

Er lauschte. War das Ungeheuer da? Oder hatte es sich auf Beutefang begeben?

Stille erstreckte sich vor Hartmut.

Mit einem kräftigen Flossenschlag glitt er hinein, wobei er den Dreizack nach vorne richtete. Wenn er Glück hatte, konnte er einfach die Muschel samt der Perle an sich nehmen und verschwinden, ehe der Höhlenbewohner zurückkehrte.

Tatsächlich lag das riesige Nest unbewacht vor ihm. Trotzdem schauderte Hartmut. Die Brutstätte war baumlang und ebenso breit. Noch befand sich kein Jungtier darin. Stattdessen lag eine rundlich geformte Muschel mit fächerartigen Einbuchtungen in der Mitte. Er griff danach und steckte die Kostbarkeit in den Beutel an seiner Seite. *Bestens!* Das Untier war fort – und Hartmut hatte, was er wollte. Dass sich im Inneren der Muschel eine schillernde Perle befand, stand außer Zweifel. Das war bislang noch jedes Mal der Fall gewesen. Es schien, dass die Monsterkreatur eine Vorliebe dafür hatte. Was auch immer sie damit anstellte. Nachvollziehen konnte er nicht, welche Verwendung das Ungeheuer für die Muscheln hatte. Aber das war ihm ohnehin gleichgültig.

Rasch schwamm er zum Ausgang. Zumindest versuchte er das. Doch zwei riesige Stoßzähne schoben sich ins Innere –

gefolgt vom rundlichen Kopf und dem massigen Körper des Höhlenbewohners.

Hartmut wich an die Wand zurück, so weit als möglich. Diese Kreaturen konnten schlecht sehen, sodass es ihm bereits mehrmals gelungen war, ihnen in ihren Höhlen auszuweichen und sie ungesehen zu verlassen. Doch nun verriet das Blut, das fortwährend aus seinem Arm sickerte, seine Anwesenheit.

Schnüffelnd öffnete das Untier sein Maul mit den gebogenen Hauern und wandte sich ihm zu.

Hartmut wollte Richtung Ausgang huschen, doch die Kreatur schlug ihm ihre Schwanzflosse entgegen.

Der Angriff schleuderte ihn gegen die Höhlenwand. Schmerzhaft schrammte sein bloßer Rücken über den Felsen. Hartmut stöhnte. Dennoch umklammerte er mit aller Kraft den Dreizack. Ihm blieb keine Zeit, zu verschnaufen. Das Tier attackierte ihn mit seinen Stoßzähnen. Gerade noch konnte er dem tödlichen Stich ausweichen. Doch nun stach auch Hartmut zu – und traf seitlich den Kopf des Ungeheuers.

Ein jämmerlicher Laut entrang sich der Kreatur.

Die Töne, die das Untier von sich gab, ließen Hartmut frösteln. Erneut wandte er sich zur Flucht.

Wieder stieß der Höhlenbewohner mit den Stoßzähnen nach ihm. Ein Zahn traf nur eine Handlänge neben Hartmut den Fels. Ein Klagelaut folgte. Vor allem jedoch war die Kreatur abgelenkt – was Hartmut dafür nutzte, ihr den Dreizack neuerlich ins Gesicht zu rammen. Das darauffolgende Gebrüll tat ihm in den Ohren weh. Ein Schlag des Tieres mit der Schwanzflosse schleuderte Hartmut gegen die Höhlendecke. Schmerz explodierte in seinem Kopf. Der Dreizack entglitt seiner Hand und für einen Moment meinte er, die Sinne würden ihm schwinden.

Er blieb bei Bewusstsein, aber er fühlte sich wie gelähmt. Hilflos trieb er im Wasser.

Seine schwachen Flossenschläge führten lediglich dazu,

dass er langsam zu Boden sank. Zu dem lauernden Untier.

Es stieß ein Brüllen aus, das Hartmut einen Schauder durch den Körper jagte. Gewiss würde es in wenigen Augenblicken die Hauer in sein Fleisch versenken.

»Hilf ihr!«

Völlig unerwartet drangen Worte in Hartmuts Bewusstsein. Aber das konnte nicht sein!

»Sie ist verletzt!« Die Frauenstimme klang panisch. Und seltsamerweise schien sie ihm bekannt.

Mühsam wandte er den Kopf. Im Licht des Höhleneingangs standen – nein schwammen! – vier Wesen. Halb Mensch, halb Fisch. Mit ebenso grauer Haut, dunklen Haaren und glühenden Augen wie er selbst. Jeder der Fremden war mit einem Speer bewaffnet. Ein Mann näherte sich dem Untier.

Ein anderer wies zu Hartmut. »Und was machen wir mit ihm?«

»Bringt ihn mir!« Die einzige Frau der Gruppe verschränkte die Arme vor der lediglich mit einer breiten Binde bedeckten Brust und starrte Hartmut feindselig entgegen.

Wer auch immer diese Menschenwesen waren, sie verfolgten keineswegs gute Absichten. Immerhin kümmerten sie sich um das Untier, und das Gehabe der Frau ... *Sie will mich gefangen nehmen!* Aber noch war Hartmut nicht endgültig geschlagen. Neue Kraft durchströmte ihn. Er hatte die Muschel sicher in seinem Beutel und die Kreatur würde ihm nun fernbleiben. Alles, was er tun musste, war, die Wassermenschen zu besiegen. Oder zu überlisten.

Er wartete, bis die Männer ihn schon fast erreicht hatten. Abrupt ließ er sich zu Boden sinken. Zu seinem Dreizack. Aber statt nach der Waffe zu greifen, tat er so, als könnte er sich kein bisschen mehr rühren. Mit hilflosem Blick sah er den Fremden entgegen.

Der Jüngere der beiden grinste hämisch. »Was für ein netter Fang.«

Der Ältere rümpfte die Nase. »Rücksichtsloser Drecksack! Wir werden dich aufspießen!«

Nun fiel Hartmut der Griff nach seinem Dreizack noch leichter. Mit einem kraftvollen Flossenschlag hielt er sich den Jüngeren vom Leib. Nach dem Älteren stieß er mit der Waffe. Der Wassermann wich aus – aber zu langsam. Eine Spitze durchbohrte seine Seite und er stöhnte laut.

Hartmut wandte sich zur Flucht.

Da versperrte ihm die Frau den Weg. Er stieß auch nach ihr mit dem Dreizack, doch gewandt entging sie dem Angriff – und stach ihm seinerseits ihre Speerspitze in seinen verletzten Arm.

Hartmut krümmte sich vor Schmerzen. Er spürte den Druck einer weiteren Waffe in seinem Rücken.

»Es gibt kein Entkommen!«, herrschte die Wasserfrau ihn an.

Gefangenschaft

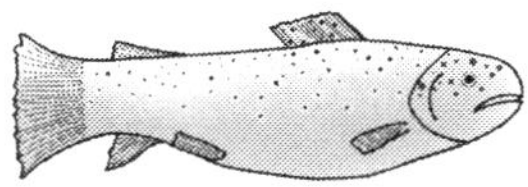

Hartmut wand sich in den Klammergriffen der Wassermenschen. Vergeblich. Seine Gegenwehr führte nur dazu, dass seine Bewacher ihn noch fester packten. Die Fessel um seine Handgelenke tat ihr Übriges, um sein Entkommen zu verhindern.

»Lasst mich los!« Unbeirrt sträubte er sich weiterhin dagegen, dass sie ihn vorwärts zogen. »Ich habe euch nichts getan.«

Die Frau wandte sich zu ihm um. Wut ließ ihre golden glühenden Augen funkeln. »Und was ist mit Lazar?« Mit dem Kinn deutete sie auf den Verletzten, der neben ihr schwamm. Der notdürftig angelegte Verband aus Schlingpflanzen vermochte die Blutung nur unzureichend zu stillen. Sie hob die Hand, mit der sie den Dreizack umklammerte. »Du hast ihn fast erstochen!«

»Das war bloße Verteidigung«, rechtfertigte Hartmut sich. Um seine eigene Wunde hatte sich niemand gekümmert. »Ich lasse mich doch nicht freiwillig gefangen nehmen.«

Abfällig verzog sie den Mund. »Wir haben lange nach einer Möglichkeit gesucht, dich endlich zu fassen. Nun entkommst du uns nicht.« Ihre Augen verengten sich zu schmalen Schlitzen. »Und wir werden dich für alle deine Verbrechen zur Rechenschaft ziehen.«

Verblüfft schwieg Hartmut. Wovon sprach sie eigentlich? Nach wie vor hatte er das Gefühl, dass ihm ihre Stimme bekannt vorkam, was gewiss völliger Unsinn war. Er musterte die Frau, die ihn hatte gefangen nehmen lassen. Ihre dunklen Haare umwogten ein Gesicht mit ausgeprägten aber harmonisch wirkenden Zügen. Zarte Haut spannte sich über klar definierten Schultern und Armen. Und die Binde um ihren Oberkörper bedeckte wohlgeformte Rundungen. Eine begehrenswerte Frau – unter anderen Umständen.

»Was weißt du über mich?«, fragte er schließlich.

»Das heißt: *Ihr.*« Der Bewacher links von ihm drückte seinen Klammergriff noch fester zusammen. »Du sprichst mit Königin Theodora.«

Eine weitere Überraschung. Ein Königreich unter Wasser, in einer magischen Welt voller gefährlicher Wesen. »Aber ich bin keiner Eurer Untertanen.« Hartmut wand sich wieder. »Ihr habt kein Recht, über mich zu richten. Und ich habe auch keine Verbrechen gegen Euch begangen.«

Mit einem Flossenschlag war die Königin bei ihm. Abermals blitzte Zorn in ihren Augen. »Vielleicht siehst du das so – aber wir nicht!« Abrupt wandte sie sich ab. Sie packte Lazar am Oberarm und schwamm wieder voraus, wobei sie ein beachtliches Tempo anschlug.

Die Wassermenschen zerrten Hartmut über die Ebene der Felsbrocken, weiter, als er jemals geschwommen war. Einst hatte Loretta ihm verraten, wo sich die Höhlen der Ungeheuer befanden und welche davon er wann aufsuchen musste. Das wusste sie aus mythischen Erzählungen fahrender Händler – und ihre Angaben waren immer richtig gewesen. Diese Unterwasserwelt hatte ihn stets fasziniert, allerdings war sie ihm zu gefährlich erschienen, um mehr zu erforschen, als unbedingt notwendig.

Seine Widersacher brachten ihn in ein Gebiet mit weiteren fleischfressenden Pflanzen. Geschickt wehrten die Wassermenschen die Attacken der Ranken mit ihren Speeren ab und hielten die Raubfische auf Abstand, die der Blutgeruch unweigerlich anlockte.

Dennoch seufzte einer von Hartmuts jungen Bewachern erleichtert, als sie einen Pflanzenwald erreichten, der noch wundersamer war, als alles, was er bisher gesehen hatte: Gewaltige Pflanzen mit dicken, holzigen Stämmen gediehen hier. Sie glichen Laubbäumen, waren aber von einer Art, die keiner Hartmut bekannten ähnelten. Die herzförmigen Blätter maßen gut eine halbe Manneslänge und waren nur wenig schmäler. Ihre Unterseite wurde von violetten Adern durchzogen und war mit goldenen handlangen Härchen bewachsen, die ein diffuses Licht abstrahlten. Diese Helligkeit mieden die Raubfische.

Zwischen den Bäumen wuchsen über eine weitläufige Fläche bodenbedeckende Pflanzen. Einzelne Abschnitte waren mit Felsbrocken voneinander getrennt, woraus Hartmut schloss, dass es sich dabei um bewusst angelegte Felder handelte. Sein Blick fiel auf rötliche Früchte, so rund und groß wie ein Kindskopf, und grüne Trauben, die üppig gediehen.

Doch seine Bewacher schleppten ihn auch über Bereiche, auf denen die Pflanzen welkten. Faulige Blätter verbreiteten einen üblen Geruch. Bestellten die Wassermenschen nur die nötigsten Felder und ließen den Rest vermodern, bis er sich wieder zum Anpflanzen eignete?

Schließlich erreichten sie eine Ansiedelung. Würfelförmige, teils mehrstöckige Häuser aus Stein bildeten Gassen und Straßen. Eigenartigerweise besaßen diese Bauwerke weder Fenster noch Türen. Die Fassaden waren über und über mit weißen Muscheln bedeckt, die im Licht der Blätter schimmerten. Die sanfte Helligkeit ähnelte der zwischen Tag und Nacht an Land.

Weitere Wassermenschen schwammen in der Ansiedelung. Sie alle wandten sich Hartmut und den Übrigen zu. Erstaunen zeigte sich in ihren Gesichtern. Fremde kamen wohl kaum jemals hierher.

»Es ist so weit!«, rief derjenige, der sich um das Untier

gekümmert hatte. Hartmut schien, dass er auch dessen Stimme kannte. »Wir haben den Missetäter gefangen genommen«, fuhr sein Bewacher fort. »Königin Theodora wird über ihn Recht sprechen.«

»Endlich!«, stieß einer der Wasserbewohner aus.

Ein alter Mann hob drohend seine Faust. »Er muss büßen!«

»Wann findet die Verhandlung statt?«, fragte eine Frau.

Die Königin wandte sich ihr zu. »Sofort. Die Zugänge zum Thronsaal werden gleich bei unserer Ankunft für alle geöffnet.«

Jubelrufe erklangen da und dort.

Was haben sie bloß? Es war Hartmut ein Rätsel, womit er die Wassermenschen so gegen sich aufgebracht hatte. Sein Angriff auf das Ungeheuer konnte es nicht sein, denn davon wussten die Bewohner der Ansiedelung nichts. Oder handelte es sich schlichtweg um eine Verwechslung? Hielten sie ihn für einen Abtrünnigen? Das war die einzige Erklärung für ihn. Sein Äußeres glich dem der Übrigen – dass er eigentlich ein Mensch war, sah ihm niemand an. *Ich werde das richtigstellen.* Und spätestens am nächsten Tag, wenn er wieder seine zweibeinige Gestalt angenommen hätte, würde für alle offenkundig werden, dass er die Wahrheit sagte.

Der Lärm lockte immer mehr Einwohner aus den Häusern, sodass sie schließlich einen Pulk um die Königin und ihr Gefolge bildeten. Und sie alle redeten lautstark durcheinander.

Um nicht ständig in ihre wütenden Gesichter sehen zu müssen, ließ Hartmut seinen Blick über die fremdartigen Häuser schweifen. Die meisten der Gebäude wirkten gepflegt und in gutem Zustand. Und bei näherer Betrachtung erkannte er, dass die weißen Muscheln, die sie bedeckten, jenen entsprachen, die er zuletzt auf dem Tisch des Fürsten gesehen hatte. Trieben die Wassermenschen etwa Handel damit?

Hartmut fiel aber auch auf, dass die Muscheln auf einzelnen Fassaden sich stellenweise schwarz verfärbt hatten oder überhaupt fehlten. Eine Schlamperei der Bewohner? Oder gab es einen Zusammenhang mit den welken Feldern? Selbst von den Bäumen schienen manche krank zu sein. Einige wiesen Löcher in der Rinde der Stämme auf. Das darunterliegende helle Holz wirkte wie eine Wunde. Splitter standen davon ab und in der Mitte dieser Bereiche breitete sich Fäulnis aus. Ein zähflüssiges Sekret floss heraus, als wäre ein eiterndes Geschwür aufgeplatzt.

Angewidert richtete Hartmut den Blick nach vor. Seine Bewacher hielten mit ihm auf ein langgestrecktes Gebäude mit vier Türmen zu. Auch hier fanden sich Stellen mit verfärbten Muscheln. Nachlässigkeit als Ursache dafür schien ihm unwahrscheinlich, handelte es sich bei dem Bauwerk doch wohl um den Palast der Königin.

Und wie kommt sie in den nun hinein? Er konnte kein Tor entdecken. Dennoch schwamm die Königin unbeirrt auf die zwei Wachen zu, die vor dem Gebäude ausharrten. Ein kurzer Wortwechsel folgte. Der verletzte Wassermann entfernte sich mit einem der Männer. Die Königin hingegen tauchte ab – und war verschwunden.

Nun erst sah Hartmut den Tunnel, der unter der Mauer ins Innere des Gebäudes führte. Seine Wächter ließen ihm keine Zeit für weitere Überlegungen. Rüde stießen sie ihn nach unten und bugsierten ihn durch den kurzen Gang.

Zu seiner Verblüffung tauchten sie in einem weitläufigen Raum auf, in dem breite Treppenstufen, gesäumt von gelben Algen aus dem Wasser führten. Gerade noch sah er die Verwandlung der Königin: Ihr Körper nahm die Gestalt einer Menschenfrau an. Auf zwei Beinen schritt sie in den Saal und griff nach einem schlichten Kleid, das auf einem Ständer aus Holz hing. Rasch schlüpfte sie hinein und knotete den Gürtel fest, ehe sie das Wasser aus ihren nassen Haaren wrang, deren Farbe von Schwarz zu Rot gewechselt hatte.

Unzählige der lichtspendenden Blätter leuchteten in hohen

Vasen wie Kerzen. Und Hartmut schien, dass die Wände die Helligkeit reflektierten, sodass der Thronsaal wie von Sonnenschein durchflutet wirkte.

Als die Königin sich zu Hartmut umwandte, stockte ihm der Atem.

Die Frau vom Flussufer! Dieser Blick war unverkennbar. Aber damit nicht genug. Was die Dämmerung und der Umhang am Abend verdeckt hatten, ließ ihn nun an seinem Verstand zweifeln: In ihrer menschlichen Gestalt bedeckten nicht nur feuerrote Haare Theodoras Rücken, sie blickte ihn aus lilafarbenen Augen an. Damit glich sie Loretta! Wie konnte es eine weitere solche Frau geben? Das war unmöglich! Fassungslos starrte Hartmut sie an, während sie zu einem mit schimmernden Muscheln verzierten Thron schritt. Sein Puls raste. Was ging hier vor sich?

Einer seiner Bewacher stieß ihm den Ellbogen in die Seite. »Erweise Königin Theodora gefälligst Respekt! Hör auf, sie wie einen Fisch mit zwei Schwanzflossen anzuglotzen.«

Zu Hartmuts Verwirrung verwandelten sich die beiden Wächter ebenfalls in Menschen, wobei sie genauso ihre Haar- und Augenfarbe wechselten. In demjenigen der sich um das Untier gekümmert hatte, erkannte er den blonden Jüngling, der die Königin am Ufer begleitet hatte. Aus diesem Grund war ihm auch dessen Stimme bekannt vorgekommen. *Was hatten sie dort zu suchen?* Nichts ergab mehr Sinn für Hartmut.

Grob zerrten die Männer ihn die Stufen hoch und ließen ihn auf dem bloßen Boden liegen. Sie selbst kleideten sich in lange Kittel.

Er keuchte. In seiner Gestalt als Wassermann setzte es ihm zu, auf dem Trockenen auszuharren, während seine verwandelten Widersacher keine Mühe zu haben schienen, die Luft des Raumes zu atmen. Wie war es überhaupt möglich, dass der Saal sich nicht mit Wasser füllte? War etwa Magie im Spiel?

Hartmuts Blick schweifte zum Thron. Zwei seltsame Wesen schmiegten sich offenbar voller Wiedersehensfreude an die Königin. Die Tiere glichen hundsgroßen Hamstern, eines mit grauem Fell, das andere mit rotbraunem. Willig ließen sie sich von ihrer Herrin streicheln.

Doch Theodora schenkte ihnen nur wenige Augenblicke Aufmerksamkeit. Sie setzte eine Krone auf ihr Haupt, ehe sie hoheitsvoll auf dem Thron Platz nahm.

Verstört betrachtete Hartmut das Symbol ihrer Macht, das ihre Haare zierte. Es bestand aus ebensolch verschlungenen Ornamenten wie Lorettas Lichtwaffe. Allerdings war es mit grünlich schimmerndem Perlmutt geschmückt und nicht mit den bunten Perlen, die er der Schwester des Fürsten beschafft hatte.

»Öffnet die Zugänge!«, befahl die Königin. Die Hamsterwesen ließen sich links und rechts von ihr nieder.

Männer, die in den Ecken und auf der langgestreckten Galerie auf halber Höhe des Raumes bereitstanden, machten alle Türen auf, die in den Thronsaal führten.

Der Blondschopf von Hartmuts Bewachern leerte einen Eimer Wasser über ihm aus, wohl, damit er nicht erstickte, bevor sein Urteil gesprochen wurde. Aber das brachte nur für einige Augenblicke Erleichterung.

Ein Kämpfer von gewaltiger Größe und Breite betrat den Saal und sprach leise mit der Königin. Währenddessen strömten Menschen herein, ebenso auf der Galerie. Offensichtlich hatten auch sie sich verwandelt. Wie gelang ihnen das bloß?

Doch Hartmut hatte keine Zeit, sich weiter darüber Gedanken zu machen. Er röchelte.

»Ja, hechel nur um dein Leben!«, rief einer der Schaulustigen ihm zu. »Wir haben nichts dagegen, wenn du an Ort und Stelle verendest.«

»Das ist zu gnädig für ihn!«, befand ein anderer. »Er muss leiden, so viel wie möglich.«

Ein weiterer Eimer Wasser linderte erneut für kurze Zeit Hartmuts Qualen.

»Ruhe!« Der Hüne trat in die Mitte des Saales. Mit dem stumpfen Ende seines Speeres pochte er auf den Boden. Nach und nach verstummten die Gespräche. Als auch das letzte Flüstern verebbt war, fuhr er fort: »Im Namen unserer Königin Theodora und unseres gesamten Volkes von Almira klage ich diesen Mann an, wiederholt die Brut der Nalwins gestört zu haben.«

Erneut setzten aufgebrachte Stimmen ein.

»Die Todesstrafe!«

»Auf der Stelle!«

»Wir wollen ihn gleich jetzt sterben sehen!«

Nalwins? Nannten sie so etwa diese Ungeheuer, die in den Steinhöhlen lebten? Aber Hartmut hatte die Jungen dieser Kreaturen nie behelligt. Hitze breitete sich in ihm aus. Gefolgt von kalter Angst. Die Wassermenschen meinten es ernst. Sie würden ihn gnadenlos abschlachten, für etwas, das er gar nicht getan hatte.

»Haltet ein!« Er versuchte, zu rufen, aber es wurde nur ein Krächzen daraus.

Die Königin hörte ihn trotzdem. Sie gab ihrem Sprecher ein Zeichen, der daraufhin wieder mit seinem Speer auf den Boden pochte. »Ruhe!«

Der Blondschopf übergoss Hartmut abermals mit Wasser.

»Hast du etwas zu deiner Verteidigung zu sagen?«, fragte der Ankläger mit grollender Stimme.

»Allerdings.« Mühsam stützte Hartmut sich auf die gefesselten Hände und hob den Oberkörper so weit wie möglich, um nicht gar so einen jämmerlichen Anblick zu bieten. »Bestimmt bin ich nicht der, den Ihr sucht. Ich bin ein ...« Er zögerte. In Anbetracht, dass sämtliche Anwesende menschliche Gestalt angenommen hatten, schien es ihm sinnlos, darauf hinzuweisen, dass sein Erscheinungsbild als Wassermann nur vorübergehend war. »Ich stamme von Sunhilburg, außerhalb Eures Reiches, und ich habe niemandes Nachwuchs gestört.«

»Du leugnest also?« Nun sprach die Königin direkt zu ihm. »Wie vermessen bist du? Wir haben dich in der Höhle eines trächtigen Nalwin-Weibchens auf frischer Tat ertappt.«

»Aber ...« Hartmut rang um Luft. »Da war kein Junges. Alles, was ich wollte ...« Er verstummte, als ihm mit einem Schlag klar wurde, worum es eigentlich ging: um die Muschel mit der Perle.

»Nimm ihm den Beutel ab.« Sie bedeutete dem Ankläger, zu Hartmut zu treten. »Den Beweis trägt er nach wie vor bei sich.« Damit bestätigte Theodora seine Befürchtung.

Der Hüne öffnete die Schließe des Riemens und riss den Beutel von Hartmuts Schulter. Mit fahrigen Fingern schnürte der bullige Kämpfer das Behältnis auf und zog die Muschel heraus. Triumphierend hielt er sie in die Höhe. Die Schaulustigen jubelten.

Als der Ankläger die Menge wieder zum Schweigen gebracht hatte, verkündete die Königin: »Mehr Beweise brauchen wir nicht, Fremder. Du bist der Dieb, der seit vielen Monden den Nalwins die Muscheln stiehlt.«

»Aber ...« Hartmut röchelte, bis der Blondschopf ihn mit Wasser übergoss. »Das tut doch niemandem weh«, rechtfertigte er sein Tun. »Wofür braucht denn ein Ungeheuer eine hübsche Muschel?«

Die Königin stieß erbost die Luft aus. »Ungeheuer? So nennst du die Nalwins?« Sie bleckte die Zähne, ehe sie sich ein wenig vorbeugte, um die Eindringlichkeit ihrer Worte zu betonen. »Deine Respektlosigkeit zeigt, dass du von nichts Ahnung hast. Du bist ein unwissender Holzkopf.« Sie lehnte sich zurück. »Das schützt dich allerdings nicht vor deiner gerechten Strafe.«

Mit einem Mal schien es noch stiller im Thronsaal zu werden. Als hielten alle den Atem an.

Das zarte Glühen, das Hartmut vom Ufer kannte, trat in die Augen der Königin. Sie straffte ihre Gestalt. »Volk von Almira!« Theodora deutete auf Hartmut. »Ich verurteile diesen Mann zum Tode.« Sie hielt kurz inne. »Tod durch Aufspießen. Am nächsten Neumondtag, wenn das Alte vergeht und Neues beginnt.« Hatte sie gerade dieselben Worte wie Loretta verwendet? »Aber bis dahin wird er öffentlich zur Schau gestellt, sodass alle sich an seinem leidenden Anblick erfreuen können.«

Tosender Jubel setzte ein.

Hartmut wollte erneut widersprechen, ihr sagen, dass er keiner ihrer Untertanen war und sie deshalb nicht über ihn urteilen durfte. Doch der Blondschopf und der zweite Bewacher packten ihn grob an den Armen und zerrten ihn ins Wasser. Endlich bekam er wieder genügend Luft. Allerdings nahmen ihn zwei weitere Wachen in Gestalt von Wassermännern in Empfang und schleppten ihn durch ein Tunnelsystem. Bei Treppenstufen hielten sie an. Die beiden Wächter verwandelten sich nacheinander und kleideten sich an, ehe sie Hartmut wieder zu zweit packten. Ohne Rücksicht darauf, dass seine Flosse bei jedem Schritt schmerzhaft gegen die steinernen Kanten schlug, schleiften sie ihn nach oben und einen düsteren Gang entlang. An dessen Ende blieben sie stehen. Einer der Männer stieß die Tür zu einer Kammer auf. Feuchte Kühle umfing Hartmut. In der Dunkelheit zeichneten sich die Umrisse einer Bank aus Stein ab.

»Hinein mit dir!« Die Wachen zerrten ihn ins Innere und ließen ihn auf den Boden knallen.

Schmerz durchzuckte seine Ellbogen.

Ohne irgendwelche Erklärungen schlossen die Kerle die Tür und er blieb allein zurück – in einem Gefängnis, in dem es so finster war, dass selbst seine glühenden Augen es kaum zu durchdringen vermochten.

Hartmut keuchte. Er würde es nicht lange auf dem Trockenen aushalten.

Missachteten die Wächter etwa den Befehl der Königin?

Doch es war feucht hier drinnen, und als er sich ein wenig aufrichtete, erkannte er vor sich eine glatte Wasseroberfläche. Es handelte sich um kaum mehr als eine Lache. Aber sie würde ihn am Leben erhalten. Bis zu seiner Hinrichtung.

Bestrafung

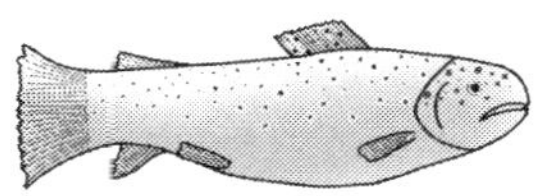

29. Oktober 1064, abnehmender Mond

»Gut geschlafen?«

Die rüde Stimme eines Wachmannes riss Hartmut aus seinem Dämmerzustand.

Mühsam öffnete er die Augen. In seinem Gefängnis herrschte immer noch Dunkelheit. Die einzige Helligkeit drang von den lichtspendenden Blättern im Gang herein. War tatsächlich der nächste Tag angebrochen? Oder machten die Wachen sich einen Spaß daraus, ihn mitten in der Nacht zu wecken, um ihn zu quälen?

»Könnte bestimmt nicht besser sein.« Eine hohe Männerstimme, deren Worte in ein hämisches Kichern übergingen.

»Hoch mit dir.« Der Größere der beiden fasste ihn am Oberarm, sein Begleiter tat es ihm auf der anderen Seite gleich.

»Wohin ... bringt ihr mich?« Hartmuts Mund fühlte sich völlig ausgetrocknet an. Er hatte nur das Nötigste getrunken, aus Angst, nicht mehr atmen zu können, wenn sich zu wenig Wasser in der Lache befand. Ihm wurde bewusst, dass er nach wie vor in der Gestalt des Wassermannes steckte. Also ließ der Morgen noch auf sich warten.

»Du kommst mit uns zum Hauptplatz.« Der Kerl mit der Fistelstimme kratzte sich am Hals und hinterließ rote Spuren auf ekelhaft schuppiger Haut.

Eine solche ungesund wirkende Stelle fand sich auch auf

seinem rechten Handrücken. Demnach war das Äußere seines Bewachers genauso abstoßend wie sein Charakter.

Der Wächter krallte seine Finger in Hartmuts Arm. »Am Hauptplatz werden wir dir einen kleinen Vorgeschmack auf deine Hinrichtung bieten. Damit du etwas hast, wovon du in den nächsten Nächten träumen kannst.«

Sein Gefährte brummte. »Er hat das Urteil gehört. Nicht nötig, ihm alles noch einmal zu erklären.«

Gekränkt verzog der andere das Gesicht.

»Ich bin unschuldig!«, stieß Hartmut aus. »Und es steht euch nicht zu, mich so grob zu behandeln, denn ich bin der Vogt von Sunhilburg.«

»All das ist belanglos«, erwiderte der Größere der Wächter. »Du bist ein Verbrecher – und somit erhältst du deine Strafe. Mit uns brauchst du ohnehin nicht zu verhandeln.«

»Wir folgen nur unseren Befehlen«, fügte sein Gefährte mit der Fistelstimme hinzu.

Genauso unbarmherzig wie am Vortag schleiften die Wachen Hartmut durch den Gang bis zu den Stufen, verwandelten sich in Wassermänner und tauchten mit ihm aus dem Palast. Weiter ging es zwischen den Häusern hindurch, bis sie einen großräumigen Platz erreichten, der von den Bäumen mit den herzförmigen Blättern gesäumt wurde. Das Licht, das diese abstrahlten, leuchtete heller, als Hartmut es bisher gesehen hatte. Weil es sich um den Hauptplatz handelte?

Mindestens fünfzig Wassermenschen hatten sich im Zentrum versammelt, um einen einzelnen hochgewachsenen Baum. Dorthin schleppten Hartmuts Bewacher ihn.

Ein junger Mann hob drohend seine Faust. »Er muss für alles büßen!«

»Darauf freue ich mich schon«, setzte eine ältere Frau hinzu. Sie hielt eine Schlingpflanze in ihren Händen, deren Enden auf eigenartige Weise hin und her wogten. Dies konnte nicht nur an der sanften Strömung liegen.

»An den Baum mit ihm!«, brachte ein kleiner Junge den Willen des Volkes auf den Punkt.

Brauchten sie alle denn keinen Schlaf? Oder war es in Almira üblich, dass Gefangene in der Nacht gequält wurden?

Die Wassermenschen bildeten eine Gasse und trieben die Wächter zur Eile an. Tatsächlich beschleunigten die Wachmänner mit kräftigen Flossenschlägen ihr Tempo.

Hartmut wand sich mit all seiner verbliebenen Kraft und versuchte, sich mit den gefesselten Händen von dem Baum wegzudrücken. Aber all das half ihm nichts. Der Größere seiner Widersacher presste ihn mit dem Gesicht zum Stamm dagegen, während der andere ein Seil um Hartmuts Oberkörper und seinen Fischschwanz schlang.

»Ich verlange, mit der Königin zu sprechen!«, stieß Hartmut aus. »Ihr tut mir Unrecht ... Sie hat sich geirrt.«

»Maul halten!« Der mit der Fistelstimme versetzte ihm eine Kopfnuss. »Oder auch nicht.« Er kicherte. »Es hat niemand etwas dagegen, dein klägliches Winseln zu hören, dann wissen wir wenigstens, dass du erbärmlich leidest. Das wird ein Spaß, wie wir ihn schon viel zu lange nicht mehr hatten.«

»Wir haben unsere Anweisungen«, mahnte der Größere. »Vergiss das nicht.«

»Wie könnte ich?«, ereiferte sich der andere. »Ich folge nur den Befehlen ...«

»Schon gut.« Sein Gefährte wandte sich an die Menge. »Einwohner von Almira! Wie Königin Theodora es wünscht, stellen wir hiermit den Gefangenen zur Schau. Ihr alle könnt bezeugen, dass er seine gerechte Strafe erhält.«

»Das tun wir mit Freuden!«, rief eine Frau.

Weitere Leute jubelten.

»Fangt an!«, forderte ein Mann.

Hitze strömte durch Hartmut. Dass seine gefesselten Hände zwischen seinem Bauch und dem Baumstamm eingeklemmt waren, stellte bereits für sich genommen eine unangenehme

Lage dar. Doch dem Johlen der Menge nach würde es dabei nicht bleiben. Was hatten die Wächter vor? Und was konnte er dagegen unternehmen? *Gar nichts*. Er, der Vogt von Sunhilburg, stand am Pranger und musste sich seinem Schicksal ergeben. Eine erbärmliche Schande! Hier kannte ihn zwar niemand, aber das war ihm kein Trost.

Der Kerl mit der Fistelstimme schwamm neben ihn und hob einen Stock, der an einem Ende mit Dornenranken umwickelt war – Dornen von der Länge eines halben Fingers. Sein Grinsen verriet, wie sehr er sich darauf freute, diese Waffe zum Einsatz zu bringen. »Nur damit du weißt, womit ich dir gleich die Haut aufreiße.«

Entsetzt drehte Hartmut den Kopf zur anderen Seite. Die Genugtuung, den Schrecken in seinem Gesicht zu sehen, wollte er seinem Bewacher nicht gönnen. Ihm brach der Schweiß aus.

Sein Widersacher kicherte. Von einem Moment zum nächsten stach unsägliche Pein in Hartmuts Rücken. Ein Ruck und die Dornen zerfetzten ihm die Haut. Er stöhnte. Noch ein Stoß. Diesmal fester. Schmerz explodierte in Hartmut, woraufhin ein weiterer Ruck erfolgte. Lichtpunkte tanzten vor seinen Augen und er keuchte. »Aufhören ...«, presste er qualvoll heraus.

»Widerstand – wie schön!« Der Wächter kicherte neuerlich. »Schrei nur deine Qualen hinaus, damit wir dich alle hören.«

Die Menge johlte. »Das ist erst der Anfang!«, rief einer.

Ein weiterer Hieb. Hartmut biss die Zähne zusammen. Wenn er eines ganz gewiss nicht wollte, dann diesen Unmenschen auch noch die Gelegenheit verschaffen, sich an seinem Leiden zu belustigen.

»Gib es ihm!«, verlangte ein anderer. »Er soll sein eigenes Blut auf der Zunge schmecken!«

»Weitermachen!«, forderte eine Frau.

Der nächste Stoß entrang Hartmut abermals ein Stöhnen.

»So gefällst du mir besser.« Sein Peiniger setzte neuerlich den Dornenstock ein.

Hartmuts Rücken schien in Flammen zu stehen. Rasender Schmerz, der sich durch seinen gesamten Körper fraß. Die Lichtpunkte vor seinen Augen gingen in ein unablässiges Flirren über. Wollte der Wächter ihn bereits vor seiner eigentlichen Hinrichtung zerfleischen? Diejenigen, die sich auf dem Platz versammelt hatten, wären zweifellos dafür.

»Noch einmal!«

»Lass ihn ausbluten!«

In der Erwartung eines weiteren Hiebes spannte Hartmut all seine Muskeln an.

»Genug jetzt!« Unvermittelt drang die Stimme eines jungen Mannes in sein Bewusstsein. »Mehr als genug.«

Der Lärm der Menge ebbte ab. Da und dort erklang ein Murren, doch anscheinend traute sich niemand, offen zu widersprechen.

»Ihr habt euer Schauspiel erhalten«, fuhr der Bursche fort. »Nun geht nach Hause. Der Gefangene kann ohnehin nicht weglaufen.«

Trotz seiner Schmerzen breitete sich Erleichterung in Hartmut aus. An diesem abscheulichen Ort gab es jemanden, der für ihn eintrat. Der Grund dafür blieb ihm allerdings verborgen, denn der Stimme nach zu schließen war es der Blondschopf, der sich um das verletzte Untier gekümmert hatte. *Warum hilft ausgerechnet er mir?*

Nach und nach verließen die Wassermenschen den Platz. Hartmut wandte den Kopf, doch sein Fürsprecher schien mit den Übrigen verschwunden zu sein. Nur die Wachen blieben zurück. Seine Wunden ließen sie unversorgt. Der Größere säuberte seine Fingernägel mit einem Dolch, während der andere damit beschäftigt war, die Dornenranken auf dem Stock neu anzuordnen.

Für später? Entsetzen stieg in Hartmut auf. Wo war er bloß hineingeraten? Jeder verurteilte ihn, ohne ihn anzuhören. Welche Möglichkeiten blieben ihm noch, um freizukommen?

Und der Blutdurst des Wasservolkes war keineswegs sein einziges Problem. Allem Anschein nach sollte er auf unabsehbare Zeit an den Baum gebunden ausharren. Aber wenn endlich der Tag anbrach, würde er sich in einen Menschen verwandeln – der unter Wasser nicht atmen konnte.

Qualen

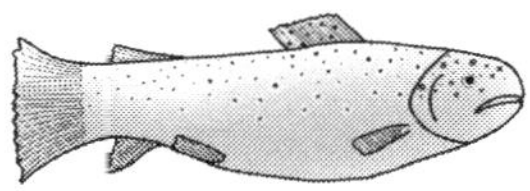

»Ihr müsst mich ... in einen Raum bringen ... in dem ich Luft atmen kann.« Erschöpft lehnte Hartmut sich mit der Stirn gegen den zerfurchten Baumstamm. Die Schmerzen in seinem Rücken benebelten seinen Verstand. Nach wie vor steckte er in der Gestalt des Wassermannes. Aber wie lange noch? Wann dämmerte der Morgen? Das Licht der Bäume bot dafür keinen Anhaltspunkt.

Seine Bewacher ignorierten Hartmut. Jegliches Rufen war vergeblich. Die beiden waren in ihr Spiel mit einem bunten Kreisel vertieft.

Sie nehmen meinen Tod in Kauf. Warum auch nicht? Die Königin würde ihn ohnehin umbringen lassen. Auf ein paar Tage früher oder später kam es den Wassermenschen wohl nicht an.

Verzweiflung breitete sich in Hartmut aus. Würde das Seil ihn nicht aufrecht halten, er wäre längst niedergesunken. Allerdings hätten die Leute ihn sowieso nicht zur Ruhe kommen lassen. Immer wieder schwammen Einwohner von Almira über den Platz. Brauchten sie tatsächlich keinen Schlaf? *Oder opfern sie den für die Genugtuung, mich zu quälen?*

Die Frau mit der Schlingpflanze war die Erste, die sich Hartmut näherte. »Mörder!« Sie schlang das Gewächs um seinen Fischschwanz. Gleich darauf erfasste ihn heftiger Juckreiz. Hilflos schlug er mit der Flosse. Zufrieden lächelnd beobachtete die Frau ihn eine Weile, ehe sie davonschwamm.

Die Pflanze ließ sie allerdings zurück, und mit ihr blieb das Jucken. Nun konnte Hartmut trotz seiner Erschöpfung nicht mehr stillhalten. Ständig versuchte er, durch verschiedenste Bewegungen das Kribbeln zu vertreiben. Vergeblich.

Bald nach der Frau schwammen zwei Jungen zu ihm. Einer hielt einen Ball aus verfaultem Laub in den Händen. Nichts Gutes ahnend, drehte Hartmut den Kopf zur Seite. Doch die übel riechenden Blätter verteilten sich um ihn im Wasser. Ihr Gestank hüllte ihn ein. Voller Ekel schüttelte er sich. Die Jungen lachten.

»Verdammt! Was ...« Der Größere der Wächter schwamm herbei. »Wollt ihr uns vergiften?«

Rasch nahmen die Jungen Reißaus.

»Ihr müsst mich ... woanders hinbringen«, versuchte Hartmut, die Aufmerksamkeit des Wachmannes zu nutzen. »Wenn ich mich am Morgen in einen Menschen verwandle ...«

Der Bewacher drehte sich um und schwamm zu seinem Gefährten.

Meine Belange kümmern sie kein bisschen. Hartmut lehnte sich abermals gegen den Stamm und schloss die Augen. Zu fliehen war unmöglich. Die Fesseln ließen ihm keinerlei Spielraum.

Ein Stich in seinen Oberarm riss ihn aus seinem Dämmerschlaf. Noch ein Stich. »Aufhören!« Hartmut wandte sich seinem Peiniger zu.

Ein schlanker junger Mann quälte ihn. »Sieh an, der Räuber empfindet tatsächlich Schmerz.« Sein Gegenüber rümpfte die Nase, doch er ließ die Knochennadel in seiner Umhängetasche verschwinden.

»Du etwa nicht?«, herrschte Hartmut ihn an. »Ich bin aus Fleisch und Blut, so wie du.«

Der Jüngling zuckte mit den Schultern. »Mag sein, aber für jemanden, dem das Sterben eines ganzen Volkes gleichgültig ist, bist du erstaunlich empfindlich.«

Hartmut stutzte. »Was soll das heißen? Deine Leute sind durchaus sehr lebendig.«

»Gerade noch.« Sein Peiniger schnalzte mit der Zunge. »Dein Tod bewahrt uns vor Schlimmerem.« Er griff in die Tasche und rammte Hartmut mit aller Kraft die Nadel in den Oberarm.

Schmerz brannte in ihm und er keuchte. Sein Widersacher schwamm davon, die Nadel blieb stecken. *Hat alle hier der Irrsinn befallen?* Für Hartmut gab es keine andere Erklärung. Die fauligen Blätter waren davongetrieben, aber die Schmerzen und das Jucken plagten ihn unablässig.

Ihm schien, dass Stunden verstrichen. Zeit, in der er keinen Moment Erleichterung fand. Wer immer über den Platz schwamm, legte Wert darauf, Hartmut zu verhöhnen, oft genug auch, ihn zu drangsalieren. Für ihn gab es nur noch Leid. Warum er nach wie vor in der Gestalt des Wassermanns steckte, war ihm ein Rätsel. Dass die Nacht weiterhin andauerte, kam ihm immer unwahrscheinlicher vor.

Trotz der Schmerzen übermannte ihn schließlich abermals die Erschöpfung. Sein Geist driftete in einen Dämmerzustand.

Da legte ihm jemand eine Hand auf die Schulter. Auf eine so sanfte Art, dass Hartmut zusammenzuckte.

»Sie haben dich übel zugerichtet. Sehr sogar.« Die Stimme der Königin!

Er wandte den Kopf, was Schwindel und neue Schmerzen in ihm auslöste.

»Alle hassen dich«, fuhr Theodora fort. »So wie ich.« Sie schwamm vor ihn und musterte ihn von oben bis unten.

Er versuchte, seine Pein zu ignorieren. Die Wachen hatten sich geweigert, ihn zu ihrer Herrscherin zu bringen, aber nun war sie hier, und er musste diese Gelegenheit nutzen. Immerhin hatte er nichts zu verlieren.

»Du hast keine andere Wahl, als bis zu deiner Hinrichtung durchzuhalten«, fuhr sie fort. »Deshalb ...«

»Ich bin ein Landmensch«, fiel Hartmut ihr ins Wort. »Meine jetzige Gestalt nehme ich nur an Neumond und zu einer Mondfinsternis an. Sobald der Tag anbricht, verwandle ich mich zurück. Ihr müsst mich in einen Raum mit Luft bringen, sonst werde ich ertrinken.«

Zwischen den Augenbrauen der Königin bildete sich eine steile Falte.

Klangen seine Worte verständlich? Er war nicht sicher, doch immerhin ließ sie ihn reden. »Abgesehen davon kenne ich weder Eure Gesetze noch unterstehe ich Eurem Urteilsspruch.«

Sie holte tief Luft.

Rasch sagte Hartmut: »Euch bleibt nichts anderes übrig, als mich freizulassen.«

Die Königin stieß einen zischenden Laut aus. »Du maßt dich nicht nur an, mich zu unterbrechen, sondern auch, mir Befehle zu erteilen. Wer denkst du, dass du bist?«

»Ich bin der Vogt von Sunhilburg«, fuhr Hartmut unbeirrt fort, »einer Burg am Ufer der Donau. Ihr Herr ist Fürst Hohold und ich bin sein Stellvertreter ...«

Mit einer Handbewegung schnitt sie ihm das Wort ab. »Den Rang bei den deinen hast du mir bereits an Land mitgeteilt.« Sie hob die Augenbrauen. »Auch in einer unangenehmen Art. Aber all das hat für mein Volk nicht die geringste Bedeutung.« Theodora reckte das Kinn. »Du solltest nun schweigen – sonst lasse ich keinerlei Gnade mehr walten.« Brüsk wandte sie sich ab und ließ sich von zwei Wachen vom Platz eskortieren.

Bitterkeit stieg in Hartmut auf. Warum war es ihm nicht gelungen, ihr seinen Standpunkt zu verdeutlichen? Sie musste doch einsehen, dass er recht hatte! *Ein widerliches Weibsbild!* Hübsch anzusehen war die Königin ja, aber völlig verbohrt in ihre Rolle als Herrscherin.

Die Zeit strich langsam dahin, bis Hartmuts Bewacher endlich die Nadel aus seinem Oberarm und die Schlingpflanze von seiner Flosse entfernten. Das Jucken ließ nach, ebenso die Schmerzen im Arm, die in seinem Rücken hingegen tobten weiterhin in ihm.

Der Größere der Männer band ihn los.

Der mit der Fistelstimme grinste hämisch. »War ein lustiger Tag.«

»Treib es nicht zu weit«, mahnte sein Gefährte.

»Das sagst du mir immer«, maulte der andere. »Aber ich weiß genau, bis zu welcher Grenze ich gehen kann. Abgesehen davon hat es dir genauso gefallen, die Königin aus der Nähe zu betrachten. Sie ist extra hergekommen, weil sie den jämmerlichen Zustand des Gefangenen begutachten wollte.« Er schnalzte mit der Zunge. »Unsereins nähert sie sich ja sonst kaum.«

Darauf erwiderte der andere nichts. Die beiden schleppten Hartmut mit sich.

Ihre Worte drangen erst nach und nach voll in sein Bewusstsein. »Soll das heißen ... der Tag ist vorbei?«, fragte er. »Wie spät ist es?«

Der Wächter mit der Fistelstimme kicherte. »Sehr unterhaltsam, wie du immer vom Morgen gefaselt hast. Es ist Zeit fürs Abendessen.« Er leckte sich die Lippen. »Du jedoch darfst weiter im Kerker hungern.«

Die Erkenntnis traf Hartmut wie ein Schlag. Ihm war keineswegs nur vorgekommen, dass viele Stunden vergangen waren. Tatsächlich war es bereits der Abend nach der Mondfinsternis. *Und ich bin immer noch ein Wassermann.* Offenkundig galten in Almira auch in dieser Hinsicht andere Gesetze. Er konnte niemandem beweisen, dass er ein Mensch war. *Ich werde in dieser Gestalt sterben.*

Heilmittel

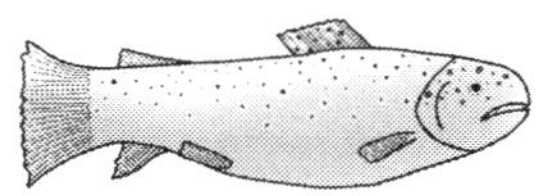

Ein Klackern riss Hartmut aus seinen trübsinnigen Gedanken. Jemand steckte den Schlüssel ins Schloss.

Mühsam stützte er sich auf seine Unterarme und wandte den Kopf. Die Schmerzen in seinem Rücken stachen weiterhin in ihm, doch er versuchte, sie zu ignorieren.

Wer wollte zu ihm? Unmöglich, dass die Nacht bereits um war. Oder würden die Wachen so weit gehen, ihn sogar im Kerker zu malträtieren?

Ein Quietschen kündete von der sich öffnenden Tür. Lichtspendende Blätter erhellten die feuchten Wände.

»Das sieht nicht gut aus.«

Mein Fürsprecher! Erleichterung durchflutete Hartmut. Aber sie währte nur kurz. Warum war der Jüngling hier? Er hatte doch wohl nicht vor, ihn hier, fernab anderer Blicke, zu quälen?

»Mein Volk hat seinen Zorn an dir ausgelassen.« Der Blondschopf schloss die Tür und trat näher. »Durchaus zu Recht. Trotzdem ...« Er seufzte und steckte die Blätter in eine Halterung an der Wand, ehe er den Tragekorb von seinem Rücken nahm und ihn auf die Steinbank stellte.

Aufmerksam musterte Hartmut den Besucher. Dessen Kleidung war nicht so einfach, wie die der übrigen Männer, die er bisher in ihrer zweibeinigen Gestalt gesehen hatte. Er trug einen Kittel, der nicht nur am Saum bestickt war, sondern auch einen hohen Kragen hatte, der seinen Hals seitlich bedeckte.

Die Ärmel des Kleidungsstücks reichten penibel bis zu den Handgelenken. Offenbar stellte dieses Gewand ein Zeichen für seinen gehobenen Stand dar.

Der Gemahl der Königin – oder wie immer sie das hier nennen, vermutete Hartmut. »Was wollt Ihr von mir?« Sein Misstrauen verstärkte sich und mischte sich mit Furcht. Nicht nur, dass seine Hände gefesselt waren, ihm fehlte schlichtweg die Kraft, sich einem Kampf zu stellen. Schmerzen und Hunger hatten ihn völlig ausgezehrt. Der Tragekorb war groß genug, dass ein kurzes Schwert oder eine Axt darin Platz finden könnte. Hatte es der Blondschopf darauf abgesehen, ihn eigenhändig zu töten?

»Ich bin Valentin.« Der junge Mann kratzte sich am Hals. »Und was ich will? Die Frage ist eher, was ich dir bringe.« Er löste die Verschnürung des Ledersackes im Korb und hob ein mit einem Deckel versehenes Töpfchen heraus.

Hartmuts Anspannung ließ nach. Das Gefäß war zu klein, um eine Waffe zu enthalten.

Sein Besucher öffnete das Behältnis und zog mit zwei Fingern grünlichen Schleim aus dem Töpfchen. »Die Blisteralge.«

Ekelhaft. Hartmut rümpfte die Nase. »Was habt Ihr damit vor?« Wenn er nur an den Juckreiz dachte, den die eine Wasserpflanze ausgelöst hatte ... Trotz seiner Schwäche spannte er all seine Muskeln an, um notfalls zumindest zu versuchen, sich zur Wehr zu setzen.

Valentin schien nicht zu bemerken, was in Hartmut vor sich ging. Er ließ seinen Blick über dessen zerschundenen Rücken gleiten. »Damit heile ich deine Wunden«, sagte er leichthin.

Verblüfft stieß Hartmut die Luft aus. »Wie meint Ihr das?«

»Beim Auftragen brennt es ein bisschen, aber die Blisteralge besitzt starke Heilkraft.« Sein Gegenüber lächelte. »Deine Schmerzen lassen binnen kurzer Zeit nach und die Wunden werden sich bis zum Morgen schließen. Am nächsten Abend werden sie vollständig verheilt sein.«

Nun endlich verstand Hartmut, warum sein Fürsprecher zu ihm gekommen war. »Damit ich Euch nicht vor der eigentlichen Hinrichtung wegsterbe. Ein Tag Heilung, ein Tag Folter.« Wie durchtrieben war das Wasservolk bloß?

Das Lächeln seines Besuchers verblasste. »Würdest du denn so handeln?«

Mit seiner Frage löste er Verwirrung in Hartmut aus. Warum kümmerte es den Blondschopf, wie er als Gefangenenwärter vorgehen würde? Rüde erwiderte er: »Was soll das tiefsinnige Gerede?«

Valentin runzelte die Stirn. »Ich ergründe nur deinen Charakter.«

Hartmut schnaubte. »Weshalb? Um mich besser foltern zu können?«

Sein Gegenüber schüttelte den Kopf. »Weil ich wissen möchte, was du für ein Mensch bist. Nur so.« Er trat nahe an Hartmut heran, in einer Hand das Töpfchen, in der anderen einen Schleimbatzen. Einzelne Tropfen lösten sich daraus und benetzten Hartmuts Haut. Wie angekündigt hinterließen sie ein Brennen.

Unwillkürlich fletschte Hartmut die Zähne. Er würde sich keineswegs kampflos in sein Schicksal ergeben, sondern dem Jüngling mit seiner letzten Kraft zusetzen. Zu allem bereit verlagerte er sein Gewicht, um sich auf die Seite zu rollen und mit den gefesselten Händen den Besucher niederzustoßen – da ließ das Brennen schon nach.

Hartmut blieb ruhig liegen. Konnte es sein, dass der junge Mann ihm tatsächlich helfen wollte? Abseits von niederen Beweggründen? Angst vor Gegenwehr schien der Blondschopf keine zu haben. Ohne auf seine eigene Sicherheit zu achten, kniete er sich neben Hartmut. Mit zarter Hand strich er den Algenschleim auf dessen Rücken.

Das Brennen in den Wunden war deutlich stärker als das auf intakter Haut. Hartmut keuchte, doch er hielt still. Und sogar diese Schmerzen verschwanden innerhalb weniger Atemzüge.

Valentin hatte die Wahrheit darüber gesagt, warum er hier war. Aber was bezweckte er tatsächlich damit? Diese Erklärung war er ihm schuldig geblieben.

»Soll ich mich auch um deine alte Verletzung kümmern?« Der junge Mann deutete auf die Stelle, wo sich in Hartmuts Menschengestalt sein Oberschenkel befand.

Ein unerwartetes Angebot, das er gerne annahm. »Bitte.« Er rollte sich ein wenig zur Seite.

Sein Gegenüber fasste wieder in das Töpfchen und trug weiteren Schleim auf. »Eine dünne Schicht genügt«, murmelte er. »Diese Alge ist selten und ihre Verwendung dem Königshaus vorbehalten.«

Neuer Argwohn keimte in Hartmut. »Um die Gefangenen noch länger quälen zu können?«, schlussfolgerte er abermals. Gleich darauf presste er die Lippen zusammen. Das Brennen, das aufflammte, peinigte ihn.

Der Blondschopf schüttelte den Kopf. »Meiner Schwester ist nichts anderes übrig geblieben, als dem Volk ein grausames Schauspiel zu bieten. Seit klar ist, dass jemand die Muscheln stiehlt, ist bei unseren Leuten der Ruf nach Vergeltung erwacht. Dich einfach im Kerker schmoren zu lassen, hätten sie nicht akzeptiert.«

»Eure ... Schwester?« Eine Erkenntnis stieg in Hartmut auf. »Dann seid Ihr also nicht«, er suchte nach den richtigen Worten, »der Gefährte der Königin?«

Der junge Mann lachte auf. »Nein. Ich bin ihr Bruder. Meine Schwester hat sich noch keinen Gemahl erwählt, deshalb wünscht sie oft mich an ihrer Seite.«

Hartmut nickte. Der Algenschleim tat seine Wirkung und die Schmerzen ließen nach. Aber ihm schwirrte der Kopf. »Hat sie Euch also geschickt?«

»Auch das nicht.« Valentin biss sich auf die Unterlippe.

»Sie weiß natürlich davon, sonst hätten die Wachen mich nicht hereingelassen. Doch sie wollte nicht, dass ausgerechnet ich zu dir gehe. Das hätte einer der Heiler übernehmen sollen.«

Es wurde immer wunderlicher. Eine Königin, die Hartmut grausam bestrafen ließ, aber wünschte, dass er nicht mehr litt als nötig. Und ihr Bruder, dem offensichtlich sein Wohl am Herzen lag. »Also, aus welchem Grund seid Ihr wirklich zu mir gekommen?«

Valentin kratzte sich wieder am Hals. »Weil ich mit dir sprechen wollte … ungestört.« Er ließ sich auf die Fersen zurücksinken. »Du bist in deiner Welt ein mächtiger Mann. Außerdem hast du sogar das Nalwin-Weibchen besiegt. Dennoch hast du Lazar nicht getötet.«

»Die Stichwunde kann durchaus seinen Tod zur Folge haben«, stellte Hartmut klar. Worauf wollte sein Besucher eigentlich hinaus?

»Nicht nach der Behandlung mit der Blisteralge.« Der Bursche senkte den Blick auf seine Hände. »Davon wusstest du nichts, aber trotzdem – du hättest den Stich weit gezielter platzieren können. Dann wäre Lazar auf dem Rückweg verblutet und auch die Alge hätte ihn nicht retten können.«

»Lazar ist auf dem Weg der Besserung?«, vergewisserte Hartmut sich. Eigentlich war es eine Schande, dass er seinen Gegner nicht tödlich verletzt hatte. Aber darüber schwieg er nun besser.

»Das ist er.« Valentin sah wieder zu ihm. »Auch das Nalwin-Weibchen hat zwar einige schwere Blessuren davongetragen, aber sie werden verheilen. Diese Tiere sind zäh.« Ein zartes Lächeln huschte über die Züge des jungen Mannes. »Es mit einem Nalwin aufzunehmen, ist eine echte Herausforderung. Ich frage mich … Wie ist es dir gelungen, ihnen all die Muscheln zu rauben? Nicht einmal Gundork würde sich das alleine trauen.«

»Gundork?«

»Der Kommandant der Palastwache«, erklärte der Blondschopf. »Er hat im Thronsaal die Anklage vorgetragen.«

Der Hüne. »Nun ...« Allmählich fiel es Hartmut leichter, Atem zu schöpfen. Die Alge tat ihr segensreiches Werk. »Ihr wollt, dass ich Euch von meinen Kämpfen erzähle?« Aufmerksam musterte er sein Gegenüber. Was bezweckte sein Besucher bloß mit diesem Anliegen?

Valentins Gesicht überzog sich mit einem Hauch von Rot. Eifrig nickte er. »Der Abend wird sonst ohnehin lang für dich ...«

»Da kann ich auch Eure Neugier befriedigen«, ergänzte Hartmut. So eigenartig es ihm schien, aber offensichtlich empfand sein Gegenüber Bewunderung für ihn. Oder etwas in dieser Art.

Die letzte Anspannung wich von ihm. Der Bruder der Königin meinte es gut mit ihm, selbst wenn dies daran geknüpft war, dass er eine aufregende Geschichte hören wollte. »Allerdings lässt sich auf diese Art schlecht miteinander reden.« Hartmut deutete mit dem Kinn auf die Pfütze, in der er lag. »Vielleicht versteht Ihr, dass ich erschöpft bin und es mich Kraft kostet, mich die ganze Zeit auf die Hände zu stützen.«

Valentin fasste sich an die Stirn. »Wie gedankenlos von mir!« Er stand auf und stellte das Töpfchen mit der Alge auf die Bank. »Ich schaffe Abhilfe.« Mit beiden Händen griff er nach einem faustgroßen Kupferring über seinem Kopf an der Wand. »Falls der Mechanismus funktioniert, wie er sollte.« Der junge Mann zog an dem Ring, aber nichts geschah. »Das wird doch nicht klemmen ...« Er zog erneut.

Gespannt beobachtete Hartmut ihn. Welche Geheimnisse barg dieser Kerker bloß?

»Mist!«, stieß Valentin aus. Alles Ziehen blieb vergeblich. Erst als er sich mit seinem gesamten Gewicht an den Ring hängte, erklang ein Schaben und Knirschen, das Hartmut in den Ohren schmerzte.

Unvermittelt sank der Boden unter ihm ab. Er schnappte

nach Luft. Doch statt in einen Gang abzurutschen, umspülte ihn Wasser und trieb ihn an die Oberfläche.

Theodoras Bruder warf ihm einen zufriedenen Blick zu und ließ den Kupferring los. »Das sollte genügen.«

Nun konnte Hartmut seine gefesselten Hände am Rand des Wasserlochs abstützen und sein Fischschwanz hatte Raum, um in einer aufrechten Position zu verweilen. »Besser.« Seine Mundwinkel hoben sich einen Hauch an. Gab es in dieser Welt etwa doch einen Lichtblick?

»Ich habe dir auch etwas zu essen mitgebracht.« Valentin griff abermals in den Tragekorb und holte eine Schale samt Deckel heraus. Letzteren nahm er ab. Der verführerische Duft nach Eintopf stieg Hartmut in die Nase.

Behäbig ließ sein Besucher sich am Rand des Wasserlochs nieder. Er kratzte sich erneut am Hals, ehe er den Löffel füllte.

Obwohl Hartmut sonst vehement abgelehnt hätte, sich füttern zu lassen – nun blieb ihm nichts anderes übrig, wenn er nicht freiwillig hungern wollte.

Valentin schob ihm den Löffel in den Mund. »Bist du immer ganz allein mit deinem Dreizack gegen die Nalwins angetreten?«

Hartmut kaute und schluckte hinunter. »Ja, das bin ich.«

»Kaum zu glauben.« Sein Gegenüber grinste. »Wie hast du es geschafft, dass dich nie einer von ihnen aufgespießt hat?«

Nun lächelte auch Hartmut. Trotz seiner ausweglosen Lage tat die Bewunderung des jungen Mannes gut. »Ich war schon in meiner Ausbildung zum Knappen der beste Kämpfer.« Während der Blondschopf ihn fütterte, erzählte Hartmut ihm, wie er die Nalwins überlistet oder sich ihnen gestellt hatte. Immer wieder unterbrach sein Zuhörer ihn mit Ausrufen des Erstaunens.

Wenigstens einer hier, der meine Kampfstärke anerkennt. Seinem Status als Gefangener zum Trotz breitete sich ein Gefühl der Zufriedenheit in ihm aus.

»Immer wieder konnte ich nur um Haaresbreite den Stoßzähnen ausweichen«, beendete er schließlich seine Erzählung. »Oft floss Blut – aber nicht das meine.«

Anerkennend pfiff der Jüngling durch die Zähne. »Und das, obwohl du ein Landmensch bist.« Er hielt inne. »Falls du die Wahrheit gesagt hast.«

»Das habe ich.« Auch Hartmut wurde ernst, jegliche Euphorie verflog. Er musste nach wie vor in diesem elenden Loch ausharren, zum Tode verurteilt.

»Aber wie kommt es«, wollte sein Gegenüber wissen, »dass du die Gestalt eines Wassermannes annehmen kannst? Wie hast du den Eingang in unser Reich entdeckt?«

Sollte Hartmut auch darauf antworten? Er zögerte.

Valentin hob die Augenbrauen. »Gewiss ist es etwas ganz Besonderes für die übrigen Menschen, dass du dich verwandeln kannst.«

Hartmut gab sich einen Ruck. »Nein, leider nicht.« Er erzählte von dem Fluch des Kräuterweibs, von der Verfolgungsjagd mit dem Hausen, von Lorettas Erscheinen auf der Burg und von ihren Aufträgen.

Zu seiner Verwunderung hörte sein Besucher ihm zwar weiterhin mit großen Augen zu, aber er wurde zunehmend blasser. Und kratzte sich immer öfter.

»Es war das letzte Mal, dass ich eine Muschel holen sollte ...« Verdrossen schüttelte Hartmut den Kopf. »Ausgerechnet dabei habt Ihr mich gestellt.« Er behielt sein Gegenüber im Auge. Die ursprüngliche Neugier schien völlig verblasst zu sein. *Was an meiner Erzählung setzt ihm zu?*

Valentin kratzte sich erneut am Hals. »Du hast die Muscheln also allein wegen der Perlen geholt?«

Hartmut seufzte. »So ist es.«

Der junge Mann atmete tief ein und aus.

Irgendetwas stimmte nicht. *Aber was?*

»Ich sollte nun gehen.« Valentin stellte die leere Schale

auf den Boden und schickte sich an, aufzustehen – doch es gelang ihm nicht. Schwerfällig plumpste er auf das Gesäß zurück. Ein Schmerzenslaut kam über seine Lippen und er fasste sich seitlich an den Hals.

»Was ist mit Euch?«, wollte Hartmut wissen.

»Nichts«, wehrte Theodoras Bruder ab. »Nichts, das irgendeine Bedeutung für dich …« Vor Schmerzen verzog er das Gesicht, wobei er die Hand auf seinem Hals beließ.

»Ich habe Euch meine Geschichte erzählt«, beharrte Hartmut. »Meint Ihr nicht, Ihr könntet mir sagen, was los ist? Ich merke doch schon die ganze Zeit, dass Ihr etwas vor mir verbergt.«

Valentin schüttelte den Kopf. »Glaub mir, das interessiert dich kein bisschen …« Ein zischender Laut entfuhr ihm. Er ließ die Hand sinken und betrachtete seine Finger.

Blut! Nun sah Hartmut auch, dass sich auf dem hohen Kragen des Kittels ein roter Fleck ausgebreitet hatte.

»Warum ausgerechnet jetzt?« Der junge Mann klang verzweifelt. Unvermittelt krümmte er sich. Ein Wimmern kam über seine Lippen.

»Was ist los?«, fragte Hartmut neuerlich. »Soll ich nach den Wachen rufen?«

»Nein.« Sein Besucher verzog das Gesicht zu einer Grimasse, die er wohl für ein Lächeln hielt. »Ich möchte nicht … dass alle davon wissen, wie schlimm es um mich steht. Sie werden es früh genug erfahren«, er richtete sich auf, »wenn ich tot bin.«

Hartmut starrte ihn an. War das nur so dahingesagt? Doch Valentin schienen seine Worte ernst zu sein. Für Hartmut gab es nur eine Erklärung dafür: »An welcher Krankheit leidet Ihr?«

Der Bruder der Königin presste die Lippen aufeinander, doch schließlich sagte er: »Wir haben etwas gemeinsam: Du und ich. Wir werden beide in wenigen Tagen sterben.« Er zögerte. »Es … Es verbindet, ein Schicksal zu teilen.«

Wenn er das so nennen will ... Eine Hinrichtung ließ sich wohl kaum mit einer tödlich verlaufenden Krankheit vergleichen. Aber Hartmut schwieg, um Valentin nicht daran zu hindern, fortzufahren.

»Wie viele andere von uns leide ich an der Krebschensucht.« Er sah Hartmut vielsagend an.

Doch mit dieser Bezeichnung konnte Hartmut nichts anfangen. »Was ist das für eine Krankheit?«

»Kennst du sie gar nicht?« Erstaunt musterte sein Besucher ihn.

Hartmut überlegte, aber er konnte sich nicht entsinnen, jemals von diesem Leiden gehört zu haben. »Nein. Wie äußert sie sich?«

Valentin holte tief Luft. »Es ... Es beginnt ganz harmlos, mit einer juckenden, schuppenden Stelle in der Beuge des Ellbogens oder in der Kniekehle, wo die Haut dünn ist, breitet sich jedoch rasch auf andere Körperstellen aus.«

Unwillkürlich dachte Hartmut an die teils schuppige Haut des Wächters mit der Fistelstimme. Dieser Mann litt wohl ebenfalls an der Krebschensucht. Und er hatte ihn berührt ... »Wie ansteckend ist diese Krankheit?«

»Gar nicht. Allerdings leiden immer mehr von uns darunter, weil ... weil sich in Almira vieles verändert. Das Schlimme an der Krebschensucht ist, dass die schuppigen Hautstellen das geringste Problem sind. Im Inneren des Körpers vollzieht sich ein Prozess der Auflösung. Blutungen treten auf, innen wie außen.« Er blickte auf seine verschmierte Hand. »Die Krankheit verläuft in Schüben. Nach Phasen, in denen man sich gut fühlt, kommt es zu einer plötzlichen Verschlechterung. Und äußere Blutungen sind das Zeichen, dass es in Kürze bei mir so weit ist – dass mein Herz zerfällt. Womöglich werde ich nicht einmal mehr deine Hinrichtung erleben.«

Was für ein Jammer! Doch die Grimmigkeit, die Hartmut erfasste, währte nur einen Augenblick lang.

Valentin war verzweifelt und damit nicht in der Lage, seine Worte sorgfältig zu wählen. »Was ist denn mit der Blisteralge? Mir scheint, sie heilt jegliche Wunden.«

Sein Besucher blickte zur Seite. »Nur äußerliche Verletzungen. Krankheiten, die von innen ausgelöst werden, kann sie nicht heilen. Gegen die Krebschensucht gibt es nur ein Mittel.« Er sah Hartmut wieder an. »Die Rinde und die Nadeln des roten Kiefernbaumes.«

Auch diese Baumart war Hartmut unbekannt. Aber hier, in Almira, wunderte ihn das nicht. »Dann beschafft Euch diese doch.«

»Das ist leider unmöglich.« Der junge Mann senkte den Kopf. »Niemand kann das. Die rote Kiefer wächst an Land. Wir Wassermenschen können außerhalb der Donau nur mithilfe von magischen Kräutern unsere zweibeinige Gestalt annehmen – für zwei Stunden. Das ist längst nicht genug, um diesen Baum zu erreichen. Früher haben wir uns das Heilmittel ertauscht, aber der Handel ist zum Erliegen gekommen, seit ...« Er biss sich auf die Unterlippe. »Seit ein paar Jahren.«

»Ihr seid der Bruder der Königin!« Hartmut schnaubte. »Eure Schwester wird doch in der Lage sein, das zu beschaffen, was Ihr braucht.«

»Das hat sie versucht, glaub mir. Es gibt ja auch genügend andere, die dem Tod geweiht sind. Und Thea tut alles für mich.« Valentin hielt inne. War ihm bewusst geworden, dass er seine Schwester bei ihrem Kosenamen genannt hatte? »Ich muss gehen.« Er stand schwerfällig auf. Als er sich nach der leeren Schale bückte, entfuhr ihm ein Ächzen. Mit schmerzverzerrtem Gesicht wandte er sich ab. Eine Hand wieder an den Hals gepresst trat der Bruder der Königin zur Steinbank und verstaute die Schale und das Töpfchen im Tragekorb.

Obwohl er sich nun nur halbherzig an den Kupferring hängen konnte, hob der Boden in dem Wasserloch sich an. Allerdings lediglich so weit, dass Hartmut bequem im Wasser liegen konnte, ohne befürchten zu müssen, auszutrocknen.

Valentin schleppte sich mit dem Tragekorb zur Tür. Auf sein Klopfen hin öffneten die Wachen und ließen ihn in den Gang.

Die lichtspendenden Blätter blieben im Kerker. Und auch an der Tiefe des Wasserlochs änderte sich nichts mehr. In dieser Position würde Hartmut gewiss Schlaf finden, selbst wenn der Untergrund so hart war, dass ihm am Morgen alles wehtun würde. Valentin hatte ihn so gut versorgt zurückgelassen, wie es ihm möglich war.

Eigenartig. Nachvollziehen konnte Hartmut das Handeln des jungen Mannes nicht. Es war wohl so, wie er selbst gesagt hatte: Sie beide verband ein ähnliches Schicksal. Aus Valentins Sicht. Auf die anderen Wassermenschen, die ebenfalls an der Krebschensucht litten, traf das offensichtlich nicht zu. Auch Hartmut konnte solchen Überlegungen nichts abgewinnen. Obwohl es ihm nun besser ging, war er nach wie vor ein Gefangener, der auf seine Hinrichtung wartete. Keine schönen Worte und keine sanftmütige Behandlung änderten etwas daran. Doch da er nun keine Schmerzen mehr litt und satt war, stieg nicht Verzweiflung, sondern Ärger in ihm auf.

Verdammtes Schicksal! Elende Loretta! Verfluchte Kräuterfrau! Und erst die Königin ... Hartmut biss die Zähne zusammen. Jedes dieser Weibsbilder trug Anteil an seiner erbärmlichen Lage. Warum hatte er die Zauberin nie finden können? Wo hatte sie sich vor ihm versteckt? Sie war die Wurzel allen Übels. Wenn er sie aus ihrem Leben herausgerissen und sie gezwungen hätte, den Fluch von ihm zu nehmen, hätte er diese seltsame Unterwasserwelt gar nicht weiter erforschen können.

Loretta hingegen ... Er seufzte. Eigentlich hatte er sie für die Erlöserin seines Leidens gehalten. *Ein Handel.* Sie hätte den ansehnlichen Ehemann bekommen, den sie sich wünschte, er wäre den Fluch losgeworden. Dass er auch der Nachfolger des Fürsten werden sollte, war eine Zugabe, mit der er zwar nicht gerechnet hatte, die ihm jedoch umso angenehmer war. Und die er verdient hatte. Nach all den Gefahren, die er für Loretta auf sich genommen hatte. Dass ihn ihr letzter Auftrag in den Kerker geführt hatte ... Mürrisch schlug Hartmut mit seiner Flosse. *Sie weiß nie, wann es genug ist.*

Die Königin hingegen schien ihm die abscheulichste all seiner Widersacherinnen. Sie hatte ihn angeklagt, weil er gegen ein Ungeheuer gekämpft und gesiegt hatte. Undenkbar! Eigentlich hätten die Leute ihn als Helden feiern sollen. In dieser Welt war nichts so, wie es sein sollte. Hartmuts Ärger verstärkte sich.

Was konnte er unternehmen, um seine Hinrichtung abzuwenden? Weder die Wachen noch die Königin wollten ihm zuhören. Er war verurteilt, daran ließ sich nichts ändern. Aber bis zum Neumond waren zwei Wochen Zeit. Und nach Valentins Fürsorge erfüllte Hartmut neue Entschlossenheit. Er würde keineswegs kampflos aufgeben und willig seinen Tod auf sich nehmen. Nun bedauerte er allerdings, dass er es sich mit Theodora verscherzt hatte. Warum war sie auch so hochnäsig? Sie sollte doch wissen, wie seine Rechte waren.

Trotz seines Unmuts gestand er sich ein, dass er sich unterwürfiger hätte geben müssen. Vielleicht wäre sie dann eher geneigt gewesen, ihn anzuhören. Immerhin schien ihr sein Wohl nicht gänzlich gleichgültig zu sein. Hartmut dachte daran, dass sie ihm eine Hand auf die Schulter gelegt hatte. Tat sie das bei jedem Gefangenen, dass sie persönlich nach ihm sah? Weshalb hatte sie Valentin erlaubt, sich um ihn zu kümmern? Der blutige Hals ihres Bruders und seine Erklärungen über die Krankheit kamen ihm in den Sinn. *Krebschensucht* ... Eine ungewöhnliche Bezeichnung.

Entschlossen schüttelte Hartmut die Gedanken an die Erkrankung ab. So bedauerlich das Leiden Valentins war, darüber nachzusinnen, half ihm nicht weiter.

Er lenkte seine Überlegungen in eine andere Richtung. Wenn er nicht darauf warten wollte, ob die Königin aus eigenem Antrieb wieder nach ihm sah, musste er dafür sorgen, dass die Wachen ihn zu ihr brachten. Dann würde er sich ihr zu Füßen werfen und an ihre Milde und ihre Sanftmut appellieren. In einem vernünftigen Gespräch ließe sich bestimmt klären, dass er sich keines Verbrechens schuldig gemacht hatte. Auf jeden Fall keines, auf das die Todesstrafe stand.

Die Aussicht darauf, vor der Königin zu kriechen, weckte Widerwillen in Hartmut, aber er musste diese Unannehmlichkeit auf sich nehmen.

»Wache!«, rief er.

Nichts regte sich.

»Wache!«, brüllte er lauter.

Von draußen drang Lachen zu ihm herein.

»Wache!«, rief er ein drittes Mal.

Das Lachen schwoll an, das war alles. Kein Klackern mit dem Schlüssel im Schloss. Hörten die Männer ihn nicht? Oder ignorieren sie ihn?

Verdrossen ließ Hartmut den Kopf auf die gefesselten Hände sinken. Er wartete. Als er eine ganze Weile nichts mehr von draußen vernommen hatte, rief er erneut.

Wieder keine Reaktion.

Hartmut versuchte es noch einmal. Vergeblich. Auf diese Art kam er nicht weiter. Die Wächter schenkten ihm keine Beachtung.

Was konnte er unternehmen? Irgendeine Möglichkeit musste es doch geben, an die Königin zu appellieren. Eine, die Hartmut allerdings nicht einfallen wollte.

Stattdessen kamen ihm wieder Valentins Worte über das Heilmittel für die Krebschensucht in den Sinn. Niemand konnte es beschaffen. Trotz seines eigenen Elends stieg nun doch Bedauern in Hartmut auf. Lag das etwa tatsächlich an dem ähnlichen Schicksal? Aber während gegen ihn selbst wenigstens eine, wenn auch unzulässige, Anklage bestand, würde der Bruder der Königin vollkommen unschuldig sterben. In so jungen Jahren, dass sein Bart noch gar nicht sprießen wollte. Gab es in dieser Welt überhaupt so etwas wie Gerechtigkeit?

Hartmut rief sich Valentins Worte über die rote Kiefer nochmals in Erinnerung. Und mit einem Mal wurde ihm klar, was sein Besucher eigentlich gesagt hatte: Dieser Baum wuchs an einer Stelle, die für Unterwassermenschen unerreichbar war.

Aber ein gewöhnlicher Mensch könnte das Heilmittel beschaffen – an Land. Und ohne Bewacher aus Almira.

Überredung

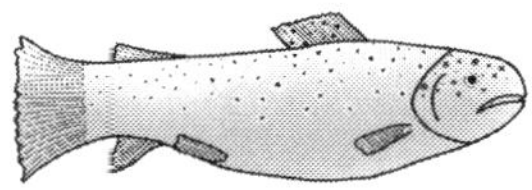

30. Oktober 1064, abnehmender Mond

Ein Ächzen entschlüpfte Hartmut, als er sich auf die andere Seite drehte. Die Kälte des Wassers, in dem er lag, konnte ihm in seiner Gestalt als Wassermann nichts anhaben, doch ihm taten sämtliche Knochen weh. Die Wunden an seinem Rücken hingegen ... Versuchsweise bewegte er die Schultern. Kein Brennen. Manche Stellen waren noch empfindlich, aber das war unbedeutend, verglichen zu der Qual des Vortages. Allerdings waren Hartmut die Arme eingeschlafen. Er streckte die gefesselten Hände von sich und zog sie wieder heran, was ein unangenehmes Kribbeln zur Folge hatte.

Weshalb er sich immer noch nicht in einen Menschen zurückverwandelt hatte, stellte für ihn ein Rätsel dar. Es war bereits der zweite Tag nach der Mondfinsternis. Fehlte das Sonnenlicht für die Verwandlung? Das war für ihn die einzige Erklärung.

Das Klackern, als jemand den Schlüssel ins Schloss steckte, ließ ihn schaudern. Wer kam nun zu ihm? Auch wenn der Fischschwanz in dieser Welt viele Vorteile bot, seine menschliche Gestalt hätte seinen Beteuerungen, wer er war und dass er nicht dem Urteilsspruch der Königin unterstand, mehr Gewicht verliehen. Abgesehen davon könnten die Wachen ihn nicht wieder auf den Platz zerren, um ihn zu quälen. So jedoch schon.

Sein Herz schlug schneller. Stand ihm ein weiterer Tag voller Pein bevor, nachdem die Wirkung der Blisteralge seine Wunden geschlossen hatte? Davon hatte Valentin nichts hören wollen – aber er hatte es auch nicht verneint.

Diesmal würde Hartmut sich allerdings zur Wehr setzen, mit aller Kraft, die er aufbieten konnte. Selbst wenn es ihm nicht gelingen würde, seine Peiniger zu besiegen – sie würden mit ihm kämpfen müssen. Tatsächlich töten würden die Wassermenschen ihn ja offenbar noch nicht. Also konnten sie ihn nicht einfach aufspießen.

Quietschend schwang die Tür auf und Hartmut hielt den Atem an.

Valentin trat ein. Auch an diesem Tag hatte er einen Tragekorb auf dem Rücken und brachte lichtspendende Blätter mit.

Fürs Erste beruhigt atmete Hartmut tief aus. Der junge Mann kam wohl kaum zu ihm, um ihm zuzusetzen. Und wenn er es geschickt anstellte, konnte er den Bruder der Königin am ehesten dazu bewegen, ihm eine Unterredung mit seiner Schwester zu verschaffen.

»Wie war die Nacht?« Der Blick des Besuchers schweifte über Hartmuts Gestalt. »Ich sehe, die Heilung ist wie gewünscht vorangeschritten.«

»Die Wunden schmerzen kaum mehr.« Auch er musterte sein Gegenüber. Valentin war blass, doch es schien ihm keine Mühe zu bereiten, sich aufrecht zu halten. »Was steht mir heute noch bevor?«

»Soweit ich weiß, sollst du im Kerker bleiben. Leider ist es langweilig hier ...« Sein Blick huschte von einer Ecke zur anderen. »... aber dagegen kann ich nichts tun. Dafür habe ich dir etwas zu essen mitgebracht.« Er stellte den Korb ab. »Heute gibt es gebratene Kimabi, eine Spezialität in Almira.« Valentin griff in das Behältnis und hielt ein Stück einer runden Frucht hoch. Die rote Schale ließ Hartmut an die Felder außerhalb der Ansiedelung denken. »Und ein paar Wassernüsse.«

Letztere waren ihm vertraut. Sein Besucher setzte sich an den Rand des Wassers und steckte ihm einen der weißen Kerne in den Mund. Zu Hartmuts Überraschung entfaltete sich beim Kauen ein ungewohnt würziger Geschmack. Die Wassermenschen hatten wohl eine besondere Methode, diese Nüsse zuzubereiten. Nun erst merkte er, wie hungrig er war.

Valentin schnitt von der Fruchtscheibe ein Stück ab. »Das, was du mir gestern über Loretta erzählt hast ...« Ein ernster Ausdruck legte sich auf sein Gesicht. »Ich habe mit Thea darüber gesprochen. Sie war ziemlich außer sich.« Er biss sich auf die Unterlippe.

»Aus welchem Grund?« Hartmut war nicht klar, worauf sein Gegenüber hinauswollte. Die Belange der Landmenschen konnten dem Wasservolk gleichgültig sein.

»Nun ...« Valentin zögerte. »Loretta ... Sie ist unsere Halbschwester.«

Für einen Moment konnte Hartmut ihn nur anstarren. Ungläubiges Staunen breitete sich in ihm aus. Nun war ihm klar, weshalb die Königin der Schwester des Fürsten glich. »Aber ...« Seine Stimme versagte ihm den Dienst. »Wie ist das möglich?«

Valentin steckte ihm das Fruchtstück in den Mund. »Ein Fehltritt unserer Mutter mit einem Landmenschen. Etwas, was sie bitter bereut.«

Gehorsam kaute Hartmut und schluckte den Bissen hinunter. »Aber wie kommt es ...« Er versuchte, seine Gedanken zu ordnen. »Loretta schien mir immer ein ganz gewöhnlicher Mensch zu sein. Sie hat sich nie verwandelt.«

»Als Halbblut in direkter Abstammung kann sie frei zwischen den Gestalten wählen«. Sein Besucher strich sich eine Haarsträhne hinters Ohr. »Ein Privileg, das sie zu ihrem persönlichen Vorteil ausnutzt.«

»Und der Fürst ... Was ist mit ihm?« Hartmut vermochte sich nicht vorzustellen, dass auch sein Dienstherr Teil des Wasservolks war.

Valentin gab ihm eine weitere Nuss. »Loretta und Hohold haben denselben Vater, aber der Fürst ist durch und durch ein Mensch.«

Auch von Hohold nur die Halbschwester ... Das hatte keiner der beiden je erwähnt.

Ein Fruchtstück folgte. »Allerdings ist der Fürst machtgierig genug«, fuhr sein Besucher fort, »um Loretta freie Hand zu lassen, solange es darum geht, uns zu vernichten und die Herrschaft in Almira zu übernehmen. Die schimmernden Muscheln, die unsere Fassaden schmücken, erzielen in eurer Welt einen hohen Preis. Aber es gibt nicht viel, was wir von euch benötigen. Deshalb tauschen wir nur dann und wann ein paar von unseren Kostbarkeiten ein. Hohold jedoch will mehr. Alles, was er bekommen kann ...«

Hartmut kaute ausgiebig. Also handelte es sich bei den Muscheln, die er einst selbst für den Fürsten ertauscht hatte, tatsächlich um Raritäten aus Almira. Hatte er damals mit Wassermenschen in ihrer zweibeinigen Gestalt verhandelt?

Ehe er etwas sagen konnte, sprach Valentin weiter: »Natürlich behalten wir unsere wertvollen Stücke für uns, seit Loretta fortgegangen ist. Das stört Hohold wohl gewaltig. Für das Volk von Almira ist jedoch schlimm, dass meine Halbschwester sämtliche Händler überredet hat, den Plätzen am Ufer fernzubleiben, wo wir uns früher immer getroffen haben. Der Fürst hat uns Stoffe zum Tausch geboten. Von den Kaufleuten hingegen haben wir Heilkräuter erhalten, die nur an Land wachsen, wie das Heilmittel gegen die Krebschensucht.« Er sah zur Seite. Offenbar gingen ihm seine eigenen Erklärungen sehr nahe. Valentin holte tief Luft, ehe er Hartmut wieder anblickte. »Diese Krankheit war früher selten, aber sie greift mittlerweile wie eine Seuche um sich.«

Hartmut besann sich darauf, was er eigentlich mit dem Bruder der Königin hatte besprechen wollen. »Wie geht es Euch denn selbst? Habt Ihr Euch über Nacht erholt?«

»Ja. Ich fühle mich besser. Nur wissen die Heiler nicht … wie lange das anhält.« Valentin stand auf und trat zu der Bank. Mit einem Mal schien er es eilig zu haben, den Kerker zu verlassen. Er schlüpfte in die Gurte des Tragekorbs.

»Das Heilmittel, das Ihr erwähnt habt, die rote Kiefer …«, fuhr Hartmut unbeirrt fort. Die Gelegenheit, dass sein Besucher Fürsprache bei der Königin für ihn hielt, wollte er keinesfalls ungenutzt verstreichen lassen. »Ich habe nachgedacht. Was immer Eure Handelsbeziehungen zum Erliegen gebracht hat – es würde doch genügen, dass jemand zu diesem Baum geht und mit ein paar Zweigen und Rindenstücken zurückkehrt.«

Valentin nickte. »Aber wie ich schon gesagt habe, niemand von uns kann an Land lange genug seine zweibeinige Gestalt annehmen. Wer immer das versucht hat, ist gestorben.«

»Es sei denn, ein echter Landmensch nimmt diesen Weg auf sich.« Hartmut sah dem jungen Mann fest in die Augen. »Ich könnte Euch das Heilmittel beschaffen.« *Und dabei die Flucht antreten.* Das schien ihm die einzige Möglichkeit, seiner Hinrichtung zu entgehen.

Stille breitete sich zwischen ihnen aus.

Ein Anflug von Bedauern erfasste Hartmut. Zweifellos würde Valentin ohne das Heilmittel sterben. Aber wenn er selbst weiterleben wollte, durfte er nicht nach Almira zurückkehren. Er bemühte sich um einen mitfühlenden Gesichtsausdruck.

Sein Gegenüber befeuchtete sich die Lippen. »Das …« Seine Stimme ging in ein jämmerliches Krächzen über. Er räusperte sich. »Das würdest du für mich tun?«

Hartmut hob die Augenbrauen. »Ihr kümmert Euch um mich. Es erscheint mir ein gerechter Handel, dass ich im Gegenzug Euch helfe. Alles, was Ihr tun müsst, ist, Eure Schwester dazu zu bringen, mich anzuhören. Das wird sie gewiss, wenn Ihr Theodora erklärt, was ich Euch angeboten habe.«

Zwei Atemzüge lang blickte Valentin ihn aus großen Augen an. Ein Leuchten lag darin: Hoffnung.

Nähe

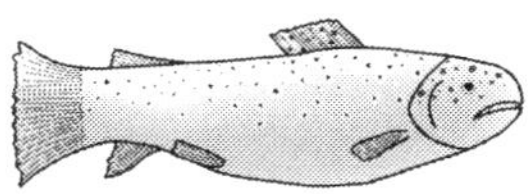

»Verehrte Königin ...«

Die Wachen links und rechts von Hartmut verneigten sich, obwohl Theodora ihnen nach wie vor den Rücken zuwandte. Sie schien ganz davon eingenommen, das graue und das rotbraune Hamsterwesen zu füttern. Die Tiere schlugen ihre Nagezähne in die Kimabis, die sie vor ihnen auf den Boden legte.

»Wir bringen den Gefangenen«, fuhr einer der Wächter fort.

Endlich wandte die Königin sich um. Herrisch reckte sie das Kinn. »Lasst uns allein.«

Die Männer verneigten sich abermals, ehe sie Hartmuts Arme losließen. Hilflos klatschte er auf den Boden. Während die Wachen den Thronsaal verließen, rang er röchelnd nach Luft. In der Gestalt des Wassermanns konnte er auf diese Art nicht atmen. Wie sollte er bloß mit der Königin reden, wenn er dabei war, zu ersticken?

Sie rückte die Krone auf ihrem Haupt zurecht und rümpfte verächtlich die Nase. »Valentin hat mich gebeten, mit dir zu sprechen. Das ist der einzige Grund, weshalb ich mich dazu durchgerungen habe, dich vor deiner Hinrichtung noch einmal unter meinen Augen zu dulden. Du sagst mir, was du unbedingt loswerden willst, aber bei der geringsten Anmaßung lasse ich dich abführen. Hast du das verstanden, Herr Vogt von Sunhilburg?«

Hartmut nickte gequält. »Allerdings ... solange ich ...« Er röchelte wieder. Was sollte das alles? Die Wachen hatten ihm eine Art Lendenschurz um den Fischlaib gebunden, dessen Zweck sich ihm in keiner Weise erschloss. Und er konnte sein Angebot nicht vorbringen, wenn er kaum Luft bekam. Hatte Valentin seiner Schwester etwa nicht gesagt, worum es ging? Wollte die Königin ihn schlichtweg verhöhnen und ihn ihre Macht spüren lassen?

Theodora verzog die Lippen zu einem mitleidigen Lächeln. Sie trat zu den Stufen, die aus dem Wasserkanal in den Saal führten, und kehrte mit einer Handvoll gelber Algen zurück. Immer noch lächelnd bückte sie sich zu Hartmut. »Gleich ist es vorbei.« Sie berührte mit dem Algenbündel seine Hände.

Augenblicklich setzte die Verwandlung ein. Binnen weniger Atemzüge nahm er die Gestalt eines Menschen an – ohne jegliche Schmerzen dabei zu spüren.

Neugierig schlenderten die beiden Hamsterwesen näher und beschnüffelten Hartmut.

Er sog tief den Atem ein. Die Gefahr des Erstickens war vorüber. Dass er vor der Königin mit gefesselten Händen bäuchlings auf dem Boden lag, empfand er allerdings als demütigend. Rasch setzte er sich auf. Nun war er froh um den Lendenschurz – andernfalls hätte er völlig nackt vor Theodora gesessen. Seine Lage war auch so unangenehm genug.

Die Herrscherin von Almira trat zwei Schritte zurück und bedeutete ihm, aufzustehen.

Schwerfällig kam Hartmut auf die Füße. Das schien die Hamsterwesen zu erschrecken, denn sie eilten an die Seite der Königin.

Er überragte Theodora um einen halben Kopf. Ihr stechender Blick ließ allerdings keinen Zweifel aufkommen, dass sie ihre Drohung von vorhin bitterernst meinte. Ein vermessenes Wort und sie würde nach den Wachen rufen. Oder ihre Tiere auf ihn hetzen. Auch wenn diese Wesen friedlich wirkten, ihre Nagezähne eigneten sich durchaus, um sie in menschliches Fleisch zu schlagen.

Der Blick der Königin huschte über seinen muskulösen Körper. Sie blinzelte, ehe sie ihm wieder in die Augen sah.

Vielleicht hatte sie nicht bedacht, dass es eine Sache war, einem auf dem Boden liegenden Wassermann gegenüberzutreten, aber eine andere, einem fast nackten Kämpfer. Auch in seiner zweibeinigen Gestalt wölbten sich deutlich seine Muskeln und bezeugten, dass er keineswegs nur in der Schreibstube saß.

Das zarte Glühen zeigte sich in Theodoras Augen. »Also, Valentin hat sich als nützlicher Spitzel erwiesen. Erstaunlich, was du ihm alles über dich und den Fluch erzählt hast – ebenso wie über Loretta.«

Was?! Verblüfft rang Hartmut nach Luft. War der junge Mann tatsächlich aus eigenem Antrieb zu ihm in den Kerker gekommen, wie er behauptet hatte? Oder war das eine Lüge und die Königin hatte ihn geschickt? Auf jeden Fall hatte sie ihrem Bruder aufgetragen, ihn auszufragen. »Ich war …« Er räusperte sich. »Ich war überrascht, zu hören, wie Eure verwandtschaftlichen Beziehungen zu Fürst Hohold und Loretta sind.«

»Das kann ich mir vorstellen.« Sie kraulte dem grauen Tier den Kopf. Das Wesen schmiegte sich hingebungsvoll an ihre Beine. »Ich habe keine Ahnung, was Valentin dazu gebracht hat, mit dir darüber zu sprechen, aber nun weißt du eben Bescheid. Außerdem lassen es die Umstände ohnehin nicht zu, dass ich die Existenz meiner Halbschwester ignoriere.« Die Königin hielt in ihren Streicheleinheiten inne und versetzte dem Hamsterwesen einen Klaps, woraufhin es zum Thron trottete. »Unglücklicherweise hat ein Teil meines Volkes Loretta die Treue geschworen. Die Abtrünnigen warten nur darauf, dass sie mit einer mächtigen Waffe zurückkehrt, um uns zu vernichten.«

»Die Lichtwaffe …« Hartmut erinnerte sich an den Blitz aus dem perlenbesetzten Zepter. Und an die Dienstmagd, die bewusstlos zu Boden gesunken war. Nun ergab Lorettas Vorhaben, ihren Einfluss auf andere Gebiete auszudehnen, deutlich mehr Sinn. »Sie will sie gegen Euch einsetzen.«

Das rotbraune Tier beanspruchte den Platz an Theodoras Seite. Es schnüffelte an ihrer Hand, wohl in der Hoffnung auf weiteres Futter, doch seine Herrin schenkte ihm keine Beachtung. Fragend zog Theodora die Augenbrauen zusammen. »Du kennst diese Waffe?«

Ihre Reaktion verriet Hartmut, dass sie nichts darüber wusste. Und dass er weit nützlicher für die Königin sein konnte, als er bisher angenommen hatte. Eine noch bessere Ausgangslage für ihn. Also gab er bereitwillig Auskunft. »Eure Halbschwester hat mich geschickt, aus den Höhlen der Nalwins Muscheln zu beschaffen.« Er dachte kurz nach. »Zu bestimmten Zeiten und an Orten, die sie mir beschrieben hat. Angeblich haben ihr fahrende Händler wundersame Geschichten darüber erzählt.«

Die Königin stieß scharf die Luft aus. »Was für ein Unsinn!«

Ihr Gefühlsausbruch verscheuchte das Hamsterwesen, das nun zu Hartmut tapste.

»Natürlich hat Loretta Kenntnis über die Reviere der Nalwin-Weibchen.« Theodora ballte eine Hand zur Faust. »Sie weiß, wo sie ihre Nester bauen und wie lange ihre Trächtigkeit verläuft.« Vorwurfsvoll blickte sie Hartmut an. »Diese Tiere, die du Ungeheuer nennst, erzeugen den Lichtstoff. Ohne ihn stirbt über kurz oder lang jegliches Leben hier – und wir werden krank. Es gibt nur wenige Nalwins, außerdem können sie den Lichtstoff nicht zu jeder Zeit bilden. Allein trächtige Weibchen, wenn sie einen Tag nach dem Neumond diese Muscheln fressen. Aber auch die sind extrem selten und kommen nicht in Kolonien, sondern nur einzeln vor.«

»All das wusste ich nicht«, sagte Hartmut.

Die Königin presste für einen Moment die Lippen aufeinander. »Natürlich hat Loretta dir das nicht erklärt. Und wir haben es auch nicht gleich gemerkt, dass den Nalwins zum entscheidenden Zeitpunkt die Arebamuscheln fehlen, erst, als uns aufgefallen ist, dass es zu wenig Lichtstoff gibt. Ich hielt es für einen unglücklichen Zufall, später dachte ich, ein unbekanntes Tier würde die Muscheln fressen. Bis wir endlich beobachtet haben, dass sie nur an Neumond und zu Mondfinsternissen verschwinden. Valentin und ich, wir waren am Donauufer, weil wir vermuteten, Loretta selbst würde die Arebamuscheln stehlen. Dass es ein Fremder sein könnte, schien uns unwahrscheinlich, aber nicht ausgeschlossen.«

Das Hamsterwesen legte den Kopf schief und musterte Hartmut aus seinen schwarzen Augen. Rasch sah er wieder zur Königin. Sie würde das Tier doch unter Kontrolle haben? »Warum habt Ihr nicht einfach Wachen beim Tunnel postiert?«, fragte er. »So hättet Ihr Euch das Risiko erspart, selbst am Ufer auszuharren.«

Sie schnalzte mit der Zunge. »Ich wusste nicht, ob und welche Waffen Loretta bei sich tragen würde. Und ich habe schon genug Leute an sie verloren. Also habe ich beschlossen, der Sache mit dem Muschelraub selbst auf den Grund zu gehen. Ich wollte erst einmal nur beobachten, wer der Dieb ist, wie gefährlich er ist und wie er vorgeht, ehe wir einen Plan fassen, um ihn gefangen zu nehmen. Denn das Fehlen weiterer Arebamuscheln würde dazu führen, dass es mit unserer Welt bald vorbei wäre.«

Die Erklärungen der Königin bedrückten Hartmut. »Loretta hat ursprünglich gesagt, sie möchte sich aus den Perlen eine Kette anfertigen lassen.«

»Stattdessen hat sie daraus eine Waffe erschaffen.« Die Herrscherin von Almira verengte die Augen. »Denn meine Halbschwester kann nicht warten, bis wir alle tot sind, immerhin will sie über ein großes Volk herrschen – mit vielen Sklaven zur Ausbeute der Weißmuscheln.«

In Hartmuts Bauch bildete sich ein kalter Klumpen.

Theodoras Schlussfolgerungen passten durchaus zur Persönlichkeit ihrer Halbschwester. In Anbetracht all dessen: Was hatte Loretta mit *ihm* vorgehabt? War es nicht eigenartig, dass der Fürst ihr einfach die Wahl gelassen hatte, ob sie ihn heiraten wollte? Eigentlich hätte sie sich nach Hoholds Willen richten müssen. Und weshalb hatte sein Dienstherr ihn so bereitwillig als seinen Nachfolger akzeptiert, obwohl er einen Sohn hatte? Wirklich als Anerkennung für all die geleisteten Dienste? Zweifel stiegen in Hartmut auf.

Nach wie vor beobachtete ihn das Hamsterwesen. Nun legte es den Kopf auf die andere Seite. Hartmuts ungutes Gefühl verstärkte sich. Immerhin hatte er keine Ahnung, wie er mit diesem Tier umgehen sollte – und wozu es fähig war. Was, wenn es auf ihn losging, weil er sich falsch verhielt?

»Was weißt du über diese Waffe?«, wollte Theodora wissen.

Er beschrieb das Zepter und die Blitze, die es erzeugte. Die Erinnerung kam ihm immer noch seltsam unwirklich vor.

Gebannt hörte die Königin zu. Als er geendet hatte, schüttelte sie betrübt den Kopf. »Bestimmt will sie damit gegen uns ziehen.«

»Mit der Lichtwaffe kann sie allerdings immer nur einen Gegner außer Gefecht setzen«, wandte er ein. »Außerdem braucht sie dafür zwei Blitze.« Das Hamsterwesen trat noch näher an ihn heran. Mit seiner nassen Schnauze stupste es sanft gegen seine gefesselten Hände. Erschrocken winkelte Hartmut sie an.

»Diese Wirkung hat die Waffe an Land.« Theodora strich ihre Haare über die Schulter zurück. »Wer weiß, wie sich der Lichtstrahl unter Wasser verhält?«

Davon hatte Hartmut keine Ahnung. Er schwieg. Als hätte das Hamsterwesen seine düsteren Gedanken gespürt, schmiegte es sich an ihn. Im ersten Moment war er wie erstarrt, doch das Tier strich lediglich um seine Beine.

»Nun ...« Er suchte nach den richtigen Worten, um das

Gespräch in die von ihm gewünschte Richtung zu lenken. Bislang hatten sie sich zwar ausführlich über Loretta und ihre Lichtwaffe unterhalten, doch das half ihm keineswegs aus seiner misslichen Lage. »Eigentlich wollte ich mit Euch sprechen, um Euch anzubieten, für Valentin das Heilmittel zu beschaffen.« Das Hamsterwesen stupste ihn sanft in die Seite, woraufhin er unwillkürlich versuchte, es trotz seiner gefesselten Hände am Kopf zu kraulen.

»Ich weiß. Darüber habe ich bereits nachgedacht.« Die Königin verschränkte die Arme vor der Brust. »Meine Antwort lautet: Nein.«

Im ersten Moment glaubte Hartmut, sich verhört zu haben. »Nein?« Zweifelnd starrte er Theodora an.

Sie nickte. »Du bist ein Verbrecher. Niemand, dem ich vertrauen kann.«

Ungläubig schüttelte er den Kopf. »Ohne Heilmittel wird Euer Bruder in wenigen Tagen sterben. Aber Ihr gebt mir nicht die Möglichkeit, mich zu bewähren?«

»Warum sollte ich?« Das Glühen in ihren Augen verstärkte sich. »Du arbeitest für Loretta – und du willst sie sogar heiraten. Ich habe keinen Grund, dir zu vertrauen.«

»Ich wusste doch all das nicht!« Hartmut war immer klar gewesen, dass die Schwester des Fürsten ihn für ihre Zwecke einspannte, aber nicht, in welchem Ausmaß sie ihn möglicherweise benutzt hatte. »Eure Erklärungen legen nahe, dass Hohold und Eure Halbschwester nur vorgeblich der Ehe mit mir zugestimmt haben. Mir scheint, dass sie mich lediglich als Sklavenhalter eingesetzt hätten, ohne mich jemals von dem Fluch zu erlösen.«

Theodora tat so, als hätte sie seine Einwände nicht gehört. »Außerdem gibst du nur vor, Valentin zu helfen.« Herausfordernd funkelte sie ihn an. »In Wirklichkeit willst du fliehen.«

Er fühlte sich ertappt. Wie gelang es ihr bloß, ihn so einfach zu durchschauen? »Ich ...« Ihm fehlten die Worte.

Sie gab einen verächtlichen Laut von sich. »Hast du je in deinem Leben wahrhaftig an jemand anderen gedacht als an dich selbst? Bist du je für einen Menschen eingetreten, ohne dir einen Vorteil davon zu erhoffen? Valentin ist dir gleichgültig. Kaum hättest du Almira verlassen, hättest du keinen Gedanken mehr an ihn verschwendet.«

»Das ist nicht wahr!«, protestierte er. »Natürlich würde ich mit dem Heilmittel zurückkehren. In der Hoffnung ...« Nun musste ihm rasch etwas Glaubwürdiges einfallen. »... dass Ihr mir dann das Leben schenkt.«

»So.« Sie tappte mit einem Fuß auf den Boden. »Du möchtest also Euch beide retten.«

»Ja.« Er sah in ihre faszinierenden Augen. »Ich würde alles in meiner Macht Stehende tun, um das zu erreichen.«

Auch sie blickte ihn an. »Und dann? Was würdest du mit deiner neu gewonnenen Freiheit anfangen?«

Ihre Frage brachte ihn in Verlegenheit. Er hatte bislang nicht darüber nachgedacht, ob er überhaupt nach Sunhilburg zurückkehren sollte. Für den Fürsten war er verschwunden und er besaß keine eigenen Ländereien, um die er sich kümmern musste. Er könnte gehen, wohin er wollte. »Das habe ich noch nicht entschieden.«

Sie ließ einen Atemzug verstreichen. Schließlich nickte sie. »Das klingt wenigstens ehrlich. Um den Fluch loszuwerden, hast du allerdings keine andere Wahl, als ...« Die Königin wandte den Blick ab.

... als Loretta zu heiraten. Oder ... Ihm kam ein absurder Gedanke. *Oder Theodora.*

Rasch verwarf er diese Überlegung. Das Hamsterwesen drückte sich erwartungsvoll an ihn, sodass er es wieder streichelte. Das Fell des Tieres fühlte sich seltsam rau an. Zusammen mit Valentin waren das nun zwei, die ihm hier wohlgesinnt waren. »Mir scheint, der Fluch würde in Almira keine Rolle spielen«, sprach er aus, was ihm unwillkürlich in den

Sinn kam, obwohl er auch diese Aussicht auf sein zukünftiges Leben entsetzlich fand. Er konnte doch nicht bei einem Volk bleiben, das ihn zutiefst gedemütigt und misshandelt hatte – außer er verdiente sich ihre Anerkennung. Würden die Einwohner von Almira ihn dann akzeptieren?

Überrascht hob die Königin die Augenbrauen. »Hier herrscht immerwährende Dunkelheit, da hast du recht. Die Energie des Neumonds ist sehr stark. Deshalb verwandelst du dich nicht von selbst. Wenn das Mondlicht tatsächlich vom Himmel verschwindet, würdest du allerdings auch nicht mithilfe der Sonnenalge deine zweibeinige Gestalt annehmen können. Solange der Fluch währt, müsstest du in diesen Nächten mit deiner Flosse zurechtkommen.«

Er zuckte mit den Schultern. »Wesentlich weniger aufwendig, als an Land ein Gewässer aufsuchen zu müssen.«

»Auch wieder wahr.« Theodora schien seiner Überlegung durchaus geneigt.

»Wie bestimmt Ihr denn überhaupt die Mondphasen?« Hartmut streichelte neuerlich das Hamsterwesen.

Die Königin wies zur gewölbten Decke. Am höchsten Punkt tat sich ein rundes Fenster auf. »Es steckt Magie darin«, erklärte sie.

Verwundert blickte Hartmut hinauf. In der Dunkelheit, die sich hinter der Glasscheibe erstreckte, erkannte er die auf einer Seite abgeflachte Scheibe des abnehmenden Mondes.

»Das nächtliche Licht hat sehr wohl Einfluss auf Almira«, sagte Theodora. »Wie an der Oberwelt, so ist es auch unten. Unsere Heiler sind gleichzeitig Magier. Einst erschuf eine mächtige Frau diese Kuppel, um die Mondphasen für uns sichtbar zu machen. Das hilft uns, den Lebenszyklus mancher Tiere besser zu verstehen.«

»Dann liegt es also auch an Magie, dass Eure Häuser sich nicht mit Wasser füllen?«, fragte er.

Theodora nickte und wies auf eine leere, kniehohe Vase an

einer Seite des Thronsaals. »Hierin ist verdichtete Luft, die nach und nach in den Raum strömt.«

Richtig vorstellen konnte Hartmut sich all das nicht, aber das war für ihn nun nicht von Belang. Ihm war wichtig, mit seinem eigentlichen Anliegen weiterzukommen. »Ich bitte Euch erneut, verehrte Königin. All Eure Heiler mit ihren magischen Fähigkeiten können Eurem Bruder nicht helfen. Lasst mich gehen, und ich beschaffe das Heilmittel für ihn.«

Sie schwieg.

»Außerdem biete ich Euch an, Euch gegen Lorettas Angriffspläne zu unterstützen.« Er legte seine ganze Überzeugungskraft in seine Stimme. »Ich kenne ihre Waffe und ich weiß, wie ich sie unschädlich machen kann. Falls es tatsächlich zu einem Kampf mit ihr und ihren Anhängern kommt, könnte ich Euch nützlich sein.«

»Und sonst?« Abwartend sah sie ihn an.

Was will sie denn noch? Womit konnte er sie endgültig umstimmen? »Habt Ihr ein weiteres Anliegen, bei dem Ihr meine Hilfe benötigt?«

Sie sah ihn stumm an. In ihrem Blick lag ebenso Hoffnung wie in dem von Valentin – aber noch mehr. Als wünschte sie sich, er würde sich entscheiden, tatsächlich in Almira zu bleiben und ... Hartmuts Atem ging schneller. Konnte es sein, dass die Königin nicht zufällig erwähnt hatte, was er tun müsste, um den Fluch zu brechen?

Theodora reckte wieder das Kinn. »Nun gut. Du hast mir alles versprochen, was für mein Volk und für mich bedeutsam ist. Einen besseren Diener könnte ich mir nicht wünschen. Aus diesem Grund darfst du aufbrechen, um das Heilmittel zu beschaffen.«

Langsam ließ Hartmut die Luft entweichen. Nun erst fiel ihm auf, wie angespannt er gewesen war. Womit war es ihm nun eigentlich gelungen, sie umzustimmen? Mit seiner Hartnäckigkeit? Oder ...

Die Königin griff in die Tasche ihres Kleides und zog ein Band aus kleinen, spitz geformten Muscheln heraus. »Drei Tage hast du Zeit, um zurückzukehren.« Sie lächelte grimmig und trat hinter ihn, um ihm das Schmuckstück anzulegen.

Kaum berührte das Halsband seine Haut, zog es sich zusammen, sodass es ihn eng umschloss. Er schnaufte überrascht. Offensichtlich handelte es sich um kein gewöhnliches Kleinod.

Theodora strich zart über seinen bloßen Rücken. Ihn durchrieselte es heiß und kalt gleichzeitig. Warum berührte sie ihn? *Auf diese Art ...*

»Enttäusche mich nicht.« Ihre Stimme klang leise. »Vom ersten Moment an, als ich dich gesehen habe, war mir klar, dass du nicht irgendein Mensch bist – sondern jemand Besonderer.« Sie machte eine kurze Pause. »Nun hast du die Gelegenheit, mir das zu beweisen.« Die Königin legte eine Hand auf seinen Oberarm.

Eine Geste, die die Hitze in Hartmut verstärkte – und ihn mehr ersehnen ließ. Er schnappte nach Luft. Wie konnte es sein, dass eine solch harmlose Berührung seine Leidenschaft weckte? Verbissen zwang er sich dazu, die Nähe der Königin zu ignorieren und gleichmäßig ein- und auszuatmen.

Theodora beließ die Hand auf seinem Arm. Zwei Atemzüge. Drei. Vier.

Endlich trat sie von ihm fort. »Das Halsband lässt sich nur im Thronsaal abnehmen.« Übergangslos war ihr Tonfall wieder der einer Königin.

Er hoffte, dass sie nicht gesehen hatte, wie heftig er auf ihre Nähe reagiert hatte. Als sie vor ihm stand, zeigte sich in ihrem Gesicht kein Hinweis darauf.

Es kostete Hartmut Mühe, ihr in die Augen zu sehen und seinen Blick nicht über die Rundungen ihres Körpers schweifen zu lassen. Was war nur mit ihm los?

»Wenn die Schwingung des Halsbands mit der Magie des Mondes in Harmonie tritt, kann ich es lösen«, sprach die

Königin weiter. »Also versuch nicht, es selbst zu tun, du würdest dich höchstens dabei verletzen.«

Er befeuchtete sich die Lippen und zwang seine Gedanken, sich auf die vor ihm liegende Aufgabe zu richten. »Und wofür soll das Halsband gut sein? Ein Zeichen, dass ich für Euch und Euer Volk als Geächteter gelte, wenn ich nicht zurückkehre?«

»Nein.« Sie lächelte verheißungsvoll. »In den Muscheln befinden sich winzig kleine Krebse. Sobald das Band bloße Haut berührt, beginnen die Tierchen, sich durch die Schalen zu knabbern.« Sie hob die Augenbrauen. »Nach drei Tagen sind sie durch. Dann fressen sie sich in deinen Körper – und höhlen dich aus.«

Kundgebung

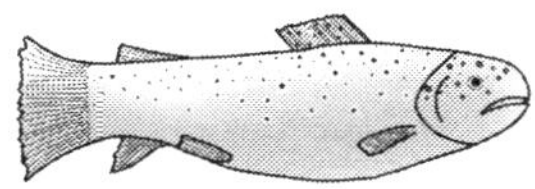

»Volk von Almira!« Die wohlklingende Stimme der Königin drang gewiss zu jedem der Versammelten auf dem Hauptplatz.

In seiner Gestalt als Wassermann harrte Hartmut hinter Theodora aus, flankiert von dem bulligen Gundork und einem zweiten Wächter. Die beiden hatten ihn links und rechts gepackt. Außerdem umschlang immer noch eine Fessel seine Handgelenke. Als wäre das nicht genug, behielten ihn auch das graue und das rotbraune Hamsterwesen im Blick wie zwei Wachhunde.

Theodora trug nach wie vor ihre Krone. Bei jeder Kopfbewegung funkelte das Perlmutt darin im Licht der Bäume. »Dieser Mann ...« Sie wies auf Hartmut, und die Wächter bugsierten ihn an die Seite der Königin. »... hat sich des Verbrechens schuldig gemacht, den Nalwins die Arebamuscheln zu rauben. Deshalb habe ich ihn zum Tode verurteilt. Allerdings hat er die Wahrheit gesagt: Er ist ein gewöhnlicher Mensch, den ein Fluch zu bestimmten Zeiten in einen Wassermann verwandelt.«

Einige der Versammelten flüsterten miteinander.

»Wer hat denn die Verwünschung ausgesprochen?«, wollte eine Frau wissen.

»Meine Mutter«, antwortete Theodora.

Verblüfft starrte Hartmut sie an. Davon hatten weder sie noch Valentin ein Wort erwähnt. Konnte das wirklich wahr sein? Es erklärte allerdings, weshalb er die Kräuterfrau nirgendwo hatte finden können. Sie war einfach nach Almira zurückgekehrt.

»Kaum zu glauben!«, murrte ein alter Mann. »Warum hätte Eure Mutter das tun sollen?«

»Ich werde sie fragen, sobald sie wieder hier ist.« Theodora lächelte gewinnend.

Der Fragesteller schüttelte missmutig den Kopf. »Aber wie konnte ein Landmensch überhaupt nach Almira finden?«

Ein Wächter schwamm zu ihm. »Genug mit deinen Zwischenrufen!«

Der Greis verzog mürrisch das Gesicht.

Theodora nickte ihm jedoch freundlich zu. »Bestimmt fragen sich das viele von euch. Und ich will gerne darauf antworten: Meine Halbschwester Loretta hat Hartmut ausgeschickt, die Muscheln zu stehlen.«

Die Königin verschwieg also, dass er aus eigenem Antrieb in das Unterwasserreich gefunden hatte. Es hätte wohl gar zu unwahrscheinlich geklungen. Und es war auch für ihn selbst nach wie vor ein eigenartiger Zufall.

»Wir alle wissen«, sprach Theodora weiter, »wie hinterhältig Loretta ist. Sie hat vorgegeben, sich aus den Perlen in den Muscheln eine Kette fertigen zu lassen. Aber das war eine Lüge.« Sie machte eine Pause, damit ihre Worte wirken konnten.

Unter den Wassermenschen breitete sich Unruhe aus. Die Erwähnung der königlichen Halbschwester schienen viele als bedrohlich zu empfinden.

»Das hat er einfach geglaubt?« Der Greis blickte feindselig zu Hartmut.

»Er wusste es nicht besser«, erwiderte die Königin. »Wie sollte er als Landmensch irgendeine Ahnung von Lorettas Machenschaften haben?«

Zweifelnd wiegte der Wassermann den Kopf hin und her, aber er widersprach nicht.

»Viele von uns leiden an der Krebschensucht«, fuhr Theodora fort.

»Ja, eben! Daran ist dieser Verbrecher schuld!« Eine Frau deutete auf Hartmut. »Genau deshalb wollen wir ihn aufspießen.«

»Das macht uns aber nicht wieder gesund.« Theodoras Stimme klang ruhig, obwohl ihre Hände leicht zitterten.

Es ist ein Risiko für sie, für mich einzutreten. Hartmut blickte in die Gesichter der versammelten Wassermenschen. Die einen wirkten besorgt, die anderen erbost, wieder andere ängstlich. War es möglich, dass sie sich gegen ihre Königin auflehnten? Immerhin verlangte Theodora, dass sie ihm vertrauten.

»Hartmut«, sie deutete auf ihn, »der Vogt von Sunhilburg, nimmt seine zweibeinige Gestalt an, sobald er Almira verlässt. Er wird zur roten Kiefer wandern und uns das Heilmittel beschaffen – als Wiedergutmachung für seine Raubzüge.«

»Davon werden die Toten nicht wieder lebendig!«, rief die Frau.

»Natürlich nicht.« Theodora hob beschwichtigend die Hände. »Aber er hatte keine Ahnung, was er uns antut. Und das Heilmittel ist jetzt das, was wir am dringendsten benötigen.«

»Wieso denkt Ihr, dass Ihr ihm trauen könnt?«, wollte der Alte wissen.

Sie blickte zu Hartmut. »Seht genau hin! Er trägt das Muschelhalsband. Falls er uns betrügt, ist er des Todes.«

Damit brachte sie die erhitzten Gemüter zum Verstummen.

»Das ist aber noch nicht alles«, fuhr sie fort. »Hartmut ist für uns auch in anderer Hinsicht nützlich. Erst vorhin hat er mir berichtet, dass Loretta ihm gezeigt hat, wofür sie die Perlen tatsächlich braucht.« Sie wandte sich ihm zu. »Berichte uns selbst, was du erlebt hast.«

Das kam unerwartet, war aber die Gelegenheit, die Leute von seiner Rechtschaffenheit zu überzeugen – auch wenn es ihm seltsam vorkam, das mit gefesselten Händen zu tun. »Es ist eine Waffe, die keineswegs wie eine solche aussieht, sondern wie ein Zepter, reich mit verschlungenen Ornamenten an einem Ende. Die Perlen hat sie in die Verzierungen eingearbeitet. Aber was wie ein kostbares Schaustück wirkt, birgt eine gefährliche Macht.« Er beschrieb den Lichtstrahl und dessen verheerende Wirkung. »Auch wenn die Waffe noch nicht fertiggestellt ist, weil Loretta eine Perle fehlt, befürchte ich, dass sie unter Wasser grausamere Schrecken verursacht als an Land.«

Schockiert starrten die Versammelten ihn an. Für einen Moment. Dann redeten sie wirr durcheinander.

»Aber was sollen wir denn jetzt tun?«

»Vielleicht hat sie schon ihre Anhänger um sich geschart.«

»Sie könnte jeden Moment bei uns einfallen.«

Theodora bedeutete ihnen, zu schweigen, woraufhin die Wassermenschen nach und nach verstummten. Als Ruhe eingekehrt war, ergriff sie wieder das Wort: »Gleich wird Loretta uns nicht angreifen. Sicherlich wartet sie ab, ob Hartmut ihr nicht doch noch eine Arebamuschel bringt. Sie weiß wohl, dass er in Almira seine Gestalt als Wassermann behält. Aber selbst wenn sie zu dem Schluss gekommen ist, dass er nicht mehr zurückkommt, ihre Anhänger haben sich zu weit weg verschanzt, um in weniger als einer Woche hier zu sein.«

Ihren Worten nach musste diese Welt große Ausmaße haben. *Welch seltsame Tiere gibt es hier wohl noch?*

»Wir sind also auf jeden Fall vor Loretta sicher«, sprach Theodora weiter, »bis Hartmut mit dem Heilmittel zurückkehrt. Abgesehen davon ist er nicht nur ein Kämpfer. Er weiß, wie sich Lorettas Waffe unschädlich machen lässt.«

»Dann pressen wir es aus ihm heraus!« Der alte Mann hob drohend eine Faust. »Bevor wir ihn aufspießen.«

Vereinzelte Rufe der Zustimmung folgten seinen Worten.

Die Königin schüttelte den Kopf. »Wer würde uns garantieren, dass er unter der Folter die Wahrheit sagt? Würdest du das tun, deinen Peinigern helfen?«

Der Aufrührer schwieg. Hasserfüllt starrte er Hartmut an.

»Nein.« Theodora lächelte grimmig. »Er muss uns im Kampf beistehen, wenn er überleben will.«

Aufgebrachtes Murmeln folgte ihren Worten.

»Was soll das heißen?«, rief eine Frau. »Hebt Ihr seine Todesstrafe etwa auf?«

»Das tue ich – falls er sich bewährt.« Die Königin sprach rasch weiter, wohl um keine Gegenstimmen aufkommen zu lassen. »Indem er das Heilmittel beschafft und mit uns gegen Loretta kämpft, wird er Teil unserer Gemeinschaft.«

Stille folgte ihren Worten.

Angespannt wartete Hartmut auf die Reaktion des Wasservolkes. Würden sie trotz allem seinen Tod fordern?

Der Greis grummelte, doch schließlich sagte er: »Wenn mein Sohn von der Krebschensucht geheilt ist, sehen wir weiter.«

»So ist es!«, stieß die Frau aus. »Soll der feine Herr Hartmut erst einmal das Heilmittel bringen. Ob wir ihm trauen, entscheiden wir danach.«

Rufe der Zustimmung erklangen. Offensichtlich herrschte die Königin nicht unumschränkt, sondern war vom Vertrauen ihrer Untertanen abhängig.

Theodora nickte. »Wir machen uns sofort auf den Weg.«

Wir? Verblüfft sah Hartmut zu ihr.

Sie beachtete ihn jedoch nicht. »Ich garantiere euch, dass wir schnellstmöglich zurückkehren. In meiner Abwesenheit übernimmt mein Bruder Valentin die Regierung«, verkündete sie.

Hartmut hatte sie also richtig verstanden: Theodora würde ihn begleiten.

Attacke

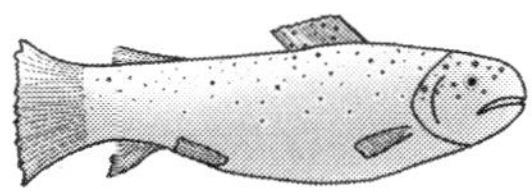

Hartmut blieb nichts anderes übrig, als sich von Gundork und dem zweiten Wächter durch die Ansiedelung ziehen zu lassen. Die beiden umklammerten seine Oberarme fester als nötig. Theodora schwamm voraus. Die Krone hatte sie nach wie vor auf dem Kopf, doch wie die Wachmänner hatte sie sich einen Beutel um die Schulter gehängt: Proviant für alle. *Und Kleidung für mich.* Eigenartigerweise hatte die Königin außerdem ein Gespinst aus schwarzen Algen um ihr Handgelenk geschlungen. Wofür das wohl gut sein mochte?

Die beiden Hamsterwesen hielten sich links und rechts von ihr. Mit lang gestrecktem Körper glitten sie durchs Wasser. Um vorwärts zu schwimmen, genügten für sie kleine Bewegungen mit den Pfoten. Nahm Theodora etwa auch die Tiere als Begleitung mit?

Bereitwillig machten die Wassermenschen Platz, damit sie alle vorbeischwimmen konnten. Sämtliche Gegenstimmen waren verstummt. Dennoch erkannte Hartmut in manchen Blicken Misstrauen, in anderen hingegen Hoffnung. Eine, die er vorhatte, zu erfüllen.

Als sie die Häuser hinter sich ließen, beschleunigte Theodora ihr Tempo.

Trotzdem fielen Hartmut wieder die welken Felder auf, die von Mangel an Lichtstoff kündeten. Bestimmt war dies auch der Grund für die schwarz verfärbten Muscheln an manchen Häuserfassaden und für die Löcher in den Bäumen. Dass er dies verursacht hatte, bedrückte Hartmut, obwohl er aus Unwissenheit gehandelt hatte.

Die Königin schwamm unbeirrt weiter, die Hamsterwesen an ihrer Seite. An einem Blick zurück schien ihr nichts zu liegen.

Mit Erreichen des ersten Gebietes der fleischfressenden Pflanzen hoben die Wächter ihre Speere, um jederzeit zustoßen zu können, hielten Hartmut aber weiterhin fest gepackt. Es gelang ihnen trotzdem, die Ranken abzuwehren, die sich um ihre Flossen schlingen wollten.

Weiter ging es über die langgestreckte Ebene der Felsbrocken mit den Höhlen der Nalwins zu den nächsten aggressiven Schlingpflanzen.

Erst als sie den Tunnel erreichten, in dem die blau schimmernden Tentakelwesen trieben, hielt die Königin an und wandte sich zu Hartmut um. »Löst ihm die Fessel.«

Endlich! Er konnte es kaum erwarten, dass seine Bewacher das Seil aufknoteten. Versuchsweise bewegte er die Hände, um die verkrampften Muskeln zu lockern.

Theodora schwamm nahe an ihn heran. »Dir ist hoffentlich klar, dass dein Leben davon abhängt, ob wir wohlbehalten wieder nach Almira zurückkehren.« Sie blickte ihn eindringlich an. »Das Halsband lässt sich unter keinen Umständen abnehmen. Jeglicher Versuch, uns zu entkommen, führt zum Tod.«

Er nickte. »Wohin auch immer Ihr mich schickt, ich kehre mit dem Heilmittel zu Euch zurück.«

Für einen Moment blickte Theodora ihn weiterhin an. Schließlich löste sie das Algengespinst von ihrem Handgelenk. »Wir sind darauf angewiesen, dass wir alle zusammenhalten. Wer weiß, was uns draußen erwartet.« Sie drückte die Algen Hartmut in die Hand. »Das sind Dunkelalgen. Sie sollten verhindern, dass du dich in einen Menschen verwandelst, sobald wir den Tunnel verlassen.«

»Sollten?« Ein Hauch von Zweifel stieg in ihm auf. Wusste die Königin etwa gar nicht, wie die Pflanze wirkte?

Theodora zuckte mit den Schultern. »Von uns braucht diese Algen niemand. Es gibt nur Überlieferungen darüber und ... Mutters Experimente dazu. Aber es bleibt uns ohnehin nichts anderes übrig, als es auf den Versuch ankommen zu lassen. Im Wasser sind wir deutlich schneller unterwegs, als wenn du den Weg an Land zurücklegen müsstest.«

Darauf wusste Hartmut nicht sofort etwas zu sagen.

Die Königin wandte sich ab.

»Aber«, versuchte er, sie zurückzuhalten, »das heißt, Ihr habt keine Ahnung, wie die Alge meinen Körper verändert?«

Sie schwamm unbeirrt in den Tunnel, zwischen den Tentakelwesen hindurch.

»Weiter!« Gundork stieß ihn vorwärts.

Ein zarter Tentakel schlang sich um Hartmuts Arm, was ein unangenehmes Brennen nach sich zog. Unwirsch wischte er das Wesen beiseite und wickelte die Dunkelalge um sein Handgelenk. Auf diese Art hatte er wenigstens beide Hände frei.

Darauf bedacht, sich von den Fangarmen fernzuhalten, folgte er der Königin. Was würde passieren, wenn er am anderen Ende den Tunnel verließ? Hartmuts Pulsschlag beschleunigte sich. Gewiss, das Wasser war nicht so tief. Falls er doch seine menschliche Gestalt annahm, würde es ihm gelingen, aufzutauchen, ehe er ertrank. Aber die Dunkelalge könnte auch irgendeine seltsame Wirkung zeigen. Vielleicht steckte er dann in einem Körper fest, der Beine und einen Fischschwanz besaß? Und dessen Verwandlung sich nicht mehr rückgängig machen ließ? Hartmut schauderte.

Je näher der Tunnelausgang rückte, desto stärker wurden seine Zweifel. Der Königin war es gleichgültig, in welche Kreatur er sich verwandelte – solange er ihr nützlich war.

Geschickt wich er einem Tentakelwesen aus. Vor ihm tat

sich die Öffnung in die Donau auf. Ein großes Loch, das ihn anzuziehen schien. Einer der Wachmänner schwamm hindurch, eines der Hamsterwesen folgte ihm. Als Nächstes verließ die Königin den Tunnel, hinter sich das zweite Tier. Nur noch Hartmut und Gundork befanden sich inmitten der Tentakel.

Wieder stieß eines der bläulichen Wesen gegen Hartmut. Das Brennen, das der Zusammenstoß bewirkte, ärgerte ihn. Dennoch zögerte er. Mit einer Hand berührte er die Dunkelalge. Was würde geschehen, wenn er durch das Loch schwamm?

Da drückte Gundork ihm die Spitze seines Speers in den Rücken. »Du wirst doch nicht etwa Angst haben?«

Unwillig wandte Hartmut den Kopf. »Wenn es dir so ginge, dass du nicht wüsstest ...« Er hob die Hand mit dem Algengeflecht.

Der Wachmann fletschte die Zähne. »Feigling.« Sein Stoß mit der Schwanzflosse katapultierte Hartmut durch das Loch.

Einen Augenblick lang sah er nur noch wirbelndes Wasser um sich herum. Dann fand er sich in der Donau wieder. Ein Schwarm Barsche stob an ihm vorbei, Laichkraut wogte in der Strömung.

Die Königin blickte ihm erwartungsvoll entgegen. »Wir folgen nun den Ceppis.« Sie wies auf die Hamsterwesen. Die Tiere hatten offenbar Spaß daran, die Wasseroberfläche zu durchbrechen, eine Rolle zu vollführen und sich wieder Richtung Grund sinken zu lassen. »Die beiden kennen den Weg.«

Deshalb hatte sie also diese Wesen mitgenommen. Nun, Hartmut war es recht, solange er selbst ...

Zweifelnd blickte er an sich hinunter. Aber alles schien normal. So gewöhnlich, wie seine Gestalt als Wassermann immer war. Auch seine Augen glühten wohl weiterhin rot, denn sein Sichtfeld war nach wie vor in diesen Farbton getaucht.

»Selbstverliebter Holzkopf«, stieß Gundork aus und packte

ihn am Arm. »Hauptsache dein Schwanz fällt dir nicht ab, oder wie?«

Doppeldeutig gemein! Ärger wallte in Hartmut hoch. Entschlossen löste er sich aus dem Griff des Kommandanten.

»Machen wir uns auf den Weg.« Die Königin wandte sich um. Ihre Tiere schienen jedoch nicht bereit zu sein, gleich weiterzuschwimmen. Sie ignorierten Theodoras auffordernde Handbewegung und tauchten abermals auf.

Diese Verzögerung verschaffte Hartmut die Zeit, sich Gundork zuzuwenden. »Wir können das Heilmittel beschaffen, weil ich angeboten habe, euch zu helfen.« Er versuchte nicht einmal, die Wut in seiner Stimme zu unterdrücken. »Meinst du nicht, damit hätte ich mir deinen Respekt verdient?«

Gundork bedachte ihn mit einem verächtlichen Blick. »Wir alle haben uns auf den Weg gemacht, um Almiras Volk zu dienen. Wir alle – außer dir offenbar. Dir ist nur an deiner Schönheit gelegen, und ...«

Ein Pfeil durchbrach die Wasseroberfläche – und weitere folgten.

»In Deckung!«, rief Theodora. Der zweite Wachmann bot ihr mit seinem Körper Schutz, als sie zwischen den Pflanzen hindurch hetzte, fort von den Angreifern. Nun zogen sich auch die Ceppis zu ihr zurück. Eines davon war allerdings nicht schnell genug. Das rotbraune Tier war eben erst abgetaucht, als ein Pfeil eine seiner Pfoten streifte. Es jaulte jämmerlich.

Theodora wandte sich um. Entsetzen zeigte sich in ihrem Gesicht. »Ragna!«, stieß sie aus. Doch sie wagte nicht, zurückzuschwimmen.

Gundork packte das verletzte Tier und zog es mit sich. Mit kräftigen Flossenschlägen folgte er der Königin. Ohne Rücksicht darauf, ob Hartmut nachkam.

Die Pfeile verloren unter Wasser schon auf kurze Distanz ihre Durchschlagskraft. Dennoch war Hartmut klar, dass sie alle in Gefahr waren. Wer auch immer auf sie schoss – er hatte ihnen aufgelauert. *Oder mir.* Ihn schauderte. Wartete etwa Loretta am Ufer auf ihn?

Ebenso könnte es sein, dass sie bereits ihre Vorbereitungen für den Angriff auf Almira traf und die Gunst der Stunde hatte nutzen wollen, einige Wassermenschen zu töten. Sie war die Einzige aus Sunhilburg, die die Ceppis kannte. Oder war doch nur jemand auf der Jagd und hatte in den Wassertieren eine begehrliche Beute entdeckt?

Die Königin schwamm tief am Grund weiter. Das trübe Wasser verhinderte, dass die Angreifer sehen konnten, wohin sie sich wandte und wie viele Leute ihr Gefolge umfasste. Wohl war Hartmut allerdings nicht zumute. Was dachten ihre Widersacher nun? *Dass wir uns nach Almira zurückziehen?* Er hoffte es.

Das verletzte Ceppi jaulte immer noch, obwohl Gundork versuchte, ihm das Maul zuzuhalten. Aber die scharfen Nagezähne ließen den Kommandanten stets aufs Neue zurückzucken. Die Körperkraft des Wächters erwies sich allerdings als nützlich. Er schien keine Mühe zu haben, das Tier mit sich zu ziehen, sodass sie das rasche Tempo beibehalten konnten.

Unbehelligt gelangten sie von einem Flussarm in den nächsten. Allmählich ebbte Hartmuts Anspannung ab. Nun bereitete es ihm zunehmend Vergnügen, zu beobachten, auf welche Weise Gundork versuchte, sich die Zähne des verletzten Ceppis vom Leib zu halten. Der Wachmann drückte das Maul des Tieres von sich weg, doch schon wenige Augenblicke später schüttelte Ragna erbost den Kopf und jaulte. Das brachte dem Wächter einen vorwurfsvollen Blick der Königin ein, worauf er seine Hand zurückzog. Nun schnappte allerdings das Ceppi nach ihm. Bestimmt missfiel es dem Tier, dass es nicht selbst schwimmen durfte, sondern sich Gundorks Klammergriff fügen musste. Dieser hielt Theodoras Haustier so weit wie möglich auf Abstand. Doch Ragna krümmte sich und biss ihn in die Hand.

»Verflucht!« Gundork fletschte wieder die Zähne. Eine zweite Blutspur zog sich hinter ihm durchs Wasser.

Hartmut konnte sich ein Grinsen nicht verkneifen. Solange der Kommandant mit dem verletzten Tier beschäftigt war, würde er wohl nicht mehr auf die Idee kommen, seine Gehässigkeit an anderen auszulassen.

Das zweite Ceppi schwamm unbeirrt voran und führte sie durch die Flussarme. Die Königin hinterfragte kein einziges Mal, ob es den richtigen Weg einschlug. Etwas, woran Hartmut immer wieder zweifelte. Wie konnte dieses Wesen wissen, wohin sie wollten?

Endlich hielt Theodora an. »Machen wir Rast.« Sie winkte Gundork zu sich. »Was meinst du, wer hat auf uns geschossen?«

Der Wachmann bedachte Hartmut mit einem übellaunigen Blick. »Ich kann mir nur vorstellen, dass es mit *ihm* zusammenhängt.«

Zu Hartmuts Leidwesen war dies eine naheliegende Erklärung.

Dennoch sagte er: »Es könnten auch Jäger gewesen sein, die zufällig dort Rast gemacht haben. Sicherlich wären die Ceppis für sie eine begehrte Trophäe.«

Gundork schüttelte den Kopf und blickte zur Königin. »Wie wahrscheinlich ist das? Nach dem, was Ihr mir erzählt habt, denke ich«, er richtete seinen erbosten Blick neuerlich auf Hartmut, »dass Loretta am Ufer auf seine Rückkehr wartet.«

»Mit Bogenschützen?« Zweifel klang aus Theodoras Stimme.

Hartmut kam ein Gedanke, der ihm zusetzte. Er schluckte. »Vielleicht liegt ihr noch weniger an mir, als ich dachte. Sie braucht ja nicht mich, sondern nur die Perle. Die Letzte. Loretta könnte ...« Er zögerte. Wie würde Theodora es auffassen, wenn er ihrer Halbschwester die allerniedrigsten Motive unterstellte? »Möglicherweise ist sie zu dem Schluss gekommen, dass ich nur noch ein lästiges Anhängsel für sie bin.«

Zwischen den Augenbrauen der Königin bildete sich eine

steile Falte. »Sie hat auf dein Auftauchen gewartet, um dich zu töten. Die Perle hätte sie dann trotzdem.«

Gundork brummte zustimmend. »Ihre Bogenschützen waren wohl voreilig, als sie die Ceppis gesehen haben.«

Die Königin strich sich eine wogende Haarsträhne aus dem Gesicht. »Oder Loretta hat es darauf abgesehen, jeden zu töten, der aus Almira kommt.« Betrübt schüttelte sie den Kopf. »Bei unserer Rückkehr müssen wir besonders vorsichtig sein. An Land kann sie uns nicht so rasch folgen.« Ihr Blick richtete sich auf das winselnde Ceppi, das Gundork immer noch gepackt hielt. »Wie geht es Ragna?«

»Auf jeden Fall gut genug, um mich zu beißen.« Der Wächter zog ein mürrisches Gesicht.

Nun verkniff Hartmut sich das Grinsen.

Besorgt untersuchte Theodora die verletzte Vorderpfote, an der sich vier Zehen samt Schwimmhäuten dazwischen befanden.

»Es ist nur ein Streifschuss, oder?«, fragte Hartmut.

Sie nickte. »Die Haut zwischen den Zehen ist durchtrennt und eine der mittleren blutet, aber sonst ...«

»Sag ich doch.« Gundork rümpfte die Nase. »Die hat gar nichts.«

Ohne Vorwarnung schlug Ragna die Zähne in seinen Handrücken. Dem Wachmann entfuhr ein Schrei. Unwillkürlich stieß er das Ceppi von sich, das mitleidheischend jaulte.

»Was soll das!« Theodora funkelte ihn wütend an.

»Es ist doch nicht meine Aufgabe, mich um ein unberechenbares Tier zu kümmern«, rechtfertigte Gundork sich. »Ich beschütze Euch ...«

»Und alle, die mich begleiten.« Die Königin verschränkte die Arme vor der Brust. »Davon abgesehen hast du vorhin keinen Gedanken an einen möglichen Angriff verschwendet. Stattdessen warst du damit beschäftigt«, sie warf Hartmut einen kurzen Blick zu, »über völlig nebensächliche Dinge zu streiten. Dieses Benehmen ist dem Kommandanten meiner Wache unwürdig.«

Betreten senkte Gundork den Kopf. »Bitte vergebt mir. Ich werde mein Bestes tun, für Euer Tier zu sorgen.«

Einen Augenblick lang starrte die Königin ihn noch ungnädig an, schließlich nickte sie. »Ragna braucht einen Verband, um ihre Zehe ruhigzustellen. Und sieh zu, dass sie ausreichend frisst.«

»Wie Ihr wünscht.« Der Kommandant deutete eine Verneigung an. Seine Miene blieb ausdruckslos, doch Hartmut meinte zu spüren, dass er innerlich kochte. Gewiss sah Gundork es für unter seiner Würde an, sich um das verletzte Tier zu kümmern.

Das andere Ceppi knabberte bereits an einer Wasserpflanze. Die Königin schnürte ihren Beutel auf und holte eine Kimabi und einen Dolch heraus. Sie schnitt ein Stück aus der Frucht und reichte es dem zweiten Wachmann. Das nächste Stück gab sie Hartmut.

Während er sich das saftige Obst schmecken ließ, beobachtete er Gundork. Der Wächter hatte seinen Speer in den weichen Untergrund gerammt und riss eine Schlingpflanze ab, wohl als Verband.

Hartmut blickte zur Königin. »Habt Ihr keine Blisteralge mitgenommen? Damit würde Ragnas Verletzung doch innerhalb kurzer Zeit heilen.«

Sie schüttelte den Kopf. »Natürlich haben wir die Blisteralge bei uns, aber sie wirkt nicht bei Tieren.«

»Schade.« Neugierig sah er wieder zu Gundork. Würde der Hüne sich nun geschickter anstellen?

Mit der Schlingpflanze in der Hand schwamm der Wächter zu Ragna. Doch die wich ihm aus. Er versuchte, sie mit schnalzenden Lauten und einer einladenden Handbewegung zu sich zu locken. Vergeblich. Das Tier blieb, wo es war. Langsam näherte er sich ihm. Ragna blickte ihm mit unschuldigen

Augen entgegen. Gundork hatte sie fast erreicht. Schon streckte er die Hand nach ihr aus. Blitzschnell warf das Ceppi sich zur Seite und schwamm davon.

Der Wachmann knurrte wütend. Dieses Spiel wiederholte sich ein zweites und ein drittes Mal.

Genüsslich aß Hartmut das Stück Kimabi. Geschah dem aufgeblasenen Kerl recht, dass das Tier ihn an der Nase herumführte.

Beim vierten Versuch näherte Gundork sich Ragna weitaus gemächlicher. Das Ceppi ließ ihn abermals herankommen. Aber ehe es sich wegducken konnte, stob der Wächter nach vorn. Diesmal schlossen seine Finger sich um die verletzte Pfote des Tieres. Ein zufriedenes Grinsen breitete sich auf seinem Gesicht aus, dass er das Ceppi erwischt hatte. Bis Ragna wieder jaulte.

»Halt sie doch nicht so fest!«, schimpfte die Königin.

Er lockerte seinen Griff und das Ceppi riss sich los. »Miststück!«

Und so beginnt das Spiel von Neuem. Hartmut nahm dankbar ein weiteres Stück Kimabi. Gundork würde wohl hungrig bleiben. Zufrieden schweifte sein Blick zu dem anderen Beschützer der Königin, der sich ebenfalls an der Frucht gütlich tat. Auch Theodora aß. Den letzten Bissen kaute Hartmut genüsslich – bis ein Stoß in den Rücken ihn das Essen ausspucken ließ.

Ein weiterer Angriff? Er wirbelte herum. Ragna presste sich an ihn, offenbar in der Absicht, sich Gundorks Händen zu entziehen. Tatsächlich verharrte der Wächter eine Manneslänge vor ihm, unschlüssig, was er tun sollte.

Braves Mädchen, ärgere ihn ruhig noch ein wenig länger. Hartmut strich Ragna über den Kopf. Eine Geste, die dem Tier zu gefallen schien. Es stupste ihn mit seiner Schnauze an, sodass er weiter streichelte. Zufrieden schmiegte es sich an ihn.

»Na gib schon her.« Mit einer langsamen Bewegung, um

das Ceppi nicht zu erschrecken, streckte er dem Hünen die Hand entgegen.

Sein Gegenüber zögerte, ehe er zu ihm schwamm und ihm die Schlingpflanze überließ.

»Wir sollen ja rasch vorankommen«, murmelte Hartmut. Ohne den Wächter eines weiteren Blickes zu würdigen, kraulte er dem Ceppi den Kopf. Als es entspannt schien, schlang er die Pflanze um die verletzte Pfote. Nun sah er doch zu Gundork.

Dessen Gesicht hatte einen ungesunden Rotton angenommen.

»Es ist ganz einfach.« Hartmut lächelte. »Und nun noch ein bisschen etwas fressen.« Er streichelte mit einer Hand das Tier und wies mit der anderen auf die Wasserpflanzen, an denen das graue Ceppi knabberte. Bereitwillig schwamm Ragna dorthin.

Aufmerksam beobachtete er die beiden. Wie verständig waren sie eigentlich? Auf jeden Fall schienen diese Wesen ein außergewöhnlich gutes Gespür dafür zu haben, was jemand von ihnen wollte. Und sie hatten auch den Willen, zu entscheiden, ob sie sich dem fügten.

Als die Ceppis satt wirkten, wandte Hartmut sich zu den anderen um. Nur um beinahe gegen Theodora zu prallen. Sie lächelte entschuldigend und schwamm ein wenig zurück.

»Danke, dass du dich um Ragna gekümmert hast.« Die Königin nickte ihm zu. »Wir müssen nun weiter, wenn wir die Ausstiegsstelle bis zum Abend erreichen wollen.«

Auseinandersetzung

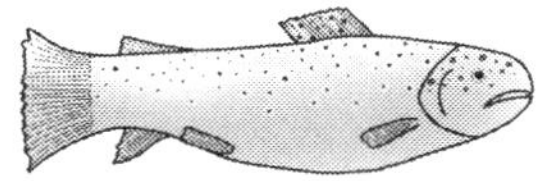

Die Sonne war längst untergegangen und Hartmut schwamm nur noch mit letzter Kraft. Ragna neben ihm wirkte hingegen nach wie vor munter. Dass Gundork sie gewaltsam mit sich gezerrt hatte, war völlig sinnlos gewesen. Die verletzte Pfote zog sie zwar ein wenig ein, aber das behinderte sie beim Schwimmen keineswegs. Mühelos hielt sie das Tempo. Sobald Hartmut hinter der Königin zurückfiel, stupste das Tier ihn in die Seite.

Endlich erreichten sie ihr Ziel: Rundlich geformte Felsbrocken kennzeichneten offenbar eine besondere Stelle.

Lächelnd wandte Theodora sich zu ihm um. »Hier ist es.« Sie wies Richtung Ufer. »Der Einstieg in die Stillensteinklamm.« Ihr Blick suchte den seinen. »Morgen Früh machst du dich an Land auf den Weg.«

Er nickte. »Und wohin?«

Sie wedelte mit der Hand. »Einfach die Klamm entlang.«

»Das ist alles?«, fragte er verwundert.

»Ja.« Theodora strich dem grauen Ceppi über den Kopf. »Die rote Kiefer findest du, wenn du die Klamm durchschreitest und dich einen halben Tagesmarsch weiter Richtung Norden hältst.«

Hartmut hob die Augenbrauen. »Natürlich, ganz einfach. Dort gibt es dann bestimmt nur einen einzigen Baum, der nicht zu übersehen ist.«

Gundork stieß ihm den Ellbogen in die Seite und Hartmut

entfuhr ein Ächzen. »Du sprichst mit unserer Königin!«, blaffte der Wachmann ihn an.

»Schon gut.« Besänftigend hob er die Hände. »Es wäre nur nett ... Gibt es nicht eine genauere Wegbeschreibung?«

Theodora schüttelte den Kopf. »Tut mir leid. Es liegt kein Dorf in der Nähe. Der Pfad ist nicht viel begangen. Du musst ihm einfach den Gießenbach entlang folgen. Wenn du zu einem abgestorbenen Baum kommst, den einst ein Blitz entzweigerissen hat, bist du schon zu weit, dann musst du umkehren. Kurz bevor du diesen Markierungspunkt erreichst, wächst in einem Hain von alten Birken die rote Kiefer, und sie ist selbst alt und von mächtigem Wuchs. Mehr kann ich dir nicht sagen.«

»Na immerhin.« Das war wenigstens ein Anhaltspunkt. »Ich werde diesen Birkenhain finden.« Bestimmt leuchtete der Rotton der Kiefer ohnehin schon von Weitem zwischen den anderen Stämmen hindurch. *Dann nur ein paar Kiefernadeln abreißen und ein wenig Rinde abschaben.* Hatte er den Baum erst einmal gefunden, würde sein Auftrag rasch erledigt sein.

Seltsam war allerdings, dass er noch nie von der roten Kiefer gehört hatte. Immerhin wuchs sie nicht weit von Sunhilburg entfernt. Ein solch eigenartiger Baum müsste eigentlich weithin bekannt sein. Aber das Geschwätz der Bauern hatte ihn nie gekümmert. Und wer, außer den Wassermenschen, wusste wohl etwas mit einer roten Kiefer anzufangen?

Die Königin maß ihn mit einem abschätzigen Blick. »Ich hoffe, du weißt, dass du rasch zurückkehren musst.«

Ehe er antworten konnte, stieß Gundork ihn neuerlich in die Seite. »Sonst fressen die Krebse dich auf.« Ein hämisches Grinsen zeigte sich auf seinem Gesicht.

Am liebsten hätte Hartmut ihm die Faust aufs Auge geschlagen. Stattdessen strafte er ihn mit Nichtbeachtung. Er sah unverwandt zur Königin. »Ich werde mich beeilen. Ihr könnt Euch auf mich verlassen.«

Einen Moment lang sah sie ihn lediglich an. Mit ihren

sanft goldenen Augen. Ein Blick, dem Hartmut sich ausgeliefert fühlte. Auf eine anziehende Art, die ihm fremd war.

Schließlich nickte sie. »Ich vertraue dir.«

Gundork schnaubte empört, doch auch die Königin ignorierte ihn. Sie wandte sich dem anderen Wachmann zu. »Richte ein Nachtlager ein.«

»Natürlich.« Der Wächter zog einen Dolch aus seinem Beutel und machte sich daran, großblättrige Wasserpflanzen zu schneiden. Als Unterlage zum Schlafen?

Hartmut streichelte Ragna über den Kopf. »Ich könnte nach ihrer Verletzung sehen.«

Theodora schenkte ihm ein Lächeln. »Bitte. Sie scheint dich wirklich zu mögen.«

Noch ein Schnauben von Gundork.

Nun schwamm sie ein wenig näher zu dem bulligen Wachmann. »Erkunde die Umgebung.«

»Ich soll Euch allein lassen mit diesem ... diesem ...« Sein zorniger Blick richtete sich auf Hartmut.

»Wir wollen nicht noch eine Überraschung erleben«, wies die Königin ihn zurecht.

Gundork presste die Lippen aufeinander, doch er wagte keine weiteren Widerworte.

Hartmut strich Ragna einige Male über den Rücken, das Ceppi drückte sich an ihn. Behutsam griff er nach der verletzten Pfote.

Zunächst sträubte das Tier sich, aber schließlich ließ es ihn den Pflanzenverband entfernen. Aufmerksam untersuchte er die Verletzung. Es schien alles den Umständen entsprechend gut. Er blickte zur Königin. »Das Schwimmen hat der Wunde nicht geschadet. Und wenn Ragna morgen einen Tag ruhen kann, fördert das bestimmt die Heilung.« Er schlang die Pflanze wieder um die Pfote des Tieres.

Theodora nickte. »Der Angriff hätte noch ganz anders ausgehen können.«

»Ja.« Hartmut sah sich nach dem grauen Ceppi um. »Ich hoffe, die beiden finden auch hier Futter.«

»Sie sind nicht wählerisch.« Die Königin lächelte. »Danke, dass du dich so um Ragna sorgst.«

Er erwiderte das Lächeln. »Sie gehört zu unserer Gruppe.«

»Du weißt das natürlich nicht.« Theodora schwamm näher. »Ceppis reagieren sehr sensibel auf die Gefühle anderer Lebewesen, auch auf die von uns Wassermenschen. Und sie haben nicht nur ein ausgezeichnetes Gedächtnis, sie verstehen jedes Wort, das wir zu ihnen sagen.«

Das erklärte, warum die Königin der Führung der Ceppis vollkommen vertraute. »Sind sie denn früher öfter zu dieser Ausstiegsstelle geschwommen?«, fragte Hartmut.

»Ja, mit meiner Mutter.« Theodora blickte zu dem grauen Tier, das bereits eine wohlschmeckende Wasserpflanze gefunden hatte. »Sie hat sich hier immer wieder mit Händlern getroffen.«

Ragna stupste Hartmut in die Seite, auf der Suche nach Streicheleinheiten. Er strich ihr über den Kopf, woraufhin sie ihn, wie zum Dank, noch einmal sanft mit der Schnauze stieß und dann zu ihrem Gefährten schwamm.

Als er wieder die Königin ansah, senkte sie rasch den Blick. Fühlte sie sich ertappt? Aber wobei denn?

In diesem Moment kehrte Gundork zurück. »Es ist alles ruhig«, verkündete er. »Keine Lagerfeuer am Ufer, keine Raubfische in der Nähe.«

»Gut.« Theodora lächelte erneut, allerdings wirkte es nun gezwungen.

Was hatte sie bloß? *Ist mir etwas entgangen?* Hartmut musterte sie.

Als sie zu ihm blickte, zitterten ihre Hände. »Schwimmen wir ans Ufer, ich zeige dir die Ausstiegsstelle.«

»Die sehe ich doch ohnehin morgen«, wandte er ein.

Ihm war keineswegs danach zumute, die Silhouette der

Uferböschung zu betrachten. Es war ungewohnt für ihn, in hohem Tempo eine so weite Strecke zu schwimmen. Und auch wenn die Blisteralge seine Verletzungen geheilt hatte, der Hunger zu Beginn seiner Gefangenschaft hatte ihn geschwächt. Hartmut wollte sich ausruhen und etwas essen.

Theodora hob die Augenbrauen. »Möchtest du dir nicht vorher schon einen Überblick verschaffen?«

Sie hatte recht. Es war durchaus möglich, dass sich morgen Menschen am Ufer aufhielten. Fischer in der Morgendämmerung oder Reisende, die Rast machten. Und Hartmut hatte nicht die Zeit, sich dann erst zu überlegen, wo er unauffällig aus dem Wasser steigen konnte. Unwillkürlich berührte er das Muschelband um seinen Hals. Er musste die Kiefer rasch finden, wenn er nicht riskieren wollte, von den Krebsen aufgefressen zu werden.

Also wies er Richtung Ufer. »Natürlich. Ich folge Euch.«

Gundork schwamm dicht an ihn heran. Sein grimmiges Gesicht machte klar, wie sehr er ihn verabscheute.

»Du bleibst hier, Gundork.«

Verdutzt blickte Hartmut zur Königin. Hatte er sich verhört? Auch dem Wachmann fehlten kurz die Worte. Schließlich räusperte er sich. »Ihr wollt ...« Er packte seinen Speer fester. »Ich kann Euch nicht schutzlos ans Ufer schwimmen lassen.«

Theodora reckte das Kinn. »Ich bin nicht allein. Und natürlich kannst du. Das ist ein Befehl.«

Der Hüne schwieg.

Sie nahm den Beutel von ihrer Schulter und drückte ihn Gundork in die Hand. »Wir sind bald wieder hier.« Ohne Hartmut noch einmal anzusehen, schwamm sie davon.

»Bilde dir nichts darauf ein!« Der Wächter krallte seine Finger in den Beutel.

»Das tue ich doch gar nicht.« Nur zu gerne ließ Hartmut ihn zurück. Brauchte etwa auch Theodora Abstand von diesem Griesgram?

Obwohl er sich anstrengte, die Königin einzuholen, gelang ihm das erst, als sie auftauchte. Rasch blickte er sich um. Mit seinem glühenden Blick durchdrang er mühelos die Schatten am Ufer. Tatsächlich hielt sich hier niemand auf. Er betrachtete die abgeflachte Stelle, an der sich Kies gesammelt hatte. Dort aus dem Wasser zu steigen, wäre am naheliegendsten. Aber falls er sich vor ungebetenen Blicken verbergen musste ... Die überhängenden Zweige einer Weide würden ihm Schutz bieten. Oder ein wenig flussaufwärts die dicht wachsenden Sträucher. Es blieb ihm dann zwar nichts anderes übrig, als sich zwischen ihnen hindurchzuzwängen, aber ...

»Hartmut ...« Theodora legte ihm behutsam eine Hand auf die Schulter.

Er zuckte zusammen. Die Berührung war keineswegs unangenehm – nur unerwartet.

»Was bedeutet dir meine Schwester?«

Hartmut schluckte. War das der wahre Grund, weshalb Theodora ihn ans Ufer gelotst hatte? Weil sie ihn über seine Gefühle ausfragen wollte? Hatte sie Angst, er könnte sich im entscheidenden Moment auf Lorettas Seite stellen?

Er befeuchtete sich die Lippen. »Nun ... Sie ist sehr schön anzusehen ...«

Die Königin ließ die Hand sinken.

Hastig sprach Hartmut weiter: »Aber das ist schon alles. Ja, als sie auf die Burg gekommen ist, war ich beeindruckt, dass es überhaupt eine Frau gibt, die den Fluch zu lösen vermag. Dennoch ...« Er schüttelte den Kopf. »Ich habe sie nie geliebt, falls Ihr das meint.«

Ernst sah sie ihn an. »Du hast eure Hochzeit als Zweckbündnis betrachtet.«

Er nickte. Offenbar hatte Valentin ihr jedes Wort, das sie im Kerker gewechselt hatten, erzählt. »Da ich die Gestalt des Wassermannes loswerden wollte, sah ich keine andere Möglichkeit.«

»Ach, Mutter!« Theodora verzog das Gesicht. »Offensichtlich bist du ihr ins Auge gefallen, dass sie dich mit dem Fluch belegt hat. Sie hat sich wohl nicht nur über dich geärgert, sondern die Hoffnung gehegt, dass du nach Almira findest.«

Ihre Worte verwirrten ihn. »Ihr meint, dahinter steckte eine ganz bestimmte Absicht?«

Dunkel erinnerte er sich daran, dass die Kräuterfrau bei seiner ersten Verwandlung erwähnt hatte, sein Blutserbe würde ihn leiten. Irgendetwas musste sie in ihm erkannt haben, das ihm selbst verborgen blieb.

Die Königin zuckte mit den Schultern. »Davon gehe ich aus. Wenn Mutter das nächste Mal hier ist, werde ich sie fragen. Derzeit ist sie unterwegs, um für die Nalwins Arebamuscheln zu sammeln.« Sie strich sich über die Stirn. »Als sie noch jünger war, hat sie Hohold manchmal besucht, um ihm die Weißmuscheln zu bringen oder Wasserkräuter, die es nur bei uns gibt.«

Hartmut versuchte, sich an die Einzelheiten des Aufeinandertreffens zu erinnern. »Damals hatte sie Eisenkraut in ihrem Korb. Das wächst sicherlich nicht unter Wasser.«

»Auch ein nützliches Kraut für uns«, bestätigte die Königin. »Sie hatte es wohl von Hohold. Unsere Beziehungen zu ihm waren lange Zeit sehr gut. Immerhin ist er Lorettas Halbbruder.«

Die Verstrickungen, die Theodora vor ihm ausbreitete, lösten weitere Verwirrung in Hartmut aus. Am meisten schockierte ihn eine ganz bestimmte Einzelheit. Er rieb sich die Nase. »Ihr sagtet vorhin, Eure Mutter hat mich nicht nur verflucht, weil sie zornig auf mich war, sondern auch in der Absicht, dass ich nach Almira komme. Das bedeutet, sie wollte, dass ich ...« Es schien ihm unfassbar. »Sie wollte, dass ich heirate ...« Die Schlussfolgerung, die sich ihm aufdrängte, auszusprechen, brachte er nicht über sich. *Ich sollte tatsächlich Loretta zur Frau nehmen – oder Theodora!*

»So ist es wohl.« Die Königin berührte seine linke Hand. »Bestimmt hat sie das Mal entdeckt.«

Erstaunt betrachtete er den runden Fleck, den er immer für einen Makel gehalten hatte. »Was bedeutet es?«

»Einer deiner Vorfahren stammt aus dem Wasservolk.«

»Das ist unmöglich!«, stieß er aus. »Ich bin der Sohn eines achtbaren Freiherren, und ganz gewiss gibt es in meiner Familie niemanden, der Almira entstammt.«

Sie hob die Augenbrauen. »Wie kannst du dir so sicher sein? Was weißt du denn über deine Urgroßeltern? Oder deren Mutter und Vater? Unser Blut wird viele Generationen lang weitervererbt. Außerdem, vielleicht ist es dir aufgefallen: Auch Loretta hat dieses Mal.«

Das erklärte, weshalb sie beide damit gezeichnet waren. Und damit klang auch der Rest von Theodoras Worten schlüssig. Er nickte langsam. »Für Eure Mutter ist das also Grund genug, um mich ... als Ehemann ...« Hilflos brach er ab.

Theodora mied seinen Blick. »Davon gehe ich aus. Dass sie uns mit ihrer Eigenmächtigkeit auch in Gefahr bringen könnte, das hat sie wohl nicht bedacht. Ihr Plan hat dennoch funktioniert.« Sie sah ihn wieder an. »Du warst kurz davor, Loretta zu heiraten.«

»Nun ...« Womit konnte er sich noch rechtfertigen, um ihre Zweifel über seine Gesinnung zu zerstreuen? »Eure Halbschwester schien mich ...« Er räusperte sich. »Ich schien ihr zu gefallen. Und sie tat so, als würde ihr meine Stellung als Vogt genügen. Nun weiß ich es besser. Loretta liegt nicht das Geringste an mir.«

»Du könntest dich also wirklich mit dem Gedanken anfreunden, in Almira zu bleiben?« Hoffnung klang aus ihren Worten. »Immerhin würdest du dein bisheriges Leben zur Gänze hinter dir lassen.«

»Was würde ich denn verlieren?« Er dachte an seine Kammer auf der Burg. Sie war hübsch eingerichtet – aber was bedeutete das schon? »Ich habe keine Familie und keine Untergebenen, die mich vermissen werden.«

Das Gesicht der Königin hellte sich auf. »Warst du denn zu allen so unausstehlich?«

Seine Mundwinkel hoben sich. »Kann sein. Manchmal schon ...«

Sie berührte ihn am Hals. Nur einen Moment lang, aber das genügte, um in Hartmut den Wunsch zu wecken, sie würde ihm noch weit näher kommen. Rasch unterdrückte er seine aufwallenden Gefühle.

»Zunächst einmal ...« Er suchte nach den richtigen Worten. »Erst muss ich ohnehin das Heilmittel beschaffen.«

Theodora nickte ihm zu. »So ist es. Danach ist es an uns, einen Plan auszuarbeiten, wie wir Loretta besiegen können.«

Wir ... Meinte sie das wirklich so? Hatte die Königin tatsächlich vor, ihn in ihre Überlegungen einzubeziehen? Bis vor Kurzem war er noch ihr Gefangener gewesen. Sowohl sie als auch ihr Volk hatten ihn für seine Taten verurteilt. Hartmut musterte ihr Gesicht, um die Wahrheit in ihren Worten zu ergründen. »Könnt Ihr mir überhaupt vergeben?«

»Ja.« Sie strich sich eine Haarsträhne hinters Ohr. »Denn du hast nicht aus böser Absicht, sondern aus Unwissenheit die Arebamuscheln gestohlen. All die Menschen von Almira werden dir verzeihen. Das Heilmittel ist der erste Schritt dazu.«

Sie schien es ehrlich zu meinen. Hartmut atmete auf. Es gab eine Zukunft für ihn, fernab des Fürsten.

»Sieh nur!« Unvermittelt wies Theodora zum Nachthimmel. »Da war eine Sternschnuppe.« Mit einem Leuchten in den Augen wandte sie sich ihm wieder zu. »Ein gutes Zeichen.«

Auch er blickte nach oben, konnte aber nichts Ungewöhnliches entdecken. Wobei die Sternenpracht an sich jedes Mal wieder seine Ehrfurcht weckte. »Ein wunderschön klarer Himmel.«

»Samt dem herrlichen Mond.« Sie deutete auf die an einer

Seite leicht abgeflachte Himmelsscheibe. »Ich betrachte so gerne all das Funkeln und Schimmern dort oben.«

Erstaunt musterte Hartmut sie. »Ihr bekommt doch den Nachthimmel fast nie zu Gesicht.«

»Aber wenn, dann kann ich kaum den Blick von ihm wenden.« Ihre Flosse streifte die seine.

Ein Schauer durchlief ihn. Wie schaffte Theodora es bloß, ihn mit kleinen Gesten so aus dem Gleichgewicht zu bringen?

Die Königin schwamm ein wenig näher. »Ich wünschte, ich hätte endlich wieder mehr Zeit, um die Nächte unter dem freien Himmel zu verbringen. Und ich wünschte ...« Sie verstummte und blickte erneut zu den Sternen. Mit einem Mal schien sie bedrückt zu sein.

Hartmut fühlte sich hilflos. Hatte er etwas Falsches gesagt? Oder eine ihrer Erinnerungen aufgewühlt, die sie lieber vergessen würde?

Abrupt wandte sie sich ihm wieder zu. »Du wolltest Loretta heiraten, lediglich um den Fluch zu lösen. Aber gibt es nicht auch eine Frau in deinem Leben, mit der du tatsächlich zusammen sein möchtest?«

Warum stellte sie ihm diese Frage? Und weshalb weigerte er sich nicht einfach, sie zu beantworten? »Nein, mich wird wirklich niemand vermissen«, sagte er. Dabei ging die Königin das gar nichts an.

Sie wartete, aber als er nicht weitersprach, tat sie es: »Dann bleibt dir wenigstens der Schmerz erspart ...« Theodora wandte sich dem Ufer zu. »... der Schmerz, den ein gebrochenes Herz mit sich bringt.« Ihre Schultern bebten leicht.

Kämpfte sie etwa mit den Tränen? Weil sie selbst an Liebeskummer litt?

Hartmut wollte etwas sagen, aber er wusste nicht, was, und sie wandte ihm weiterhin den Rücken zu.

»Wir sollten zurückschwimmen«, meinte sie schließlich, und ohne auf eine Antwort zu warten, tauchte sie unter.

Nachdenklich folgte Hartmut ihr. Wer auch immer Theodoras Gefühle zurückgewiesen hatte, er hatte sie damit tief verletzt. *Welcher Holzkopf schlägt die Liebe einer Königin aus?* Noch dazu einer außergewöhnlich anziehenden Frau. Sein Blick schweifte über ihren schlanken Rücken. Theodora war nicht nur schön, sie war mutig, tapfer und entschlossen. Sie schreckte nicht davor zurück, Entscheidungen zu treffen und auch ihre Meinung zu ändern, wenn es triftigen Anlass dazu gab. Konnte irgendein Mann sie nicht begehrenswert finden? Oder hatte die Königin Seiten an sich, die sie ihm noch nicht gezeigt hatte?

Am Grund der Donau wartete Gundork mit mürrischem Gesicht. »Wollt Ihr nun essen?«, fragte er Theodora.

Sie nickte bloß, woraufhin der Wächter seinen Beutel aufschnürte und ihr und Hartmut je einen gebratenen Fisch in die Hand drückte. Irgendetwas schien der Königin wirklich zuzusetzen, denn sie zog sich mit der Mahlzeit wortlos hinter einen der Felsen zurück.

Ratlos blickte Hartmut ihr nach. Er wollte eben in das saftige Fleisch beißen – als ein derber Stoß ihn zur Seite taumeln ließ.

»Was hast du zu ihr gesagt, du elender Dreckfurz?« Obwohl Gundork leise sprach, klangen seine Worte bedrohlich.

Ein Hieb in den Bauch ließ Hartmut stöhnen. »Nichts, verdammt.« Mit einer Hand umklammerte er den Fisch, die andere ballte er zur Faust, bereit, dem Wachmann seinerseits einen Schlag zu verpassen.

Gundork schnaubte. »Und warum ist sie dann so bedrückt?«

»Das weiß ich doch nicht.« Hartmut bewegte sich seitlich zu dem Wächter, um keine direkte Angriffsfläche zu bieten. »Sie hat eine Sternschnuppe gesehen. Danach wollte sie zurück, und da sind wir. Das ist alles.«

Der Kommandant musterte ihn aus schmalen Augen. »Wehe, du verletzt sie, auf welche Weise auch immer. Ganz egal, ob du das Heilmittel beschaffst oder nicht – damit sie dir das Halsband abnehmen kann, braucht sie meine Hilfe.« Er hob die geballte Faust. »Und wenn du ihr irgendetwas zuleide tust, bleibt das Muschelband um deinen Hals.«

Versprechen

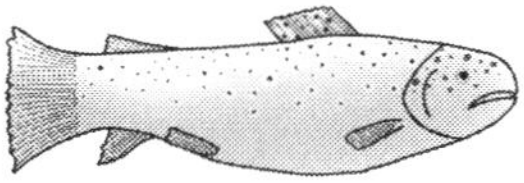

31. Oktober 1064, abnehmender Mond

»Bis zum Abend bin ich zurück.« Hartmuts Blick schweifte über die Uferböschung. Da er sich nach wie vor in der Gestalt des Wassermannes befand, kostete es ihn keine Mühe, die Schatten des Morgengrauens zu durchdringen. Dieser Vorteil würde wegfallen, sobald er die Dunkelalge abnahm und sich in einen Menschen verwandelte.

Aber er war zuversichtlich, dass er rasch vorankommen würde, auch wenn er auf seine normale Sehfähigkeit angewiesen war.

»Die Klamm ist nicht allzu lang«, bestätigte Theodora seine Überlegungen. »Dann einfach weiter den Gießenbach entlang.«

Hartmut nickte. Obwohl die Sonne um diese Jahreszeit spät auf- und früh unterging, den Erklärungen der Königin nach würde er die Wegstrecke in einem Tag bewältigen. *Hin und zurück.*

Theodora seufzte. Sie schien besorgt zu sein. »Ich wünschte ja ...«

»Was denn?« Er lächelte beruhigend. »Ich halte es für unwahrscheinlich, dass Euch erneut jemand angreift. Niemand weiß, wohin wir geschwommen sind. Und solange Ihr am Grund der Donau bleibt, wird kein Mensch mitbekommen, dass Ihr überhaupt hier seid. Außerdem wird Gundork Euch mit seinem Leben beschützen.« Er deutete mit dem Daumen hinter sich. Zum Leidwesen des Kommandanten hatte die Königin auch diesmal darauf bestanden, dass nur sie mit Hartmut ans Ufer schwamm.

Theodora schüttelte den Kopf. »Das ist es nicht. Mir wäre einfach lieber, du müsstest nicht alleine gehen.«

Sie hatte wohl Angst, dass er das Heilmittel nicht beschaffen konnte. »Bitte macht Euch keine Sorgen. Ich bin gut ausgerüstet.« Hartmut klopfte gegen den Beutel auf seinem Rücken. »Und Ihr habt mir sogar einen Dolch überlassen.«

»Aber wenn du auf Wegelagerer triffst ...« Sie biss sich auf die Unterlippe.

»In der Klamm?« Er lächelte wieder. »Dort ist es bestimmt eng und schlecht möglich, jemandem auszuweichen, doch das ist ein selten genutzter Weg. Und Ihr habt mir selbst erklärt, dass der weitere Pfad mich zu keinem Dorf führt. In der Einsamkeit wartet niemand auf Reisende mit prall gefülltem Geldbeutel. Den ich im Übrigen gar nicht besitze.«

Ihr Blick aus den golden glühenden Augen glitt über seine Schultern, ehe sie den Kopf zur Seite wandte. »Trotzdem ...«

»Ich verspreche Euch, bis zum Abend bin ich wohlbehalten zurück.« Sie sah zu ihm, woraufhin er eine Verneigung andeutete. »Ihr könnt Euch auf mich verlassen. Ich bringe Euch das Heilmittel – für Valentin und für alle anderen, die es brauchen.«

Sie schwamm näher. So nahe, dass er nur die Hand auszustrecken bräuchte, um sie zu berühren. »Ich vertraue dir, dass du die Gaben der roten Kiefer mitbringst. Meine Sorge gilt allein ... Dir könnte etwas geschehen.«

Verblüfft musterte Hartmut ihr Gesicht. »Wie meint Ihr das?«

»Ich möchte dich nicht verlieren.« Ehe er antworten konnte, überwand sie die letzte Distanz zwischen ihnen und schlang die Arme um seinen Hals. »Komm zu mir zurück«, sagte sie nahe an seinem Ohr. »Ich brauche ... Almira braucht Männer wie dich.«

Im ersten Moment war Hartmut wie erstarrt – bis ihn ein Glücksgefühl durchströmte. Theodoras Körper an dem seinen zu spüren, weckte eine Sehnsucht, von der er gedacht hatte, er würde sie nie empfinden. Es ging nicht darum, sich mit einer schönen Frau der Leidenschaft zu ergeben, sondern um das Verlangen, tiefe Verbundenheit mit einem Menschen zu spüren. Fühlte Theodora ebenso? Oder gefiel er ihr nur? Was hatte sie mit ihm vor? Ein Gefühlssturm brach in ihm los. Behutsam legte er seine Arme um ihre Taille.

Sie neigte sich ein wenig zurück, sodass er dachte, er wäre zu weit gegangen, und sie wollte sich von ihm losmachen. Stattdessen küsste sie ihn. Für einen Augenblick spürte er ihre Lippen auf den seinen. Einen flüchtigen Moment. Dann löste sie sich von ihm, sah ihm in die Augen – und küsste ihn erneut. Schließlich brachte sie endgültig Abstand zwischen sie beide.

»Komm zurück.« Theodora wandte sich ab und tauchte unter.

Er blickte ihr nach, wie sie in der Tiefe verschwand. Seine Gefühle tobten in ihm. Was war geschehen? Brachte die Königin ihm wahrhaftig Zuneigung entgegen? Halb benommen starrte er auf die Stelle, an der sie seinen Blicken entschwunden war. Sie war besorgt um ihn. Sie hatte ihn geküsst! Ihr lag etwas an ihm ... Er konnte es kaum fassen.

Der Wind wehte ihm ein verdorrtes Blatt ins Gesicht und riss ihn damit aus seinen Gedanken. Die Zeit schritt voran. Er musste sich auf den Weg machen, wenn er tatsächlich vor Einbruch der Dunkelheit zurück sein wollte.

Mit zwei Flossenschlägen schwamm Hartmut zu der Kiesbank. Im seichten Wasser nahm er den Beutel von der Schulter und schnürte ihn auf. Rasch löste er die Dunkelalge von seinem Handgelenk. Er presste das Gespinst aus, ehe er es in den Tragesack steckte und den auf die Uferböschung legte. Binnen weniger Augenblicke setzte die Verwandlung ein. Mit einem schmerzhaften Ziehen schrumpfte sein Körper auf seine menschliche Gestalt, bis er sich auf den Knien wiederfand. Er keuchte. Trotz der morgendlichen Kälte standen ihm Schweißtropfen auf der Stirn. Außerhalb von Almira tat der Gestaltwechsel weiterhin weh.

Schwerfällig kam Hartmut auf die Füße und griff nach dem Beutel. Er zog einen einfach gewebten Kittel und Beinlinge hervor. Zu seiner Erleichterung waren die Sachen trocken. Offenbar wussten die Menschen in Almira sehr genau, wie sie ihre Behältnisse abdichten mussten. Schnürschuhe und ein Umhang vervollständigten Hartmuts Kleidung. Die Königin hatte an alles gedacht. Zu guter Letzt steckte er den Bronzedolch hinter seinen Gürtel.

Er hängte sich den Beutel wieder über die Schulter und blickte zurück. Einen Atemzug lang pochte sein Herz heftig. *Theodora* ... Aber sie war nirgendwo zu sehen.

Entschlossen gab Hartmut sich einen Ruck. Es hatte keinen Sinn, irgendwelchen Träumereien nachzuhängen. Erst einmal musste er sich bewehren. *Ihr beweisen, dass ich ihr Vertrauen verdient habe*. Dann würde sich herausstellen, welcher Art die Gefühle der Königin für ihn tatsächlich waren.

Mit wenigen Schritten erklomm er die Uferböschung bis zu dem Pfad, der ihn in die Stillensteinklamm führte. Ein Weg, von dem er zwar schon oft gehört, den er aber noch nie begangen hatte. Als Vogt war er mit vielen Belangen beschäftigt gewesen, eine Wanderung zu unternehmen, hatte allerdings nicht dazugehört.

Hartmut schritt rasch aus. Nebel hüllte ihn ein – aus dem am rechten Wegesrand ein Schemen auftauchte. Verblüfft blieb er stehen. Was für ein merkwürdiger Felsen war das? Ein ... Das Gebilde erinnerte ihn an den Kopf eines der exotischen Tiere, die manche Spielleute dabei hatten. *Ein Affe?*

Auf einer kleinen Brücke überquerte er den Gießenbach, an dem der Pfad entlangführte. Weitere Felsen ragten aus dem Nebel, diesmal links von Hartmut. Einer davon ließ ihn an das Profil eines Menschen denken, mit einer Nase, und oben ... War das ein Hut oder ein zweiter Kopf? Ihn überkam eine Gänsehaut. Diese eigenartigen Gebilde aus Stein wirkten wie Wächter am Eingang der Klamm.

Zügig ging er weiter. Der Weg erwies sich als schmal und war mit dicken Wurzeln und aus dem Boden ragenden Steinen durchzogen. Hartmut musste achtgeben, dass er nicht stolperte. Rechts von ihm plätscherte der Bach, sehen konnte er das Wasser allerdings nur dann und wann, denn die Nebelschwaden hüllten das Ufer meist vollständig ein.

Immer wieder ragten neben ihm Gesteinswände auf. Und selbst wenn nicht, war der Hang zu steil, um ihn zu erklimmen. Den Pfad zu verlassen, wäre nur über den Bach möglich.

Trotz seiner beschwichtigenden Worte Theodora gegenüber ließ Hartmut ständig seinen Blick von einer Seite zur anderen schweifen. Er war überzeugt davon, dass kein Wegelagerer hier lauern würde, aber es konnte durchaus sein, dass er auf Reisende mit unklarer Gesinnung traf. Außerdem war er nicht nur allein unterwegs, sondern auch lediglich notdürftig bewaffnet. Ein Grund mehr, Begegnungen mit Menschen zu vermeiden.

Es war anstrengend, einerseits auf einen sicheren Tritt zu achten und andererseits zu versuchen, mit seinem Blick den Nebel vor ihm zu durchdringen. Zumal das laute Rauschen von Wasserfällen etwaige Geräusche und Stimmen übertönte. Der Weg führte immer wieder von einer Bachseite zur anderen. Und die schmalen Brücken, die Hartmut dabei überqueren musste, erwiesen sich als gefährlich rutschig.

Doch er kam unbehelligt voran. Schließlich führte der Pfad steil bergauf. Auf einmal verstummte das Plätschern des Baches.

Keuchend blieb Hartmut stehen und versuchte, durch den Nebel hindurchzusehen.

Wohin war das Wasser verschwunden? Hatte er etwa bereits die Quelle des Gießenbaches erreicht? Aber in der Klamm konnte das doch nicht sein! Der Weg sollte ja weiter am Gewässer entlangführen.

Was nun? Er wischte sich den Schweiß von der Stirn und erklomm den Anstieg. Es würde sich schon zeigen, was es mit dem Bach auf sich hatte.

Schließlich verlief der Pfad wieder flacher und Hartmut blieb stehen, um kurz zu verschnaufen. Das Muschelband verursachte ein unangenehmes Jucken, als hätte er selbst die Krebschensucht. Er versuchte, sich zu kratzen, allerdings umschloss das Schmuckstück seinen Hals so eng, dass er nicht an die kribbelnden Stellen kam. Verdrossen ließ er die Hand sinken. *Das Halsband lässt sich nur im Thronsaal abnehmen*, fielen ihm die Worte der Königin ein. Und Gundorks Drohung. Entsprach sie der Wahrheit? Hartmut presste die Lippen aufeinander. Hätte Theodora ihm tatsächlich diese Einzelheit verschwiegen? Aber welchen Grund hätte sie auch gehabt, ihm genau zu sagen, wie sich das magische Schmuckstück lösen ließ? Von Bedeutung war schließlich nur, dass er rechtzeitig nach Almira zurückkehrte.

Vorsichtig tastete er nach der Schließe des Halsbands. Er fühlte die Häkchen, doch sie ließen sich nicht verschieben oder gar öffnen. Besser, er ging weiter. Um die Krebse in den Muscheln brauchte er sich ohnehin keine Sorgen machen, wenn er schnell genug war.

Ein gewaltiger überhängender Felsen überragte den Weg vor Hartmut und strahlte eine unangenehme Kälte aus. In den Stein gehauene Stufen führten unter den Gesteinsbrocken. Eingehüllt in Nebelschwaden stieg Hartmut hinauf. Steinchen knirschten bei jedem Schritt, so vorsichtig er auch auftrat. Sein Blick schweifte umher. Rechts verbreiterte sich der

Weg, bis ein steiler Hang ihn begrenzte. Auf der linken Seite erstreckte sich der Felsen und an dessen Ende darunter ein kniehoher langgezogener Stein. Hartmuts Blick blieb an diesem Brocken hängen. Zwischen der Felswand und dem Stein war gerade Platz genug, dass ein Mensch sich verbergen konnte. Misstrauisch wollte er möglichst viel Abstand dazu halten – da drang das derbe Lachen zweier Männer zu ihm. Offensichtlich befand sich die Bedrohung nicht hier, sondern ein Stück vor ihm. Von einem Moment zum anderen bekam das Versteck zwischen den Felsen eine neue Bedeutung. Hartmut hastete zu dem niedrigen Stein und ging dahinter in Deckung.

Keinen Augenblick zu früh. Schwere Schritte näherten sich. Aber der Nebel bot für jedermann den Vorteil, dass er ihn vor unerwünschten Blicken verbarg. Und zum Glück war Hartmut ausgerechnet an dieser Stelle auf die Unbekannten getroffen. An den Engstellen des Pfades wäre es ihm nicht gelungen, sich vor ihnen zu verbergen.

Er bemühte sich, so leise wie möglich zu atmen. *Ich brauche nur zu warten, bis sie vorübergegangen sind.* Trotzdem brach ihm der Schweiß aus. Unangenehmerweise hielten die Schritte auf Hartmuts Versteck zu. Es schien sich um zwei Männer zu handeln. *Sie können mich nicht gesehen haben.* Dennoch fühlte er sich wie erstarrt. *Gleich sind sie vorbei.*

Doch plötzlich herrschte Stille. Einen Atemzug später beugte sich ein Hüne über den Felsbrocken. Seine Lippen verzogen sich zu einem schrecklichen Grinsen. »Sieh mal an.«

Ein weiterer Kopf tauchte neben ihm auf – mit einer Augenklappe. »Ein ungewöhnlicher Fang.« Der Einäugige schnalzte mit der Zunge und wies auf Hartmut. »Greif ihn dir!«

Bedrängnis

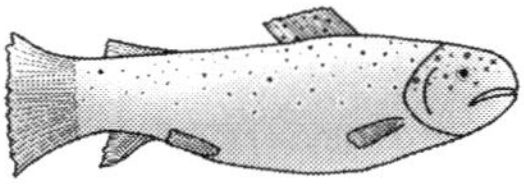

Hartmut sprang auf die Füße und zog seinen Dolch. »Ich habe euch nichts getan. Und ich habe keinerlei Wertsachen bei mir. Lasst mich einfach meines Weges gehen.«

Der Mann mit der Augenklappe kicherte. »Keinerlei Wertsachen … Nur ein kostbares Muschelhalsband und einen seltenen Bronzedolch.« Übergangslos verzerrte er sein Gesicht zu einer Grimasse. »Du willst uns einen Bären aufbinden, aber das ist zwecklos.«

Mit wenigen Schritten umrundete der Hüne den Felsen. Auf der anderen Seite blockierte sein Gefährte den Fluchtweg und hinter Hartmut ragte eine Gesteinswand auf. Der riesenhafte Kerl rieb sich voller Vorfreude die Hände.

Welche Strolche sind das bloß? Ihre Kleidung war sauber und aus gutem Tuch, und auch die Männer selbst wirkten gepflegt. *Aber angriffslustig.* Es handelte sich wohl kaum um gewöhnliche Wegelagerer.

Auch der grobschlächtige Kerl zog seinen Dolch. Siegessicher streckte er die freie Hand nach Hartmut aus. »Wehr dich nicht, dann lasse ich dich vielleicht am Leben.«

Dieses zweifelhafte Versprechen weckte keinerlei Vertrauen in Hartmut. Statt sich zu fügen, tat er einen Satz nach vorn und stach mit dem Dolch nach seinem Gegner. Doch die Waffe durchschnitt lediglich Luft, denn der Hüne sprang einen Schritt zurück. Und sein Gefährte trat Hartmut in die Kniekehle.

Er stürzte und Schmerz durchzuckte sein Knie und seinen Ellbogen.

Kaum zu fassen, wie einfach seine Widersacher ihn überrumpelt hatten! Mühsam rang Hartmut nach Luft.

Ehe er nur den Versuch unternehmen konnte, sich hochzurappeln, entwand der riesenhafte Unbekannte ihm den Dolch und zerrte Hartmut aus seinem Versteck auf den Weg.

Der Einäugige kniete sich auf seinen Rücken. »Jetzt haben wir dich«, raunte er Hartmut ins Ohr und riss ihm den Beutel von der Schulter. »Wir wollen dich nur um deine Sachen erleichtern. Wer du bist und wohin du gehst, schert uns nicht.«

Also doch Wegelagerer? Um darüber nachzudenken, hatte Hartmut allerdings keine Zeit. Er wand sich, in dem Versuch, den Strolch von seinem Rücken zu befördern, aber der Hüne packte seine Arme und drückte sie über Kopf unerbittlich auf den Boden.

Sein Gefährte griff in die Taschen von Hartmuts Kittel. Als er darin nichts fand, tastete er dessen Körper ab, in der Annahme, er hätte seine Wertsachen in die Kleidung eingenäht.

»Ich trage keine Schätze bei mir.« Hartmut blinzelte, um klar sehen zu können. »Und wenn ihr nicht am nächsten Galgen baumeln wollt, solltet ihr mich schleunigst gehen lassen.«

Der Einäugige lachte. »Wieder wehrhaft, was? Wer glaubst du denn, wer du bist, dass du uns drohen kannst?«

»Ich bin der Vogt von Sunhilburg«, Hartmut zwang sich, seiner Stimme einen festen Klang zu verleihen, »und ich werde euch beide zur Rechenschaft ziehen.«

Der Händler lachte noch lauter. »Der Vogt von Sunhilburg ... Das ist gut! Wenn ich dir einen Rat geben darf: Auf Reisen macht es wenig Sinn, seinen Schmuck offen zur Schau zu stellen. Er könnte jemandem gefallen. Jemandem wie mir.« Er nestelte an dem Muschelhalsband. »Ein wirklich schönes Stück.«

Nun war es an Hartmut, aufzulachen. Ein bitterer Laut. »Gib

dir keine Mühe, das Halsband kannst du nicht abnehmen.«

»Unsinn«, stieß der Händler mit der Augenklappe aus. »Dieses Ding werde ich auf dem nächsten Markt teuer verkaufen. Oder ... Vielleicht biete ich es sogar der Schwester des Fürsten an. Gut möglich, dass ihr nicht nur das Schmuckstück, sondern auch die Geschichte zusagt, ich hätte es vom angeblichen Vogt ihres Bruders.« Er kicherte. Abermals machte er sich an dem Verschluss des Halsbands zu schaffen.

Hartmuts Gedanken rasten. Was würden diese Männer ihm antun, wenn sie merkten, dass sie ihm außer dem Bronzedolch nichts nehmen konnten? Würden sie ihn dann vor lauter Zorn umbringen? »Ihr seid also Händler?«, fragte er, um Zeit zu gewinnen.

»Ganz recht«, bestätigte der Einäugige. »Wir handeln mit besonderen Waren.« Er schob und drückte an den Häkchen des Muschelbandes. Erfolglos. »Verflixt! Hinten geht es nicht auf. Der eigentliche Verschluss muss vorne sein.«

Für einen Moment verschwand die Last von Hartmut, und auch seine Hände waren frei. Doch ehe er reagieren konnte, drehte der Hüne ihn auf den Rücken. Sofort kniete dessen Gefährte sich auf Hartmuts Brust und der andere fixierte wieder seine Hände.

Neuerlich fingerte der Einäugige an dem Schmuckstück. »Was ist das bloß für ein Ding? Wo ist da die Schließe?«

»Lass mich mal.« Der riesenhafte Kerl packte Hartmut nur noch mit einer Hand und riss mit der anderen an dem Muschelband – was feine Schnitte in Hartmuts Hals nach sich zog. Er stöhnte vor Schmerz.

Doch statt, dass das Halsband nachgab, heulte der Händler auf. »Mist! Ich habe mich geschnitten.«

Die Ritze in Hartmuts Hals brannten. Aber das war den Männern gleichgültig. Ihnen ging es nur um die vermeintliche Ware.

Noch einmal zerrte der Hüne an dem Schmuckstück.

»Du machst es kaputt«, beschwerte sich der Mann mit der Augenklappe.

Das Muschelband löste sich jedoch keineswegs. Auch der nächste Versuch, es fortzureißen scheiterte. Der übernächste ebenso.

Die Händler waren so damit beschäftigt, das Halsband zu lösen, dass sie auf Hartmut selbst kaum achteten. Doch trotz der Schmerzen war ihm klar, dass sein grobschlächtiger Widersacher ihn nur noch notdürftig fixierte. Vielleicht würde er auch die zweite Hand fortnehmen? *Wenn ich mich gefügig stelle? Und dann* ... Neben ihm lagen Steine auf dem Weg. Mit dem faustgroßen ...

Harsch packte der Einäugige Hartmut am Kinn. »Sag mir sofort, wie ich dieses Zauberding von deinem Hals lösen kann! Wenn es funktioniert, lassen wir dich laufen.«

»Tut mir leid ...« Er bemühte sich um ein zerknirschtes Gesicht. »Aber den Verschluss kann nur ich selbst öffnen«, behauptete er. »Lasst mich aufsetzen und ich gebe euch das Halsband.«

Sein Gegenüber kniff die Augen zusammen. »Nein. Wer ein Zauberding besitzt, dem ist nicht zu trauen. Du erklärst mir, was ich tun muss.«

Das lief in die falsche Richtung. Hartmut schwitzte. Was konnte er vorbringen, damit die Händler ihn aus seiner misslichen Lage freigaben? »Wie du schon selbst gesagt hast: Es steckt Magie in dem Halsband. Nur ich kann es abnehmen.«

Argwöhnisch schüttelte der Einäugige den Kopf. »Du hältst dich wohl für besonders schlau. Aber wir bekommen das Schmuckstück auf jeden Fall. Zur Not über deine Leiche.«

Der Hüne beugte sich über Hartmut, ein breites Grinsen im Gesicht. Selbstgefällig tätschelte er dessen Wange. »Wir verscharren dich im Wald und verkaufen all deine Habseligkeiten.« Mit der anderen Hand zupfte er an dem Kittel. »Leider ist der nicht allzu kostbar ...«

Damit waren Hartmuts Hände frei. Nicht die Gelegenheit, auf die er gehofft hatte – aber mindestens ebenso gut.

»Trotzdem werden wir einen guten Preis ...«, fuhr der großgewachsene Mann fort.

Hartmut packte den faustgroßen Stein und hieb ihn mit aller Kraft gegen die Schläfe des Hünen.

Der Händler heulte auf und kippte zur Seite.

Damit war allerdings nur ein Gegner besiegt. Der entsetzte Einäugige zog seinen Dolch. Doch ehe er zustechen konnte, schmetterte Hartmut auch ihm den Stein ins Gesicht.

Schützend riss sein Peiniger die Arme nach oben. Nun bereitete es Hartmut keinerlei Mühe, ihn von sich hinunterzustoßen. Noch ein Steinhieb gegen die Schläfe und der Unbekannte rührte sich nicht mehr. Ein dünnes Rinnsal hellroten Blutes lief ihm über die Wange.

Hartmut sprang auf. Sein Blick huschte zu dem Hünen, der stöhnend auf dem Boden lag. Auch dieser Mann konnte ihn nicht aufhalten. Rasch bückte er sich nach seinem Beutel und dem Bronzedolch, den der Händler an den Wegesrand gelegt hatte. So schnell sein geschundener Körper es zuließ, hetzte er davon.

Suche

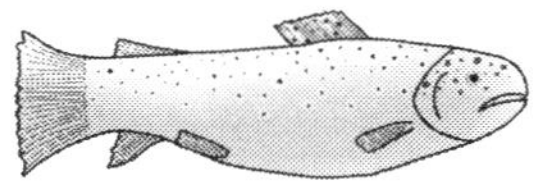

Hartmut hastete den Pfad entlang. *Wann ist die Klamm bloß zu Ende?* Längst brannte seine Kehle, und seine Beine schmerzten vor Anstrengung. Trotzdem zwang er sich, das Tempo beizubehalten. Immer wieder blickte er über die Schulter, aus Angst, der Hüne könnte ihn verfolgen. Er hatte ja keine andere Wahl als auf dem Weg zu bleiben. Aber schließlich tat sich offene Waldlandschaft vor ihm auf, und er war nach wie vor allein.

Kurz flackerte Bedauern in Hartmut auf. Den Mann mit der Augenklappe hatte er so schwer verletzt, dass er möglicherweise nicht überlebte. Doch es war dessen Entscheidung gewesen, ihn anzugreifen.

Der Pfad teilte sich in einen breiten Weg Richtung Westen und einen Trampelpfad am Bach entlang nach Norden. Er war froh, dass er den schmalen Pfad nehmen musste. Auf die Begegnung mit weiteren Reisenden hatte er keine Lust mehr.

Rasch schritt er aus. Dennoch ließ sein Herzklopfen allmählich nach und auch sein Atem beruhigte sich wieder. Der Kampf mit den Händlern stand ihm allerdings weiterhin deutlich vor Augen. *Gierige Männer!* Er hatte gewusst, dass diese Leute nur ihr Gewerbe im Kopf hatten, aber dass manche von ihnen dermaßen skrupellos vorgingen, das war ihm neu. Von Wegelagerern hatte sie nur die feine Kleidung unterschieden. Unwillkürlich stieg in ihm der Gedanke auf, dass er diese Männer festnehmen lassen sollte. Gleich darauf wurde ihm bewusst, wie absurd diese Überlegung war. Gleichgültig, was er gegenüber seinen Widersachern behauptet hatte – er war nicht länger der Vogt von Sunhilburg. *Ich bin ein Verräter.* Ein Mensch, der seinem Fürsten die Treue gebrochen hatte und nun einer fremden Königin diente.

Hartmut spürte einen Stich in seiner Brust. Dass ausgerechnet er sich von seinem Herren lossagen würde, das hatte er sich nie vorstellen können. Trotz des Fluchs hatte er ein angenehmes Leben geführt und war von allen mit Achtung behandelt worden. Doch dem nachzutrauern hatte keinen Zweck. *Weiter!* Das war das Einzige, das nun zählte. Und Theodora ... Nun, sie hatte sich beim Abschied von ihren Gefühlen übermannen lassen. Aber was sie wirklich für ihn empfand ... Hartmut zwang sich, nicht länger darüber nachzudenken, sondern rief sich die vor ihm liegende Aufgabe in Erinnerung. Er musste aufmerksam sein, wenn er nicht abermals riskieren wollte, überfallen zu werden.

Stets bereit, seinen Dolch zu ziehen, folgte er dem Pfad Richtung Norden. Da er keine Verfolger ausmachen konnte, ließ er sich schließlich auf einem Baumstumpf nieder, um den Proviant zu essen: eine Handvoll Wassernüsse und einen gebratenen Fisch. Hungrig schnitt er dem Fisch den Kopf ab und entfernte das Rückgrat, um die dicksten Gräten loszuwerden.

Die Sonne schien Hartmut auf den Rücken und alles um ihn herum wirkte friedlich. Trotzdem beeilte er sich mit dem Essen. Ein paar der Wassernüsse ließ er für später übrig. Aber viel Proviant würde er nicht mehr brauchen. Er stellte sich vor, wie Gundork ihm mit grimmigem Gesicht die Abendmahlzeit reichte. Sicherlich neidet der Wachmann ihm den Erfolg. Ein Lächeln stieg in Hartmut auf. Die üble Begegnung mit den Händlern hatte ihn vorwärtsgetrieben, sodass er noch schneller zurückkehren würde als gedacht. Allerdings ... Was, wenn die Verletzungen der beiden Männer weniger schwerwiegend waren, als es den Anschein gehabt hatte, und die Strolche in der Klamm auf ihn warteten? Möglicherweise hofften sie darauf, dass er in Kürze den Rückweg antrat. Hartmuts gute Laune verflog. Er musste besonders vorsichtig sein, wenn er wohlbehalten bei Theodora und ihren Gefolgsmännern ankommen wollte.

Thea ... Unwillkürlich sehnte er sich danach, die Königin mit dem Namen anzusprechen, der ihren Vertrauten vorbehalten war. Doch er unterdrückte diese Empfindung. Es stand ihm nicht zu, ihr so nahezukommen, außer sie wollte das. Wieder dachte er an den Kuss, an ihre Berührungen mit der Schwanzflosse, und daran, wie sie im Thronsaal ihre Hand auf seine Schulter gelegt hatte. Schnell wischte er diese Gedanken beiseite. Antworten auf all seine Fragen würde er erst nach seiner Rückkehr erhalten.

Hartmut wusch die Fischreste von der Dolchklinge und steckte die Waffe hinter seinen Gürtel, ehe er nach dem Beutel griff.

Er sah zum Himmel. Die Sonne hatte den Zenit noch nicht erreicht, aber da er rascher vorangekommen war als erhofft, konnte es bis zur roten Kiefer nicht mehr weit sein. Entschlossen, den Baum zu finden, beschleunigte er seine Schritte.

Während er weiterging, schweifte sein Blick aufmerksam durch den Wald. *Ein Hain von alten Birken.* Zwischen denen sollte das Rot der Kiefer besonders gut herausleuchten.

Hartmut befühlte den Bronzedolch. Damit würde er so viele Nadeln und so viel Rinde abschneiden, wie in den kleinen Beutel passte, der dafür vorgesehen war. Für welche Zahl an Kranken reichte diese Menge wohl aus? Er wusste es nicht, doch das war nicht seine Sache.

Endlich wuchsen links des Weges einige dickstämmige Birken, deren Rinde zu einem Gutteil borkig und damit kaum noch weiß war. *Der Hain!* Hartmut blickte von einem Baum zum nächsten. Wo war die Kiefer? Doch zwischen den gelb verfärbten Blättern konnte er keinen Nadelbaum entdecken.

Handelte es sich um den falschen Platz? Wie weit mochte es noch bis zu dem abgestorbenen Baum sein?

Sicherheitshalber umrundete Hartmut die Birken – erfolglos. Bestimmt waren dies nicht die einzigen alten Bäume entlang des Weges.

Der Sonnenstand verriet ihm, dass Mittag sich näherte. Bis zu dem gesuchten Hain konnte es auf keinen Fall mehr weit sein. Also folgte er dem Weg mit neuem Antrieb.

Die nächsten Birken, die er erreichte, wuchsen jedoch einzeln. Und auch hier suchte er vergeblich nach der roten Kiefer. Nun kam Hartmut ins Grübeln. Wie weit nach Norden war »ein halber Tagesmarsch« bloß? Da ihm nichts anderes übrig blieb, folgte er dem Pfad. Der Wind frischte auf, sodass er den Umhang enger um sich zog.

Endlich kam neuerlich ein Birkenhain in Sicht, wieder links des Weges. Hartmuts Blick schweifte über die Bäume. Alt und knorrig waren sie – und da! In ihrer Mitte wuchs ein anderer Baum. Eine ... Fichte. *Das gibt es doch nicht!* Allerdings wuchsen weiter vom Weg entfernt ebenfalls Birken. Angespannt stapfte Hartmut quer durch den Wald. *Rot ... Wo leuchtet es Rot zwischen den Baumstämmen?* Wie zum Hohn befand sich in einem Birkenhain ein wenig abseits des Weges zwar eine Kiefer, aber eine ganz normale, mit grünen Nadeln. Stattlich war sie, mit einem dicken Stamm, der von einem hohen Alter kündete. Das half Hartmut allerdings nicht weiter.

Er biss sich auf die Lippe und sah sich um. Überall hier wuchsen Birken und Kiefern zwischen Buchen, Tannen und Fichten. Aber nirgendwo erspähte er einen roten Baum.

Der Wind blies stärker und Wolken verdeckten die Sonne. Hartmut fröstelte. Was sollte er bloß tun? Dem Pfad weiter folgen?

Da er keine andere Möglichkeit sah, ging er zurück auf den Weg. Er rief sich in Erinnerung, was Theodora noch gesagt hatte. *Wenn du einen abgestorbenen Baum erreichst, den einst ein Blitz entzweigerissen hat, bist du schon zu weit.* Aber diesen Markierungspunkt hatte er bislang nicht gesehen, also schritt er wieder rasch aus. Der Wind trieb ihn vorwärts.

Irgendwo muss diese verdammte, rote Kiefer ja sein!

Doch entlang des weiteren Weges fiel Hartmuts Blick nur noch auf einzelne Birken. Und schließlich stand er vor den verkohlten Überresten eines einst dickstämmigen Baumes. Offensichtlich war es jener, von dem Theodora gesprochen hatte. Was nun?

Ärger prickelte in Hartmut. Auf sich selbst, weil er unfähig war, eine rote Kiefer zu finden. Auf Theodora und alle Wassermenschen, von denen offenbar niemand eine genaue Angabe machen konnte.

Warum gab es keine Wegmarkierung, obwohl die rote Kiefer so wichtig war? Wie solle er das Heilmittel beschaffen, wenn er nicht wusste, wo dieser Baum wuchs? Hitze stieg in ihm auf und erzeugte ein Jucken an seinem Hals. Er wollte sich kratzen, doch wieder hinderte ihn das Muschelhalsband daran. Verdrossen ballte er eine Hand zur Faust. Ihm blieb nichts anderes übrig, als zurückzugehen und sein Glück weiter weg vom Pfad zu versuchen. *Links oder rechts davon?* Seine Ratlosigkeit ließ den Ärger anschwellen. Da er auf der einen Seite erfolglos geblieben war, suchte er nun die andere Seite nach einem Birkenhain ab. Nur fand er keinen.

Stattdessen langte er wieder bei den Hainen an, in denen auch die Fichte und die Kiefer wuchsen. *Vielleicht noch weiter in diese Richtung?* Konnte es sein, dass die Bäume selbst einen Wegweiser darstellten? Hartmut stapfte quer durch den Wald. Er stieß auf Birken und auf Kiefern. Aber Erstere befanden sich nicht in einem Hain und Letztere waren nicht rot.

Da er nicht wusste, was er sonst tun sollte, suchte er abermals den Birkenhain ab, zu dem er zuerst gelangt war. Doch auch dort blieb er erfolglos. Keine rote Kiefer.

Erschöpft lehnte er sich gegen den Stamm einer Birke. Die

Rinde fühlte sich unangenehm rau an. Welche Möglichkeiten gab es noch? Hartmut blickte zum Himmel. Die Sonne hatte sich zwar hinter die Wolken zurückgezogen, doch ihm schien, dass der Nachmittag bereits weit fortgeschritten war. Dabei hatte er versprochen, dass er bis zum Abend zurück an der Donau sein würde.

Er schnaufte tief durch. Konnte es sein, dass Theodora ihn in die Irre geschickt hatte? Vielleicht aus Unwissenheit – vielleicht aber, weil sie ihn loswerden wollte? Schreckte sie davor zurück, seinen Tod direkt zu befehlen, nun, da sie wusste, wer er war? Immerhin hatte ihre Mutter ihn mehr oder weniger für sie oder Loretta ausgewählt.

Müde strich er sich über die Stirn. Wer wusste schon, was in dem Kopf einer Königin vor sich ging? Näher betrachtet schien ihm allerdings der Aufwand zu hoch, wenn ihr lediglich daran lag, ihn zu beseitigen.

Er zupfte an dem Halsband. Dass er bis zum Abend bei den anderen sein wollte, lag nicht nur an seinem Pflichtbewusstsein, den Auftrag rasch zu erledigen. *Ich muss bald zurückkehren.* Sonst würden die Krebse ihn auffressen. Hartmut schauderte. Ihn juckte der Hals und er konnte sich nicht kratzen. Nun wurde ihm klar, dass diese unangenehme Empfindung keineswegs an seinem Ärger lag, sondern an den Tierchen, die sich allmählich durch die Muscheln knabberten und diese dabei in hauchzarte Vibrationen versetzten.

Hartmut gab sich einen Ruck. Die Zeit, um Rast zu machen, war vorbei. Es ging nur noch um den Erfolg. Bislang hatte er drei Birkenhaine in der näheren Umgebung gefunden. Aber es musste einen vierten geben. Den, in dem die rote Kiefer wuchs. Wenn er doch nur auf einen hohen Felsen klettern könnte, um sich einen Überblick zu verschaffen!

Hier gab es lediglich Bäume ... Kurzentschlossen legte er den Beutel und den Umhang ab und stieg auf den armdicken Ast einer hochgewachsenen Fichte. Ihre Nadeln kratzten über sein Gesicht und seine Hände, aber was machte das schon? Hartmut fasste nach dem dicken Ast über ihm und kletterte weiter, einen nach dem anderen hinauf. Er begann zu schwitzen und sein Atem ging keuchend. An einem Rindenknorpel ritzte er sich die rechte Handfläche. *Verdammt!* Blutstropfen quollen heraus. Hartmut hielt inne und blickte nach unten. Schwindel erfasste ihn und rasch sah er wieder nach oben.

Halbe Höhe. Er musste den Wipfel erreichen, wenn er über die anderen Bäume hinwegblicken wollte. *Also weiter!*

Je höher er kletterte, desto dünner wurden die Äste. Immer wieder überlegte er, an welchem davon er sich hochziehen sollte und auf welchen er sich stützen konnte. Schließlich trennte ihn nur noch eine Manneslänge vom Wipfel. Aber die Äste über ihm schienen allesamt wenig vertrauenerweckend. Er fasste nach dem dicksten davon und setzte seinen Fuß auf den dazwischen. Dicht am Stamm zog er sich hoch. Mitten in der Bewegung knackte es unter ihm. Doch Hartmut hatte keine Möglichkeit, sein Gewicht zu verlagern. Mit aller Kraft umklammerte er den Ast über seinem Kopf. Der andere brach.

Einen grauenvollen Moment lang hing Hartmut in der Luft, ehe es ihm gelang, mit den Füßen den Stamm zu umfassen. Schwer atmend verharrte er in seiner Position. Sein Herz hämmerte wie wild. Würde die Stütze über ihm ebenfalls brechen? Ein Sturz konnte nur tödlich enden.

Doch Atemzug um Atemzug verstrich – und der Ast hielt. Endlich wagte Hartmut, seinen Fuß auf einen anderen zu setzen. Sein Herz pochte weiterhin heftig, während er sich hochzog.

Nun bot sich allerdings ein erhabener Anblick: Baumkronen breiteten sich unter ihm aus, so weit er sehen konnte. Vorsichtig drehte Hartmut den Oberkörper nach rechts. Wo war die rote Kiefer? Er sah nur im Wind wogende grüne Wipfel. Auch links von ihm erstreckte sich lediglich Grün. *Das gibt es doch nicht!* Die rote Kiefer sollte alt und damit wohl hoch sein. Er musste sie von hier oben aus entdecken können. Aber so angestrengt er sich umsah – er erspähte keinen roten Wipfel. Seine riskante Kletterei war umsonst gewesen.

Dafür blies der Wind Hartmut unangenehm kalt ins Gesicht. Mit klammen Fingern machte er sich an den Abstieg. Er ließ sich Zeit, trotzdem fürchtete er jedes Mal, wenn er den Fuß auf einen Ast setzte, dieser könnte nachgeben.

Allen Bedenken zum Trotz trug der Baum sein Gewicht, aber als Hartmut unten anlangte, wollte sich keine richtige Erleichterung einstellen. Das Jucken an seinem Hals verdeutlichte ihm, dass er wertvolle Zeit vertan hatte. Bei seiner Suche trat er auf der Stelle. Unwillkürlich stieg Gundorks hämisches Gesicht in seinen Gedanken auf. *Nein!* Er krallte die Fingernägel in die Handflächen. Dass er versagte, diesen Triumph würde er dem Wächter nicht gönnen.

Doch er konnte nicht verhindern, dass Angst in ihm aufstieg und sich mit eisiger Faust um sein Herz schloss. Ihm fiel keine Möglichkeit mehr ein, wie er die rote Kiefer finden könnte.

Prüfung

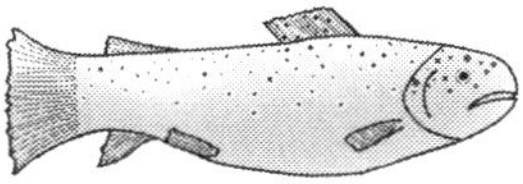

Hartmut wankte durch den Wald. Eine eigenartige Schwäche hatte ihn erfasst. Das Gefühl des Versagens lähmte seinen Geist und zunehmend seinen Körper. Der kühle Abendwind blies ihm ins Gesicht, doch er nahm diese Unannehmlichkeit nur am Rande wahr. Dafür war ihm das Jucken an seinem Hals nur zu deutlich bewusst. Fast die Hälfte der Zeit, die er zur Verfügung hatte, um wieder im Thronsaal zu sein und das Schmuckstück loszuwerden, war bereits verstrichen. Der Wasserweg nach Almira betrug einen halben Tag. Sein Fußmarsch zur Donau dauerte genauso lange. Damit blieb ihm nur noch der nächste Vormittag, um die rote Kiefer zu finden. Denn ohne das Heilmittel brauchte er nicht zurückzukehren. Für Gundork wäre es zweifellos ein Vergnügen, ihn auf der Stelle zu töten. Und Theodora? Wie würde sie reagieren, wenn er mit leeren Händen vor ihr stünde? Sie wäre gewiss unendlich enttäuscht. Er sah vor sich, wie sie ihm den Rücken zukehrte und ihn den Schlächterhänden des Wachmanns überließ.

Verzweifelt presste Hartmut sich die Fingerspitzen beider Hände an die Schläfen. Wie schon so oft zuvor rief er sich die Erklärungen, die die Königin ihm zur roten Kiefer gesagt hatte, in Erinnerung. Aber da war kein Hinweis, der ihm weiterhalf. *Ich habe alles abgesucht.*

Mittlerweile breitete sich die Düsternis der Abenddämmerung zwischen den Baumstämmen aus. Er würde die Nacht im Wald verbringen müssen.

Und dann? Was sollte er am nächsten Tag unternehmen?

Er stapfte zu dem Birkenhain, in dem die alte Kiefer wuchs. *Wenn sie nur rot wäre!* Hier standen die Bäume so dicht beisammen, dass sie einen notdürftigen Windschutz boten.

Erschöpft lehnte Hartmut sich gegen den Nadelbaum und schloss die Augen. Was würde Theodora nun von ihm denken? Verachtete sie ihn, weil er nicht bereits zurück war? Oder machte sie sich Sorgen um ihn? Weit mehr beschäftigte ihn jedoch die Tatsache, dass er schlichtweg keine Idee mehr hatte, wo er nach der roten Kiefer suchen sollte. Am einfachsten wäre es, gar nicht zurückzugehen, sondern hier auf den Tod zu warten. Aber diesen Gedanken verwarf Hartmut gleich wieder. Er war ein Kämpfer – und er gab niemals auf!

Entschlossen wischte er sich über die Augen und blickte sich um. Wenn er die Nacht nicht an den Baum gelehnt verbringen wollte, musste er sich ein Nachtlager einrichten. In der Finsternis weiterzusuchen, hatte keinen Zweck. Sein Blick schweifte über das welke Laub auf dem Boden. Wenn er es aufschichtete, würde er halbwegs weich liegen.

Mit den Füßen scharrte er die gelben Blätter zusammen, bis sie einen Haufen bildeten. *Nun das Laub der Länge nach ein wenig verteilen ...*

»Was soll das denn werden?«

Eine harsche Stimme ließ ihn herumfahren. Wie konnte es sein, dass plötzlich noch jemand hier war? Er war doch bis eben allein gewesen. Er musterte den Mann vor sich. Bei dem Fremden handelte es sich allerdings um niemanden, der ihm gefährlich werden konnte. Vor ihm stand ein gebeugter Alter, der sich schwer auf einen Stock stützte. *Wie ist der Kerl bloß hierhergekommen?* Ohne, dass Hartmut dies bemerkt hatte.

Sein Gegenüber erwiderte den forschenden Blick unverwandt. »Du störst meine Ruhe schon den ganzen Nachmittag. Mach endlich, dass du verschwindest!«

Überrascht schluckte Hartmut. »Du hast mich beobachtet?

All die Zeit?« Warum war ihm das nicht aufgefallen? Und was tat der Greis hier überhaupt? Lebte er etwa in dieser Einöde?

»Du hast mir ja keine andere Wahl gelassen.« Der Mann deutete mit dem Stock auf ihn. »Kommst einfach hierher und rennst die ganze Gegend ab. Wie ein Irrer.« Abfällig schüttelte er den Kopf. »Hast du nichts Besseres zu tun?«

Hartmut konnte es kaum fassen. Der Fremde wusste tatsächlich über seine erfolglose Suche Bescheid! Ein Anflug von Ärger machte sich in ihm breit – auf sich selbst, weil er den Unbekannten nicht bemerkt hatte, aber ebenso auf den Mann, der sich ihm nun erst zu erkennen gegeben hatte. Es war Hartmut zutiefst unangenehm, dass der andere ihn so lange beobachtet hatte. »Das ist wohl nicht dein Wald, Alter«, erwiderte er harsch. »Also, was kümmert es dich, was ich hier treibe?«

Unvermutet blitzte Zorn in den Augen des Fremden auf. »Du bist nicht nur unwissend, du bist respektlos!«

Hartmut tat den Vorwurf seines Gegenübers mit einer Handbewegung ab. »Wenn dich meine Anwesenheit so stört, warum hast du nicht schon früher mit mir gesprochen?«

Der Alte legte den Kopf schief, was ihm ein seltsam bedrohliches Aussehen verlieh. »Mit Menschen rede ich nur, wenn es unumgänglich ist.«

»Dann machst du jetzt aber reichlich viele Worte.« Hartmut straffte seine Gestalt. »Ich bin der Vogt von Sunhilburg, und du hast kein Recht, mich fortzuweisen.«

Der Greis verzog das Gesicht. Im ersten Moment dachte Hartmut, dass ein Ausdruck der Wut folgen würde – doch der Mann lachte. Laut und schallend. »Der Vogt von Sunhilburg ...« Er wischte sich die Tränen aus den Augen. »Meinst du, das würde mich in irgendeiner Weise beeindrucken?« Übergangslos wurde er ernst. »Du bist ein Niemand. Offensichtlich bist du wirr im Kopf, oder du suchst etwas, was du nicht finden kannst.«

Hartmut schluckte. Vielleicht hätte er dem Alten doch mehr Achtung entgegenbringen sollen. Immerhin schien dieser den Wald bestens zu kennen. Und möglicherweise konnte der Fremde ihm sogar weiterhelfen. Er holte tief Luft. »Du hast recht. Ich suche tatsächlich etwas. Einen ganz bestimmten Baum.«

Sein Gegenüber zog eine Augenbraue hoch. »Welchen?«

»Die rote Kiefer.« Angespannt behielt Hartmut ihn im Blick. »Weiß du, wo sie wächst?«

Einen Moment lang zeigte das Männlein keinerlei Regung. Dann hoben sich seine Mundwinkel ein wenig an. »Die rote Kiefer, soso ... Könnte sein, dass ich von ihr schon einmal gehörte habe.« Er strich sich über das auffallend glatt rasierte Kinn.

»Was soll das heißen?« Neuerlich flammte Ärger in Hartmut auf. Offensichtlich hielt der Greis ihn absichtlich hin. »Weißt du, wo ich sie finde, oder nicht?«

»Das kommt darauf an ...«

Die Müdigkeit, das unerwartete Auftauchen des Fremden, dessen vage Auskünfte – Hartmuts Unmut brach sich Bahn. Mit zwei Schritten war er bei ihm und fasste ihn am Kittel. »Worauf kommt es an?«

»Holzkopf!« Der Mann stieß ihm den Stock auf den Fuß.

Ein scharfer Schmerz durchfuhr Hartmuts Bein. Doch statt den Alten loszulassen, packte er ihn noch fester. »Du sagst mir jetzt sofort, was ich wissen will, oder ...«

»Oder was?« Plötzlich verflüchtigte sich die Gestalt seines Widersachers. Wie ein Geist löste sie sich in Nichts auf – um einige Armlängen entfernt wieder zu erscheinen.

Verblüfft rang Hartmut nach Luft. Was ging hier vor sich?

»Oder was?«, wiederholte der Greis, abermals ein feines Lächeln auf den Lippen.

Hartmut schluckte den Ärger hinunter. Gegen die Macht des Fremden kam er keinesfalls an. Er musste einen anderen

Weg finden, ihm die gewünschte Auskunft zu entlocken. »Wer bist du?«

Das Lächeln des Mannes wurde breiter. »Schön, dass du fragst. Gänzlich verdorben bist du also nicht.« Er musterte Hartmuts Gestalt, wobei sein Blick einen Atemzug lang auf dem Muschelhalsband verweilte und schließlich zu dem Bronzedolch schweifte. Wieder zog der Alte eine Augenbraue hoch. »Ein Gesandter des Wasservolkes?« Verwunderung klang aus seiner Stimme.

»Das bin ich.« Hartmut strich über die Waffe. »Königin Theodora schickt mich, um für ihren Bruder und für viele andere das Heilmittel gegen die Krebschensucht zu beschaffen: die Nadeln und die Rinde der roten Kiefer.«

Auch die zweite Augenbraue seines Gegenübers wölbte sich nach oben. »Sie hat dabei nur eine Kleinigkeit übersehen ...«

»Und die wäre?« Verständnislos starrte Hartmut ihn an. »Ganz Almira leidet unter dem Mangel an Lichtstoff, immer mehr Leute werden krank. Und ich bin hier, um ihnen zu helfen – allein darauf kommt es an.«

Der Greis schürzte die Lippen. »Für dich mag das so scheinen ...« Er schüttelte leicht den Kopf. »Du bist kein Wassermensch, warum hast du dich in Theodoras Dienst gestellt?«

»Weil ...« Er zögerte. »Die ganze Geschichte zu erzählen, würde zu lange dauern. Aber ich bin einer von ihnen.« Er hielt die linke Hand hoch, sodass der Unbekannte das kreisrunde Mal darauf sehen konnte. »Einer meiner Vorfahren stammt aus dem Wasservolk.«

»Der Vogt von Sunhilburg ...« Der Betagte schnalzte mit der Zunge. »... ein Wassermann. Wer hätte das gedacht?«

Nun wallte heißer Zorn in Hartmut hoch.

Warum glaubte sein Gegenüber ihm von einem Moment zum anderen, wer er war? Aber noch viel schwerer wog die Anspielung auf den Fluch. Zu oft war er deswegen verhöhnt worden. Trotzdem – der Fremde war unabschätzbar mächtig.

Hartmut kämpfte seine Gefühle nieder. »Du kannst von mir halten, was du willst. Entscheidend ist für mich nur, die rote Kiefer zu finden.«

»Das ist zumindest ein guter Ansatz.« Das Männlein seufzte. »Was erwartest du denn für dich selbst, wenn du das Heilmittel zu Theodora gebracht hast?« Sein Blick schweifte abermals zu dem Halsband.

»Meine Freiheit.«

Der Alte beäugte ihn misstrauisch. »Ich verstehe. Offenbar bist du ein wichtiger Gefangener.«

»Ich ...« Hartmut biss sich auf die Unterlippe. Er hatte zu viel gesagt.

Der Greis wies mit dem Kinn auf Hartmuts Hals. »Das Muschelband trägt keiner zufällig.«

»So ist es«, gab er widerwillig zu. Leugnen wäre wohl sinnlos gewesen.

»Mit dem Heilmittel erkaufst du dir deine Freiheit«, fasste sein Gegenüber zusammen.

Hartmut nickte. »Also kannst du mir weiterhelfen?«

Der Mann verengte die Augen. »Beantworte mir drei Fragen: Die erste lautet: Welchen Stein wählst du als Geschenk für deine Liebste? Rosenquarz oder Opal?«

Für einen Moment wusste Hartmut nichts darauf zu antworten. Was sollte das? Hatte der Alte den Verstand verloren? »Meinst du etwa, du kannst dich als mein Lehrmeister aufspielen?«

»Keineswegs.« Das Männlein legte den Kopf leicht schief. »Aber ich weiß, wo die rote Kiefer wächst. Wenn du meine Fragen richtig beantwortest, führe ich dich zu ihr.«

Widerwillig gab Hartmut nach. »Nun gut.«

»Welchen Stein wählst du für deine Liebste?«, wiederholte der Greis.

»Den Opal natürlich«, antwortete er, »der ist ungleich wertvoller.«

Das Gesicht des Mannes blieb ausdruckslos. »Zweite Frage: Was sind deine Schwächen?«

»Schwächen?« Hartmut musterte ihn verständnislos. »Ich bin der dritte Sohn eines unbedeutenden Freiherren, wenn du das hören willst, aber dafür kann ich nichts. Meine Verdienste habe ich selbst errungen. Schon als Knappe war ich der Beste mit dem Schwert, und als Vogt habe ich die Verwaltung der Burg und des Landes stets im Griff. Der Fürst hat immer auf mich vertraut.«

»Und es ist dir sogar gelungen, Theodora davon zu überzeugen, dass du der Beste bist, um das Heilmittel zu beschaffen. Jaja ...« Der Greis winkte ab. »Dritte Frage: Welche Frau würdest du lieber heiraten: eine Königin oder eine Bäuerin?«

Hartmut schnaubte. »Allmählich übertreibst du es. Was für eine Frage! Ich habe mein Leben lang geschuftet, da ist eine Königin allemal verlockender.«

»Sich bedienen lassen und so ...«, ergänzte das Männlein.

»Da ist nichts dabei.« Er zuckte mit den Schultern. »Waren das nun deine drei Fragen?«

Der Alte nickte.

»Und wo wächst die rote Kiefer?«, wollte Hartmut wissen.

»Tut mir leid.« Sein Gegenüber pochte mit dem Stock auf den Boden. »Aber du hast die Fragen falsch beantwortet. Ich kann dich nicht zu ihr führen.«

Verzweiflung

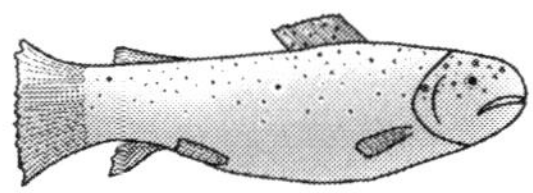

1. November 1064, abnehmender Mond

Dieser verfluchte alte Mistsack! Ächzend drehte Hartmut sich auf die andere Seite, aber auf weiteren Schlaf zu hoffen, war aussichtslos. Er schlug die Augen auf. Die feuchte Kälte der Morgendämmerung hüllte ihn ein. Ein neuer Tag – und die letzte Möglichkeit, die rote Kiefer zu finden. Zu dem Jucken an seinem Hals hatte sich ein unangenehmes Wärmegefühl gesellt. Ein Zeichen, dass die Krebse sich weiter durch die Muscheln fraßen. Seine Zeit lief ab.

Hartmut schauderte. Das Frösteln, das ihn erfasst hatte, war keineswegs nur der Morgenluft geschuldet. Furcht quälte ihn. Angst, zu versagen und damit sein eigenes Todesurteil zu besiegeln.

Schwerfällig richtete er sich auf. Gnadenhalber hatte der Fremde ihm gewährt, sich auf dem Laublager auszustrecken, ehe er sich einfach in Luft aufgelöst hatte. *Die Fragen falsch beantwortet ...* Es war ihm unverständlich, was sein Widersacher mit seinen Rätseln meinte. Ganz abgesehen davon, dass er keine Ahnung hatte, wer der Mann war. Ein Waldgeist? Ein Zauberer? Aber konnte Letzterer tatsächlich verschwinden? Klar war für Hartmut nur, dass er den Greis zufriedenstellen musste, wenn er das Heilmittel beschaffen wollte. Wer auch immer früher zur roten Kiefer gewandert war, hatte offenbar gewusst, mit diesem Gegner umzugehen.

Aber ich lasse mich nicht unterkriegen. Entschlossen, seinen Kontrahenten zu bezwingen, stand er auf. Geschlafen hatte er kaum, stattdessen hatte er beständig über die unseligen Fragen gegrübelt – und eine einfache Lösung gefunden. Er schüttelte Laub von seinem Umhang, ehe er sich in das wärmende Kleidungsstück hüllte, das ihm als Decke gedient hatte. Zum Glück war es für diese fortgeschrittene Jahreszeit eine milde Nacht gewesen.

»Waldgeist!«, rief er. »Ich bin bereit, deine Fragen nochmals zu beantworten.« Suchend drehte er sich von einer Seite auf die andere.

Doch der Alte legte ihm von hinten eine Hand auf die Schulter.

Hartmut zuckte zusammen. Hastig wandte er sich um. »Kannst du mich nicht vorwarnen?«

»Wozu?« Sein Gegenüber hob die Schultern. »Gut geschlafen?«

Um etwas Abstand zwischen sie zu bringen, trat Hartmut einen Schritt zurück. Missmutig schüttelte er den Kopf. »Ich habe über deine Fragen nachgedacht.«

»Das habe ich bereits gehört.« Das feine Lächeln zeigte sich wieder um den Mund seines Widersachers. »Wie lauten deine Antworten jetzt?«

»Frage eins ...« Hartmut krümmte die Finger der rechten Hand und reckte den Daumen hoch. »... Rosenquarz oder Opal: Ich verschenke den Rosenquarz. Frage zwei ...« Nun streckte er auch den Zeigefinger aus. »... Meine Schwäche ist mein Fluch, der auf mir lastet. Frage drei ...« Diese Zahl zeigte er ebenso mit den Fingern an. »Ich heirate die Bäuerin.« Erwartungsvoll blickte er den Waldgeist an. Was könnte der nun noch dagegen sagen?

Der Greis wölbte eine Augenbraue. »Das hast du dir hübsch zusammengereimt: das Gegenteil deiner letzten Antworten zu nehmen und als Schwäche das anzuführen, was dich seit vielen Jahren ärgert. Aber du liegst falsch. Mit allem.«

Wut stieg in Hartmut auf. »Das kann nicht sein! Wenn es bei einer Frage zwei Antwortmöglichkeiten gibt, muss eine davon richtig sein.« Was war der Alte nur für ein Quälgeist?

»Bei meinen Fragen geht es aber nicht um ein schlichtes Ja oder Nein, sondern um den Grund, warum du die eine oder die andere Antwort wählst. Denk darüber nach.« Der Blick seines Gegenübers schweifte zu dem Muschelhalsband. »Solange dir noch die Zeit dazu bleibt.«

Ehe Hartmut etwas erwidern konnte, verschwand der Geist, oder was immer er war. Voller Grimm biss Hartmut die Zähne zusammen. Das Hitzegefühl um seinen Hals machte ihm unmissverständlich klar, dass die Zeit verstrich. *Dann suche ich eben auf eigene Faust weiter!* Allerdings quälten ihn nicht nur die Fragen des Alten, sondern auch der Hunger. Die letzten Wassernüsse hatte er am Vorabend gegessen. Nun brauchte er dringend eine Mahlzeit.

Doch woher sollte er die nehmen? Er hatte weder die Zeit noch die Waffen, um auf die Jagd zu gehen. Aber am Wegrand wuchsen Haselnusssträucher, deren Früchte um diese Jahreszeit längst reif waren. Also schlug er mit Steinen die Nüsse auf und aß die wohlschmeckenden Kerne.

Kaum hatte er seinen ärgsten Hunger gestillt, stapfte er tiefer in den Wald hinein.

Allmählich wich die Morgendämmerung dem hellen Grau eines bewölkten Tages. *Wo ist die rote Kiefer?* Immer weiter entfernte er sich von dem Birkenhain, in dem er genächtigt hatte. Die Bäume wuchsen nun dichter, es fanden sich jedoch kaum noch Birken darunter.

Schließlich blieb er stehen.Dass die rote Kiefer so weit ab vom Weg wuchs, war unwahrscheinlich. Es half nichts, er musste zurück zu dem Hain mit dem Waldgeist.

Dennoch schlug Hartmut einen Bogen Richtung Süden in der Hoffnung, vielleicht dort den gesuchten Baum zu entdecken – vergeblich. Und auch auf der anderen Seite des Weges blieb seine Suche an diesem Tag ebenso erfolglos wie am Tag davor. Statt die rote Kiefer zu finden, verstrich die Zeit.

Entmutigt lehnte er sich mit einer Hand an eine Eiche.

Was dachte Theodora mittlerweile bloß von ihm? Hartmut strich sich über das stoppelige Kinn. Auf jeden Fall konnte er sich Gundorks Gedanken lebhaft vorstellen. Etwas, woran das Muschelhalsband ihn beständig erinnerte. Es juckte und strahlte Hitze aus, während der Rest von Hartmuts Körper fröstelte. Hilflosigkeit überkam ihn. Für sein Dilemma schien es keine Lösung zu geben: Alleine fand er die rote Kiefer nicht und der Waldgeist, der ihm helfen könnte, verweigerte ihm die Unterstützung.

Bei meinen Fragen geht es aber nicht um ein schlichtes Ja oder Nein, kam Hartmut in den Sinn. *Sondern um den Grund, warum du die eine oder die andere Antwort wählst.* Er wischte sich kalten Schweiß von der Stirn. Seine Lage schien ihm völlig absurd. Mehr als vorzubringen, dass er den Wassermenschen helfen wollte, konnte er nicht. Und daran war doch nichts Schlechtes. Verdrossen ging er weiter.

Als er bei dem Birkenhain und seinem zerwühlten Nachtlager anlangte, stieg das Bild von Theodoras Bruder in ihm auf: Valentin, der sich die Haut blutig kratzte. Und Hartmut dachte an den Wächter, der offensichtlich ebenfalls an der Krebschensucht litt. Er schluckte. Wenn es ihm nicht gelang, das Heilmittel zu beschaffen, würde nicht nur er selbst sterben, sondern auch viele andere – gleichgültig, ob Loretta ihre Eroberungspläne umsetzte.

Sein Blick schweifte zu der stattlichen Kiefer inmitten der Birken. *Eine solche in Rot* ... Er rief sich zur Ordnung. Tagträume brachten ihn nicht weiter. Trotzdem trat er zu dem Baum und legte die Hand auf dessen rauen Stamm. Würziger Duft nach Harz stieg ihm in die Nase. Hartmut überdachte erneut, was der Waldgeist zu ihm gesagt hatte. ... *um den*

Grund, warum du die eine oder die andere Antwort wählst. Auf die Entscheidung selbst kam es also nur zweitrangig an. Er atmete tief durch, um seine aufgewühlten Gefühle zu beruhigen und seine Gedanken zu ordnen. *Die Bäuerin oder die Königin* ... Unwillkürlich dachte er an Theodora. Warum würde er sie heiraten wollen? Tatsächlich wegen des angenehmen Lebens? *Nein.* Nach Bequemlichkeit zu streben, würde ihn bestenfalls oberflächlich zufriedenstellen. Theodora würde er um ihre Hand bitten, wenn sie ihn wahrhaftig liebte. *Und ich sie.* Ein Ziehen in seinem Herzen machte ihm klar, dass diese Frage mehr Bedeutung für ihn hatte, als er sich eingestehen wollte. Dies war allerdings keine wirkliche Frage, nur eine Überlegung. Aber wenn es um die Liebe ging, welchen Stein würde er der Königin schenken? Den Rosenquarz oder den Opal? *Beide!* Den Rosenquarz als Sinnbild für ihrer beider Liebe, den Opal, um Theodoras außergewöhnliche Schönheit zu preisen.

Mit einem Mal schienen Hartmut die Fragen des Alten gar nicht mehr so verwirrend zu sein. Er musste nur anders denken, als er es gewohnt war. *Meine Schwächen* ... Er atmete abermals tief durch. Wenn er ehrlich mit sich selbst war, fielen ihm etliche davon ein.

Er warf einen Blick zum Himmel. Die Wolken verdeckten die Sonne, doch es ging wohl auf Mittag zu. Es war seine letzte Möglichkeit, um bis zum Abend an der Donau zu sein. Und um zu überleben.

»Waldgeist!«, rief er. »Ich bin bereit für deine Prüfung!«

Erkenntnis

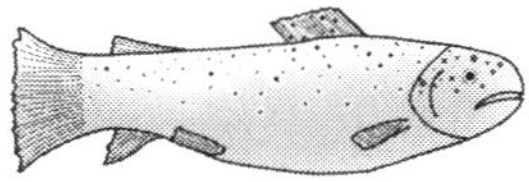

»... und dann ist da noch das Hadern mit meinem Fluch, mich an Neumond und bei einer Mondfinsternis in einen Wassermann zu verwandeln. Ich denke, das ist meine größte Schwäche, aus der sich einige weitere entwickelt haben.« Hartmut betrachtete aufmerksam das Gesicht des Waldgeists.

Doch der alte Mann zeigte keinerlei Regung. »Und welche weiteren Schwächen sind das?«

»Mein Hochmut.« Hartmut seufzte. »Meine Ungeduld und mein Streben, den Fluch um jeden Preis loszuwerden.« Er hielt kurz inne. »Ich bitte dich um Verzeihung, dass ich zunächst so forsch zu dir war.«

Endlich nickte der Waldgeist. Und lächelte wohlwollend. »Du lernst schnell.«

»Ich muss.« Hartmut berührte das Muschelhalsband. »Für unser aller Überleben.«

Der Greis trat zu ihm und legte ihm eine Hand auf die Schulter. Eine Berührung, die ein kühles Prickeln verursachte. Gebannt sah Hartmut ihn an. Hatte er die Prüfung bestanden?

»Du heiratest also die Frau, die du aufrichtig liebst ...« Das Gesicht des Waldgeistes wurde wieder ernst. »... und du schenkst ihr zwei edle Steine als sichtbares Zeichen für deine Gefühle.«

»So ist es.« Unwillkürlich hielt Hartmut die Luft an. Hatte er die Prüfung nun bestanden – oder nicht?

»Es tut mir leid ...« Der alte Mann schürzte die Lippen.

Hartmuts Anspannung wich Verzweiflung. *Wir werden alle sterben – wegen mir!* Abrupt verstärkte sich das Hitzegefühl um seinen Hals. Ein plötzlicher Schwindel erfasste ihn.

»... aber ich musste dich warten lassen.« Der Waldgeist blickte kurz zu der stattlichen Kiefer. »Ich bin der Hüter dieses Baumes. Er gewährt Bittstellern seine Gnade, wenn sie demütig vor ihn treten und ihr Herz für sich selbst und für andere wahrhaftig offen ist. Denn nur dann werden sie seine Gaben allein zum Wohle der Kranken verwenden.«

»Und ... Was heißt das jetzt?«, krächzte Hartmut. Er begriff überhaupt nichts mehr.

Sein Gegenüber lächelte nachsichtig. »Komm.« Auf seinen Stock gestützt schlurfte er zu der Kiefer.

Hartmuts Verzweiflung schwoll an. »Ich brauche die *rote* Kiefer«, wandte er ein. Hatte der Greis ihn etwa die ganze Zeit über falsch verstanden? Das Hitzegefühl um seinen Hals ging in ein Glühen über.

Der Waldgeist winkte ihn zu sich. »Nun, das ist sie.«

Verblüfft starrte Hartmut ihn an. *Kann das wahr sein?* Die selbstsichere Stimme des Männleins ließ es ihn glauben. Zumindest wollte er das. Das Schwindelgefühl ebbte ab.

Zögernd trat Hartmut zu dem Baum. Er sah nur grüne Nadeln und gewöhnliche braune Rinde.

Das Lächeln des Alten wurde breiter. »Du musst genau hinsehen.« Er deutete mit dem Stock auf die Nadeln, die am dichtesten am Stamm wuchsen. Normalerweise waren diese braun, aber tatsächlich hatten sie eine dunkelrote Farbe. Der Hüter griff nach einem grünen Zweig und bog an der Spitze die langen Nadeln auseinander. Auch hier zeigte sich nahe am Holz die rote Färbung.

Unendliche Erleichterung durchflutete Hartmut. Er hatte die richtige Kiefer gefunden – und es nur nicht erkannt. »Wie konnte ich das übersehen?« Nun lächelte auch er.

»Das geht jedem so, dessen Herz verschlossen ist.« Der

Waldgeist wies auf den Bronzedolch hinter Hartmuts Gürtel. »Du brauchst gar nicht viel. Nimm ein wenig von den Nadeln und ein bisschen von der Rinde. Die Heiler von Almira werden daraus die Medizin bereiten.«

Hartmut nickte. »Ich danke dir.« Behutsam pflückte er dreißig Nadeln und schnitt drei Rindenstücke aus dem Stamm. Auch Letztere waren unter der äußersten, braunen Schicht rot gefärbt.

»So ist es gut«, bekräftigte der Alte. »Theodora wird sich freuen. Richte ihr meine besten Grüße aus.«

»Das mache ich.« Hartmut steckte die Gaben der Kiefer in den kleinen Beutel, der dafür vorgesehen war, und schnürte ihn sorgfältig zu. Auf seinem Weg durfte nichts verloren gehen. Als er sich erneut zu dem Waldgeist wenden wollte, war dieser verschwunden.

Einen Moment zögerte Hartmut. Gab es noch irgendetwas, das er beachten sollte? Doch der Hüter zeigte sich nicht mehr und Hartmut gab sich einen Ruck. Die Hitze um seinen Hals verdeutlichte ihm, dass er schleunigst den Rückweg antreten musste. Sonst trug er zwar das Heilmittel für alle anderen bei sich, war aber trotzdem dem Tod geweiht.

Angst

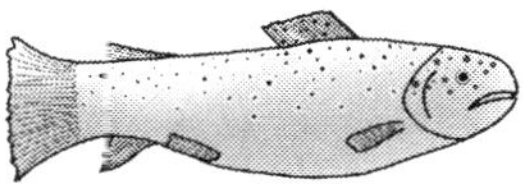

Nieselregen setzte ein, der Hartmuts Kleidung allmählich durchweichte. Und nicht nur das. Der Regen nahm nach und nach an Stärke zu. Am Eingang zur Stillensteinklamm prasselte er auf ihn nieder. An ein rasches Vorwärtskommen war nicht zu denken. Vorsichtig, um nicht auszurutschen, setzte Hartmut seine Schritte. Als er sich der Stelle näherte, an der die Händler ihn überfallen hatten, zog er seinen Dolch. Das Geräusch des Regens übertönte sein Näherkommen, andererseits konnte auch er nicht hören, ob vor ihm jemand miteinander sprach oder mit den Füßen scharrte.

Vor der letzten Biegung blieb er stehen und lugte um die Ecke. Argwöhnisch schweifte sein Blick über den Felsbrocken, hinter dem er sich selbst versteckt hatte. Aber da war niemand. Entweder waren die Händler doch nicht so schwer verletzt gewesen und hatten das Weite gesucht, oder jemand hatte die Toten gefunden und geborgen.

Hartmut atmete auf. Dennoch behielt er die Waffe in der Hand, während er an der Felswand entlangschritt.

Der Regen schreckte wohl die Leute ab, sich auf den Weg zu machen. Ohne jemandem zu begegnen, langte er am Ufer der Donau an. An der Stelle, die flach zum Wasser hin abfiel, blickte er sich nochmals aufmerksam um. Er war allein. Hastig zog er die nasse Kleidung aus und packte sie in den großen Beutel. Den Dolch nahm er allerdings wieder in die Hand. Auch wenn es sich gegen Raubfische nur um eine mickrige

Waffe handelte, es behagte ihm nicht, völlig wehrlos zu sein.

Hartmut schlang die Dunkelalge um sein Handgelenk, woraufhin die schmerzhafte Verwandlung einsetzte. Doch er ertrug sie gelassen, denn nun, da er wohlbehalten zurückgekehrt war, konnte er es kaum erwarten, Theodoras glückliches Gesicht zu sehen. Er hatte es gerade noch rechtzeitig geschafft! Wenn sie morgen zeitig aufbrachen, würden sie mittags im Thronsaal sein. *Und ich bin dann das Muschelhalsband los!* Diese Aussicht ließ ihn die Hitze und das Jucken an seinem Hals leichter aushalten.

Mit kräftigen Flossenschlägen tauchte er unter. Hoffentlich hatte Gundork ordentlich viel zu essen beschafft, denn Hartmuts Bauch schien aus einem tiefen Loch zu bestehen. Voller Vorfreude schwamm er zu der Stelle, wo sie genächtigt hatten – doch die Felsen waren verlassen. Weder die Königin noch die Wachmänner oder die Ceppis konnte er zwischen den Steinen und den Wasserpflanzen entdecken. Hatten sie sich einen anderen Platz gesucht, um auf ihn zu warten? Vielleicht waren Fischer ausgerechnet hierher gekommen und Theodora hatte Angst gehabt, die Ceppis könnten ihrem Spieltrieb folgen und an die Oberfläche schwimmen. Das hätte mit Sicherheit Aufsehen erregt. Oder gab es hier zu wenig Nahrung für die Tiere? Hartmut betrachtete die Armleuchteralgen, die vor ihm wogten. Er hatte ja keine Ahnung, was die Ceppis tatsächlich alles fraßen. Nur – wie sollte er Theodora und die Übrigen finden? Unschlüssig schwamm er ein Stück flussabwärts. Er wich einem Schwarm Barsche aus und überholte einen Karpfen, die Wassermenschen und ihre Tiere zeigten sich jedoch nicht.

Schließlich kam er zu dem Schluss, dass es keinen Sinn mehr hatte, in dieser Richtung zu suchen. So weit würden sie sich nicht von ihrem ursprünglichen Lagerplatz entfernen, wenn sie wollten, dass er sie fand. *Wenn* ... Hartmut schluckte. Zweifel regten sich in ihm. Der Gedanke, Theodora könnte ihn absichtlich in die Irre geschickt haben, war ihm schon einmal gekommen, nun stahl er sich wieder in sein Bewusstsein. Doch auch diesmal sagte Hartmut sich, dass das Unsinn war. Niemand außer ihm könnte das Heilmittel beschaffen. Welchen Grund hätte die Königin, ihn im Stich zu lassen? Ohne die Gaben der Kiefer würden Valentin und viele andere sterben. Und so ungeduldig würde sie doch hoffentlich nicht sein, dass sie sich enttäuscht auf den Rückweg gemacht hatte, nachdem er nicht zur vereinbarten Zeit zurückgekehrt war.

Allerdings fiel Hartmut eine weitere Möglichkeit ein, die die Abwesenheit der Wassermenschen erklären würde. Sein Puls beschleunigte sich. Er hatte es für äußerst unwahrscheinlich gehalten, dass die Angreifer ihnen hierher hatten folgen können – aber was, wenn ihnen das doch gelungen war?

Damit erhielt der Dolch in seiner Hand einen umfassenderen Sinn. Jeglicher Hunger war vergessen, als Hartmut kehrtmachte und flussaufwärts schwamm. Er passierte den Lagerplatz, der immer noch verlassen war, und rief laut Theodoras Namen. Doch nichts regte sich.

Hartmut huschte von Stein zu Stein und von einem Dickicht aus Wasserpflanzen zum nächsten. Jungfische stoben auf, als sie vor ihm die Flucht ergriffen, aber darauf konnte er keine Rücksicht nehmen.

»Theodora!« Wenn ihr etwas geschehen war ... Das konnte, das durfte nicht sein! Er machte sich bewusst, dass Gundork und der zweite Wachmann bei ihr waren. Sie schützten ihre Königin. Aber dieser Gedanke verschaffte ihm keinerlei Beruhigung. Und je länger seine vergebliche Suche dauerte, desto stärker wurde seine Angst.

Immer weiter schwamm er flussaufwärts. Unaufhörlich schweifte sein Blick zwischen den Wasserpflanzen hindurch. Stets darauf bedacht, jegliche Gefahr zu entdecken und den kleinsten Hinweis auf Theodoras Verbleib.

Doch Hartmut fand weder das eine noch das andere. Mit

heftig pochendem Herzen verharrte er in einem Pflanzendickicht. Was nun? Sollte er auf eigene Faust nach Almira zurückkehren? Er hatte sich den Weg durch die Donauarme gut eingeprägt, und selbst wenn er irgendwo falsch abbog, er hatte bis Mittag Zeit, um zurückzufinden. Schlafen konnte er später. Aber seine Sorge um Theodora ließ nicht zu, dass er in diese Richtung weiterschwamm. Irgendetwas Furchtbares musste geschehen sein. Ehe er das nicht herausgefunden hatte, war es ihm unmöglich, einfach nach Almira aufzubrechen. Ganz abgesehen davon brauchte er sowohl die Königin als auch Gundork, damit sie ihm das Muschelhalsband abnahmen. Das Jucken um seinen Hals erinnerte ihn beständig daran, dass seine Zeit ablief.

Entschlossen, Theodora zu finden, kehrte Hartmut um. Er zwang sich zur Ruhe. Irgendeinen Hinweis musste er in seiner Hektik übersehen haben. Und dieser Abschnitt des Flusses schien zumindest derzeit ungefährlich. Er schwamm langsamer und suchte aufmerksam die Umgebung ab.

Auf diese Weise näherte er sich immer weiter dem Lagerplatz an der Ausstiegsstelle. Schon meinte er, erneut zu scheitern, da vernahm er hinter sich ein Winseln.

Er fuhr herum und riss die Waffenhand nach oben – bereit zuzustechen. Nur um in die treuherzigen Augen des rotbraunen Ceppis zu blicken. Erleichtert ließ er die Hand sinken. »Ragna!«, stieß er aus. »Wo sind Theodora und die anderen?«

Das Tier machte kehrt und Hartmut folgte ihm. Inständig hoffte er, dass das Ceppi ihn verstanden hatte.

Ragna führte ihn zu einem Dickicht aus wogenden Wasserpflanzen. Daran war er bereits zweimal vorbeigeschwommen. Aber auch nun konnte er niemanden zwischen den Pflanzen entdecken.

Das Ceppi schwamm jedoch geradewegs hindurch und hielt vor dem Eingang zu einer niedrigen Höhle. In dieser Nische in der Uferböschung bewegte sich etwas – oder jemand.

»Thea!« Mit einem kräftigen Flossenschlag war Hartmut bei ihr.

Sie zitterte am ganzen Körper. Wortlos schlang sie die Arme um seinen Hals und barg ihr Gesicht an seiner Schulter. Ein Schluchzen erschütterte sie. Dass ihm ihr Kosename entschlüpft war, schien sie nicht bemerkt zu haben.

Behutsam erwiderte Hartmut die Umarmung. Danach hatte er sich gesehnt, wurde ihm mit einem Mal klar, nach zärtlicher Nähe. Aber nicht unter diesen Umständen. Sanft strich er Theodora über den Rücken. »Was ist geschehen?«, fragte er leise. »Wo sind die anderen?«

»Loretta ...« Ein Beben ging durch den Körper der Königin. Erst schien sie nicht in der Lage, weiterzusprechen, doch schließlich machte sie sich von Hartmut los und straffte ihre Schultern. »Meine Halbschwester ist uns gefolgt. Entweder in ihrer Gestalt als Wasserfrau, oder sie hat schlichtweg erraten, wohin wir wollten. Als ihr Gefolge gestern Abend hier eingetroffen ist, hat sie uns angegriffen. Zunächst, wohl als Ablenkung, mit ihren Bogenschützen.« Sie schluckte. »Und dann sie selbst mit ihrer Lichtwaffe.«

Entsetzen packte Hartmut.

»Wir hatten kaum eine Möglichkeit, uns zur Wehr zu setzen«, fuhr Theodora fort. »Loretta hatte ihre Waffe nur notdürftig unter Kontrolle. Die Lichtstrahlen, die sich ohne bestimmtes Ziel lösten, wurden von den Steinen reflektiert – in unvorhersehbare Richtungen.« Sie wischte sich über die Augen. »Wen immer diese Strahlen trafen, war beim ersten Mal bewusstlos – und beim zweiten Mal tot. Das Licht ...« Ihre Hände zitterten wieder. »... hat ihre Körper regelrecht verbrannt.«

Eine schreckliche Ahnung stieg in Hartmut auf. »Ihr und Ragna ... seid die einzigen Überlebenden?«

Sie nickte. »Auch Loretta war von der Wirkung der Waffe überrascht. Sie hat sie unter Wasser wohl noch nie ausprobiert. Und offenbar wollte sie mich lebend gefangen nehmen, um allen in Almira vor Augen zu führen, dass sie mich in ihrer Gewalt hat und sie die neue Königin ist. Das war mein Glück. Denn dadurch hat sie sich darauf konzentriert, die anderen niederzumachen. Sie wollte mir wohl zum Schluss durch einen Lichtstrahl das Bewusstsein nehmen, aber dem bin ich zuvorgekommen, indem ich ...« Sie zögerte. »Indem ich geflohen bin. Loretta hatte damit zu tun, ihre Waffe zu beherrschen, immerhin bestand die Gefahr, dass einer der abgelenkten Strahlen sie selbst traf. Deshalb konnte sie mir nicht gleich folgen. Ragna hat mich zu dieser Höhle geführt.« Gerührt strich sie dem Ceppi über den Kopf. Doch einen Augenblick später überkam sie wieder die Verzweiflung. »Ich ... Ich hatte keine Ahnung, wie lange ich warten musste, bis Loretta die Suche aufgeben würde. Und gleichzeitig hatte ich furchtbare Angst, du könntest ihren Leuten in die Hände fallen oder spätestens ihr unter Wasser.« Nun zitterte sie unkontrolliert.

Hatte sie sich solche Sorgen um ihn gemacht? Er sah ihr fest in die Augen. »Mir ist nichts geschehen. Ich bin wohlbehalten wieder da und habe das Heilmittel in meinem Beutel.«

Trotz seiner Worte bedeckte sie ihr Gesicht mit den Händen und schluchzte.

Ihr Leid versetzte Hartmut einen Stich. Er schwamm näher, und weil er nicht wusste, was er sonst tun sollte, fasste er sie behutsam an den Schultern. »Loretta ist fort«, versuchte er, Theodora zu beruhigen. »Niemand kann Euch nun etwas tun.«

Sie ließ die Hände sinken, nur, um sich abermals gegen seine Brust zu schmiegen. »Ich hatte ... solche Angst. Um uns alle – und um dich. Als ich dich rufen gehört habe, war ich mir nicht sicher«, offenbar fiel es ihr schwer, weiterzusprechen, »ob ich dir trauen kann.«

Deshalb hatte sie also nicht gleich auf seine Rufe reagiert und Ragna vorgeschickt. »Ihr könnt Euch auf mich verlassen.« Er drückte sie zart. »Immer. Wieso habt Ihr daran gezweifelt?«

»Loretta ...« Theodora zitterte. »Sie hat mir schon einmal

das Liebste genommen und ich fürchtete ... es könnte wieder so sein. Wenn auch auf andere Art.«

»Wie meint Ihr das?« Hinter ihren Worten schien ihm weit mehr zu stecken als ihre Sorge, er könnte das Heilmittel nicht beschaffen.

»Mein Verlobter ...«, kam es leise über ihre Lippen. »Er hat sich den Abtrünnigen angeschlossen.«

Nun war ihm klar, weshalb sie noch unverheiratet war und warum sie so traurig die Sterne betrachtet hatte. »Das ... Das tut mir sehr leid.«

»Ich werde das nie vergessen«, fuhr sie fort. »Wie er mir ins Gesicht gesagt hat, Loretta wäre die wahre Königin. Sie könne sich überall frei bewegen, unter Wasser ebenso wie an Land. Aus diesem Grund schien sie ihm so viel mächtiger.« Sie schluckte. »Mit ihr an der Spitze wäre es deutlich einfacher, gute Beziehungen zu den Landmenschen zu pflegen.«

»Er hat Euch also verlassen«, brachte Hartmut ihre Erklärungen auf den Punkt.

Sie nickte. »Ich hoffe, ich sehe ihn nie wieder. Vielleicht ist er mittlerweile an der Krebschensucht gestorben wie viele andere. Auch Lorettas Anhänger bleiben nicht davon verschont.«

»Das wäre möglich.« *Hoffentlich.* Denn Theodora schien keineswegs in der Lage, ihrer Halbschwester *und* ihrem ehemaligen Verlobten gegenüberzutreten.

Einige Herzschläge lang sagte keiner von ihnen ein Wort. Bis Hartmut bewusst wurde, wie nahe ihm die Königin war – und wie sehr er das genoss.

Behutsam löste er die Arme von ihr. »Wir sollten uns auf den Rückweg machen.«

»Erklär mir nur eines noch ...« Sie musterte ihn. »Warum bist du einen Tag zu spät zurückgekommen? Wir hatten dich genau zum Zeitpunkt des Angriffs erwartet.«

Hartmut strich sich über die Stirn. »Auch ich hatte offenbar Glück. Ich wollte Euch keinesfalls warten lassen, aber es war nicht so einfach, den Hüter der roten Kiefer von meiner guten Absicht zu überzeugen.«

Sie zog die Augenbrauen zusammen. »Ich war mir sicher, dass du aus Selbstlosigkeit handelst – da hätte er doch keine Schwierigkeiten machen dürfen?«

Er zuckte mit den Schultern. »Vielleicht wären ein paar mehr Informationen nützlich gewesen. Ich wusste ja nicht einmal, dass es diesen ... *Waldgeist* überhaupt gibt.«

»Das tut mir leid.« Kummervoll schüttelte sie den Kopf. »Aber der Hüter sieht jedem ins Herz. Nur wer aufrichtig und mit offenem Herzen vor die rote Kiefer tritt, ist ihrer Gaben würdig. Wer eine bestimmte Erwartung hegt, bleibt erfolglos. Deshalb wollte ich dir nicht mehr verraten, als du unbedingt wissen musstest.«

»Schon gut.« Er klopfte auf den Beutel. »Ich habe das Heilmittel, das ist das Einzige, worauf es ankommt. Und durch meine Verspätung bin ich Lorettas Angriff entgangen.«

Ihr besorgter Blick schweifte zu dem Muschelhalsband. »Brechen wir auf.«

»Je eher wir im Thronsaal sind, desto besser.« Trotz seiner Worte hielt Hartmut inne. Ein grauenhafter Gedanke durchzuckte ihn. »Könnt Ihr mir das Muschelband überhaupt abnehmen – ohne Gundorks Hilfe?« Mit einem Mal schien ihm das Hitzegefühl an seinem Hals unerträglich.

Zu seiner Überraschung stieg Theodora die Röte in die Wangen. »Ich habe bereits darüber nachgedacht. Es gibt einen Weg. Aber wir dürfen keine Zeit mehr verlieren.«

Erlösung

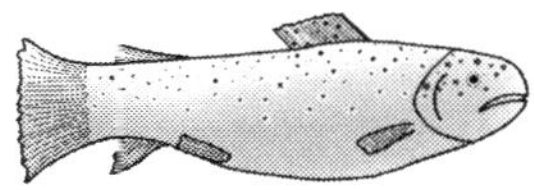

Zielsicher führte Ragna sie durch all die Seitenarme der Donau. Obwohl Hartmut immer wieder meinte, vor Müdigkeit und Hunger nicht mehr weiterschwimmen zu können, schaffte er es doch, das Tempo von Theodora und dem Ceppi zu halten. Es war wohl auch klüger, die nächtliche Dunkelheit zu nutzen, denn zumindest Lorettas Untergebene aus der Burg konnten in der Finsternis kaum etwas sehen. Dennoch bestand die Gefahr, dass sie selbst ihnen beim Tunnel nach Almira auflauerte.

Mit der Lichtwaffe. Hartmut schluckte. Sie mussten mit allem rechnen.

Als sie sich dem dunklen Loch näherten, hielt er das Ceppi zurück. Sie nutzten jede Deckung zwischen den Wasserpflanzen, um möglichst ungesehen zum Tunneleingang zu gelangen. Hartmuts Blick schweifte unablässig hin und her. Sofern Loretta sich nicht geschickt verbarg, würden ihre glühenden Augen ihre Anwesenheit verraten.

Aber so genau er sich auch umsah, die Halbschwester der Königin war nicht da. Er winkte Theodora und Ragna mit sich. Rasch huschten sie in den Tunnel mit den Tentakelwesen und schwammen hindurch. Am anderen Ende zeigte sich ebenso wenig eine Bedrohung.

Theodora stieß einen Seufzer der Erleichterung aus. »Ich hatte wirklich Angst, Loretta würde auf irgendeiner Seite des Durchgangs auf uns warten.«

»Nun ...« Hartmut war nach wie vor angespannt. »Die Gefahr ist keineswegs vorüber, denn sie kann uns genauso gut auf dem weiteren Weg auflauern.«

»Ich denke nicht.« Theodora biss sich auf die Unterlippe. »Immerhin will sie einen großen Angriff führen. Wenn ihr die Zeit zu schade war, hier auszuharren, ob ich zurückkehre, dann wird sie nicht das Risiko eingehen, uns zu verpassen. Denn sie weiß ja nicht, welchen Weg wir genau nehmen.« Sie schwamm weiter.

Auch wieder wahr. »Ihr denkt also, sie sammelt bereits ihre Gefolgsleute unter den Wassermenschen um sich?«

Die Königin nickte. »Es tut mir leid, dass ich das sagen muss«, ihr Blick schweifte über Hartmuts Gestalt, »aber der Mangel an Lichtstoff hat viele meiner Leute dazu getrieben, zu ihr überzulaufen. Es wusste ja niemand, dass ausgerechnet sie für dessen Fehlen verantwortlich ist.«

Er brauchte einen Moment, um die Bedeutung ihrer Worte zur Gänze zu begreifen. »War Loretta denn nach ihrem Weggang nochmals in Almira?«

»Nein, aber einige ihrer Anhänger.« Erbittert presste sie die Lippen aufeinander. Schließlich fuhr sie fort: »Sie haben es geschafft, weitere Unzufriedene um sich zu scharen. Für viele schien Lorettas Thronbesteigung die einzige Lösung für unsere Probleme. Und auch später haben sich nach und nach Leute heimlich davongemacht.«

»Wie groß ist ihre Anhängerschaft?«, fragte Hartmut. Die Ahnung, dass die Antwort ihm nicht gefallen würde, stieg in ihm auf.

»Um die 500.« Theodora strich sich über die Stirn. »Ungefähr die Hälfte aller Wassermenschen.«

Das klang nach einem schwierigen Kampf, zumal die Lichtwaffe enorme Angst hervorrufen würde. Hartmut sah nur eine Möglichkeit. »Wir müssen Loretta selbst, so rasch es geht, außer Gefecht setzen.«

Die Königin nickte grimmig.

Als sie das Gebiet der fleischfressenden Pflanzen erreichten, holte Theodora zwei Speere aus einem Versteck. »Für alle, die gezwungenermaßen ohne diese Waffen zurückkehren«, erklärte sie. Damit gelang es ihnen, diese Gefahr zu überwinden.

Schließlich lag die Ansiedelung vor ihnen. Schweigend und düster. Das goldene Licht der Bäume schien noch gedämpfter zu sein, als Hartmut es in Erinnerung hatte. Die Fäulnis breitete sich rasch aus. Mithilfe seiner glühenden Augen durchdrang Hartmut dennoch die Finsternis.

Am Eingang zum Palast harrten zwei Wachen aus. »Verehrte Königin!« Ehrfürchtig verneigten sie sich. Der Blick des einen schweifte umher, wohl auf der Suche nach dem Rest von Theodoras Begleitern. Da er niemanden ausmachen konnte, runzelte er die Stirn. »Braucht Ihr Hilfe?«

»Nein. Wie geht es Valentin?« Besorgnis klang aus der Stimme der Königin.

»Euer Bruder ist wohlauf.« Der Wassermann zögerte. »Den Umständen entsprechend.«

Diese Antwort schien die ärgste Anspannung von Theodora zu nehmen. »Wir bringen die Gaben der roten Kiefer.« Sie deutete auf Hartmut, der den Beutel dem Wächter übergab. »Weck die Heiler auf«, wies sie ihn an. »Sie sollen daraus den Trank bereiten. Und benachrichtige Eike. Ich erwarte ihn unverzüglich zu einer Besprechung. Außerdem benötigen wir eine Mahlzeit.«

»Natürlich.« Ihr Untergebener verneigte sich leicht und schwamm davon.

Theodora und Hartmut tauchten ab und im Thronsaal wieder auf, Ragna folgte ihnen. Das Ceppi erklomm sofort die Stufen, die Königin hingegen berührte erst die gelbe Sonnenalge, um sich in ihre zweibeinige Gestalt zu verwandeln.

Unwillkürlich hielt Hartmut den Atem an, als sie nackt vor ihm aus dem Wasser stieg. Bewundernd schweifte sein Blick über ihren bloßen Rücken, die Rundungen ihres Gesäßes und ihre schlanken Beine.

Sie schlüpfte in ein schlichtes Kleid, ehe sie einen Diener herbeiwinkte.

»Gib Hartmut ein Gewand.« Theodora deutete auf die Kittel, die am Kleiderständer hingen. Die Königin selbst schritt zum Thron, Ragna an ihrer Seite. Weder Müdigkeit noch Angst waren ihr mehr anzusehen.

Hartmut löste die Dunkelalge von seinem Handgelenk und reichte sie dem jungen Mann, ehe er die Sonnenalge berührte. Nun setzte auch bei ihm die Verwandlung ein, eigentümlicherweise wie beim letzten Mal im Thronsaal ohne Schmerzen. Lag das an der Alge oder der Örtlichkeit?

Rasch stieg er aus dem Wasser, der Diener half ihm beim Ankleiden.

Kaum hatte er den Gürtel über dem Kittel festgeknotet, trat ein muskulöser Kämpfer ein.

Theodora hatte sich auf dem Thron niedergelassen und winkte sie beide zu sich.

Der Wächter verneigte sich tief. Sorge zeigte sich in seinem Gesicht. »Meine Königin ...«

»Eike, ab sofort bist du der neue Befehlshaber der Wache«, begann sie ohne Umschweife das Gespräch. »Gundork ist tot.«

»Tot?« Der Wachmann erbleichte. »Wie ist das geschehen?«

»Loretta.« Die Königin holte tief Luft. »Mithilfe ihrer Waffe ist sie viel mächtiger, als wir es uns vorstellen konnten.« Sie schilderte den Verlauf des Kampfes, den Hartmut bereits kannte. »Gewiss steht der Angriff auf Almira in wenigen Tagen bevor. Es ist nötig, nicht nur unverzüglich sämtliche Maßnahmen zur Verteidigung in die Wege zu leiten, sondern auch, dass du unsere Leute auf Lorettas Waffe vorbereitest. Sie dürfen nicht überrascht werden.«

»Selbstverständlich. Nur ...« Der neue Kommandant zögerte.

»Wir brauchen eine Strategie, um diese Waffe unschädlich zu machen, wenn wir siegen wollen.«

»Das ist mir bewusst.« Theodora setzte sich gerade hin. »Wir werden darüber sprechen, nachdem du die Verteidigung organisiert hast.«

Eike warf Hartmut einen kurzen Blick zu. »Und das Ritual? Ich meine nur ... wegen des Halsbands ...«

»Dazu ist nun keine Zeit.« Ihre Wangen überzogen sich mit einem leichten Rotton. »Das Muschelband nehme ich alleine ab.«

»Ich verstehe.« Der Wachmann verneigte sich.

Täuschte Hartmut sich, oder war das ein amüsiertes Zucken um Eikes Mundwinkel? Was hatte es bloß mit diesem Halsband auf sich? Allmählich hatte er das Gefühl, es würde sich in seine Haut brennen. Mit Schaudern dachte er daran, dass die Krebse darin sich tatsächlich in seinen Körper fressen würden.

Die Königin winkte den neuen Kommandanten fort. Eine Dienerin betrat den Saal. Als Theodora sie bemerkte, bedeutete sie der jungen Frau, vor sie zu treten.

Diese folgte ihrer Aufforderung und verneigte sich tief. »Das Essen wäre bereit.«

»Gut.« Lächelnd wandte die Königin sich Hartmut zu. »Bestimmt bist du genauso ausgehungert wie ich.«

»Das schon. Aber das Muschelband ...« Er fasste sich an den Hals. Dieses Ding wollte er so bald wie möglich loswerden.

»Keine Sorge.« Sie nickte ihm aufmunternd zu. »Es ist noch genügend Zeit. Und mit vollem Bauch«, Theodora suchte offenbar nach den richtigen Worten, »könnte es angenehmer für dich sein.«

Ihr Gebaren um das Halsband schien Hartmut immer wunderlicher. Wollte sie etwa den entscheidenden Moment hinauszögern? Aber was blieb ihm anderes übrig, als sich zu fügen? »Nun gut. Dann essen wir eben zuerst.«

»Danach löse ich sofort das Band.« Sie stand auf.

Hartmut folgte ihr in ein Speisezimmer und Ragna trottete neben ihm her. Bestimmt war das Tier ebenfalls völlig erschöpft.

Auf einem langen Tisch verbreiteten Platten mit Muscheln und gebratenem Fisch einen aromatischen Duft. Hartmuts Bauch zog sich schmerzhaft zusammen.

Theodora wies auf einen Stuhl. »Bitte setz dich.« Sie selbst nahm ihm gegenüber Platz.

Die Dienerin füllte ihnen die Teller und goss Wasser in die Becher, ehe sie sich mit Ragna in eine Ecke das Raumes zurückzog, um das Tier dort zu füttern.

Hungrig griff Hartmut zu. Nachdem er sich in den letzten Tagen mit notdürftigen Mahlzeiten hatte begnügen müssen, schien ihm das Essen eine wahre Köstlichkeit zu sein. Aber das war es ohnehin. Der Fisch war so zart, dass das Fleisch im Mund fast zerging. Und erst die Soße dazu! Cremig, von dezenter Schärfe und mit würzigen Kräutern.

Als er das letzte Stück aufspießte, fiel ihm auf, dass Theodora ihn beobachtete. Während des Essens hatte sie geschwiegen und Hartmut hatte das darauf zurückgeführt, dass auch sie halb verhungert war. Aber nun, da er ihr seine Aufmerksamkeit schenkte, sah sie rasch zur Seite.

»Werdet Ihr mir gleich nach dem Essen das Halsband abnehmen?« Er steckte sich den letzten Bissen in den Mund.

Sie blickte ihn wieder an, ein verlegenes Lächeln auf den Lippen. »Ja. Es wird Zeit.« Irgendetwas schien sie über die Maßen zu beschäftigen. *Etwas, das mit dem Muschelband zu tun hat.* Nachdem Hartmut sich die Hände in einem Tüchlein abgewischt hatte, stand Theodora auf. »Wir müssen zurück in den Thronsaal.«

Er folgte ihr. Die Königin verwies sämtliche Diener des Saales, woraufhin Hartmuts Anspannung stieg. Was hatte die Herrscherin von Almira vor, dass sie keine Zeugen wollte?

»Komm.« Sie schritt an die Stelle unter der magischen

Kuppel. Dort zierten die Symbole der Mondphasen im Kreis angeordnet den Steinboden. Theodora trat in deren Mitte und bedeutete Hartmut, es ihr gleichzutun.

Unsicher folgte er dieser Aufforderung. Das Jucken und die Hitze an seinem Hals schienen ihm mittlerweile unerträglich. Spürten die Krebse, dass sie Gefahr liefen, ihr Ziel nicht zu erreichen?

Theodora lächelte, doch er erkannte in ihren Augen eine Scheu, die ihn zusätzlich verwirrte. »Das Muschelband.« Sie wies auf seinen Hals. »Der Verschluss öffnet sich, wenn die Energie des Herrschenden sich mit der des Kämpfenden, also des Befehlshabers der Wache, vereint. Dies geschieht, indem sie sowohl den Träger des Bandes als auch einander an den Händen fassen und im selben Rhythmus atmen. Es gibt aber noch eine andere Möglichkeit: wenn Mann und Frau ... einander ganz nahe sind.« Sie sah ihm in die Augen. »Ich als Königin und du. Es gelingt auch, wenn wir uns umarmen ... und die bloße Haut des anderen fühlen.«

Gebannt blickte Hartmut sie an. Hatte sie ihm gerade erklärt, dass sie sich nackt an ihn schmiegen würde? *Dass wir beide ...* Sein Atem ging schneller. »Was ...« Er musste sich räuspern. »Was wollt Ihr damit sagen?« Innerlich verfluchte er sich für seine plötzlich raue Stimme.

»Du kannst mir vertrauen.« Sie befeuchtete sich die Lippen. »Ich werde nichts tun, was du nicht möchtest. Es geht nur darum, uns so nahe wie möglich zu sein.« Ohne eine weitere Erklärung knotete sie Hartmuts Gürtel auf.

Das kann sie nicht ernst meinen! Doch seine Überraschung wich binnen weniger Herzschläge der Erregung. Er begehrte Theodora, mehr als er es sich je hatte eingestehen wollen.

Bereitwillig ließ er sich von der Königin aus dem Kittel helfen, um dann sie auszuziehen.

Jegliche Kleidung landete auf dem Boden. Theodoras rote Locken verhüllten da und dort ihren Körper, an anderer Stelle jedoch betonten sie ihre Weiblichkeit. Volle Brüste boten sich Hartmuts Blicken dar. Eine schlanke Taille und zart gerundete Hüften. Schöner hätte er sich eine Frau nicht vorstellen können. Etwas, was sein eigener Körper unverkennbar bezeugte.

Sie hingegen vermied, den Blick unter seine Schulterlinie zu senken. Statt Hartmut zu betrachten, trat sie nahe an ihn heran und legte die Arme um seinen Hals. »Tu es mir gleich.«

Er zog sie dicht an sich. Lust durchfuhr ihn. Am liebsten hätte er Theodora eng an sich gepresst, aber er unterließ es. Die Führung lag bei ihr und er spürte, dass er nun nicht nur endgültig ihre Zuneigung gewinnen, sondern sie auch verlieren konnte.

»Wichtig ist, dass wir im selben Rhythmus atmen«, fuhr sie fort. »Als wären wir eins. Dann werden unsere Herzschläge sich einander angleichen. Dadurch öffnet sich der Verschluss für das Halsband.«

»Das sagt Ihr so leicht.« Hartmuts Atem ging in kurzen Abständen. Er hielt es kaum aus, Theodora so nahe zu sein, ohne über ihre zarte Haut zu streicheln, ohne sie zu küssen ...

»Es wird dir gelingen.« Sie lehnte sich mit dem Kopf an seine Schulter.

Die Pein, die das Halsband verursachte, half ihm, seine Leidenschaft niederzukämpfen. Dennoch kostete es ihn Mühe, sich auf die Atemzüge der Königin zu konzentrieren. *Einatmen. Ausatmen.* Er biss die Zähne zusammen. Um mehr als Atmen ging es nicht, machte er sich bewusst. *Einatmen. Ausatmen.* Aber Theodoras Herzschlag an seiner Brust zu fühlen, die Wärme ihres Körpers ... Kaum waren seine Gedanken abgeschweift, holte er wieder viel schneller Luft. Erbittert rief er sich zur Ordnung.

Ihm schien, dass eine halbe Ewigkeit verstrich, in der unablässig Hitze durch seine Adern flutete, obwohl ihn das Jucken am Hals plagte. Gleichzeitig fühlte er eine zunehmende Verbundenheit mit Theodora.

Die Frau, die er in den Armen hielt, war nicht länger nur die Königin, sondern eine Vertraute. Jemand, für den er sein Leben aufs Spiel gesetzt hatte, und die ihrerseits bereit war, ihm bedingungslos zu helfen.

Diese echte Nähe, die weit über das Körperliche hinausging, half Hartmut schließlich, sich ihrem Rhythmus anzupassen. Sie atmeten gleichmäßig ein und aus. Bis plötzlich ein Klicken ertönte. Gleich darauf ein Klirren, als das Halsband auf den Steinboden fiel. Zu Hartmuts Erstaunen blieben die Muscheln heil.

»Das war schon alles.« Aus Theodoras Stimme klang ein Lächeln.

Erleichterung durchflutete ihn. Wie frei fühlte sein Hals sich nun an! Von einem Moment zum anderen war jegliche Qual verschwunden. Doch seinem Aufatmen folgte neuerliche Anspannung, die durch seinen Körper rieselte. Was würde Theodora nun tun? Würde sie sich einfach von ihm losmachen und in ihr Kleid schlüpfen, als wäre nichts geschehen? Als wären sie einander niemals so nahe gewesen? Würde sie sich wieder in die unerreichbare Königin verwandeln?

Sie strich über seinen Rücken.

Hartmut stöhnte auf. »Ihr …« Er neigte sich zu Theodora. Sein Blick verschmolz mit dem ihren, und er las das gleiche Verlangen darin, das er selbst empfand.

Dennoch streifte er nur zart mit den Lippen die Stelle unter ihrem Ohr. »Ich wünschte …«

Theodora zog seinen Kopf zu sich und küsste ihn.

Ein Glücksgefühl durchströmte Hartmut. Bereitwillig öffnete sie ihre Lippen, sodass er seine Zunge in ihren Mund gleiten ließ. Theodora zu schmecken, schürte sein Verlangen.

Sie strich über die Muskelstränge an seinem Rücken bis zu seinem Gesäß.

Leidenschaft überrollte Hartmut und wischte jegliche Bedenken beiseite. Ein Keuchen entrang sich seiner Kehle. Er wollte *alles* von Theodora spüren, jedes Fleckchen ihrer Haut. Er wollte sie berühren, sie streicheln, sie küssen ...

Nur gab es in diesem verdammten Thronsaal kein Bett!

Als hätte sie seine Ungeduld gespürt, griff sie nach seiner Hand. »Komm ...« Sie führte ihn durch den Saal. An einer Seite zog sie einen Vorhang aus unzähligen winzigen Muscheln beiseite. Dahinter erstreckte sich ein kleiner Raum, dessen einziger Zweck darin zu bestehen schien, dass er eine bequeme Lagerstatt enthielt. Decken und Polster in verschiedenen Lila-Tönen schufen eine entspannte Atmosphäre.

»Mein Ruheraum«, erklärte Theodora. »Hierher komme ich, um nachzudenken.« Sie zog den Vorhang wieder vor, der einen undurchdringlichen Sichtschutz bot. »Sogar die Ceppis akzeptieren, dass ich hier allein sein möchte.«

»Das ... seid Ihr nun aber nicht.« Hartmut konnte den Blick nicht von ihr wenden.

»Was ich sehr genieße.« Sie schlang die Arme um seinen Hals und küsste ihn erneut.

Wieder erfasste ihn das Gefühl unbändigen Glückes. Er ließ seine Hände durch ihre langen Haare gleiten. Mit der einen umfasste er ihre linke Brust und kreiste mit seinem Daumen um die harte Knospe.

Theodora stöhnte. »Willst du denn nicht endlich ...?« Sie setzte sich auf die Lagerstatt.

Doch er zögerte. Bei all den Liebschaften, die er bisher eingegangen war, hatte er das Zusammensein sorglos genossen. Nun allerdings machte er sich zum ersten Mal Gedanken darüber, welche Folgen für sie beide aus einem Kind entstehen würden. Immerhin gab es keinerlei Vereinbarung zwischen ihnen. »Was, wenn Ihr schwanger werdet?«

Sie lächelte beruhigend. »Das ist derzeit gar nicht möglich. Nur zu Neumond.« Theodora griff nach seiner Hand.

Endlich ließ er sich neben ihr nieder. Sein Verlangen wuchs weiter an, aber er hielt sich zurück.

Es war *ihre* Leidenschaft, die er zu einer Flamme auflodern lassen wollte. Hartmut bedeckte Theodoras Hals mit Küssen, während er über ihre Brüste strich. »Ihr seid so wunderschön ...«

Sie ließ die Hände über seine Schenkel gleiten – bis zu seinem Schritt. Als sie sein erregtes Glied umfasste, schnappte er nach Luft. Behutsam bewegte sie ihre Hand auf und ab.

»Theodora ... Ihr ...« Er keuchte nur noch. Ein paar Atemzüge hielt er durch, bis seine Lust unerbittlich auf Erfüllung drängte. Ungestüm drückte er Theodora auf das Lager.

Hartmut streichelte über ihren flachen Bauch, ihre Hüften und die empfindsamste Stelle ihres Körpers. Er spürte Feuchtigkeit, was ihm endgültig zeigte, wie sehr sie ihn begehrte.

Ein Zittern durchlief sie und sie sah ihn erwartungsvoll an.

Langsam drang er in sie ein. Lust durchflutete ihn und ließ ihn stöhnen.

Sie umklammerte seine Arme und sah ihm in die Augen.

Diesen Anblick genoss er ebenso wie die Laute der Leidenschaft, die über ihre Lippen kamen. Aufreizend vorsichtig bewegte er sich in ihr. Und jeder Stoß entlockte ihr ein sehnsuchtsvolles Seufzen.

Als er sicher war, dass sein Verlangen ihn nicht unkontrolliert mit sich reißen würde, steigerte er das Tempo.

Theodora legte den Kopf in den Nacken. Aus ihren halb geöffneten Lippen entrang sich ein Keuchen.

Er stieß fester und ihr Atem ging schneller. Bis sie die Finger in seine Arme krallte. Hartmut fühlte, dass sie noch feuchter wurde, als sie verging. Beim nächsten Stoß hielt er nicht länger an sich, sondern überließ sich seiner Leidenschaft. Er stöhnte laut auf, als er sich in sie ergoss.

Schwer atmend kam er schließlich zur Ruhe und rollte sich von Theodora herunter.

Noch nie war ihm so viel daran gelegen, mit einer Frau zu schlafen. Und es tatsächlich zu tun, war weit lustvoller gewesen, als er es sich vorgestellt hatte.

Sie schmiegte sich an ihn. »Ich wünschte, dieser Moment würde ewig dauern.«

»Hat es Euch so sehr gefallen?« Hartmut lächelte.

»Das hat es.« Theodora stützte sich auf den Ellbogen, um ihm in die Augen zu sehen. »Aber das allein ist es nicht.« Sie senkte den Blick auf seine Brust und zeichnete mit ihren Fingern die Konturen seiner Muskeln nach. »Du gibst mir etwas, nach dem ich mich schon lange gesehnt habe.« Nun sah sie ihn wieder an. »Geborgenheit.«

Da war erneut dieses Glücksgefühl, das sich in Hartmut ausbreitete. War das Liebe? Er streichelte ihre Schulter. »Mit Euch zusammen zu sein bedeutet mir mehr, als ich je in Worte fassen könnte.«

Sie küsste ihn sanft. »Dann werde mein Gemahl.«

Überrascht blinzelte Hartmut. Meinte sie das ernst? Ein Ausdruck von Unsicherheit lag in ihrem Blick. Über ihre eigene Frage? Oder weil sie nicht wusste, was er antworten würde? Und was wollte er selbst darauf sagen?

»Thea!«

Die laute Frauenstimme ließ sie beide hochfahren.

»Thea? Man sagte mir doch ...«

»Meine Mutter.« Theodora stieß einen leisen Seufzer aus.

Die Kräuterfrau!, durchzuckte es Hartmut. Allerdings war ihm nun keineswegs nach Rache zumute. Vielmehr wurde ihm bewusst, dass seine und Theodoras Kleider ein gutes Stück entfernt im Thronsaal lagen. Und dass keiner von ihnen die Möglichkeit hatte, sie ungesehen zu holen.

Zusammentreffen

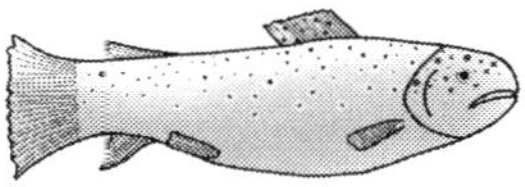

»Könnte sein, dass ihr das braucht.« Eine Hand teilte den Muschelvorhang und reichte Hartmuts und Theodoras Kleider herein. Die Heiterkeit in der Stimme der Königinmutter war unverkennbar. »Mir wäre es auf jeden Fall lieber, euch angezogen zu begrüßen.«

Hartmuts Gesicht glühte, als er nach dem Kittel griff.

»Wir sind gleich so weit«, antwortete Theodora, woraufhin die Hand auf die andere Seite des Vorhangs verschwand.

Rasch streifte er das Kleidungsstück über und knotete den Gürtel fest. Immer noch eine lächerliche Aufmachung, um der Mutter der Königin gegenüberzutreten, aber Theodora erging es nicht besser. Ihre Wangen hatten einen auffallenden Rotton angenommen, der gar nicht mehr verblassen wollte. Zumindest war ihnen erspart geblieben, dass ihre Mutter sie beim Liebesspiel ertappt hatte. Wobei ... Unbehaglich strich Hartmut sich die nassen Haare über die Schultern. Vielleicht hatte sie tatsächlich gehört, was ihre Tochter und er hier taten, und nur auf die nachfolgende Stille gewartet, ehe sie sich bemerkbar gemacht hatte. Ein grauenhafter Gedanke! Rasch verdrängte Hartmut ihn.

Theodora warf ihm einen Blick zu. »Bist du fertig?«

Er nickte.

Sie zog den Vorhang beiseite und trat in den Thronsaal, er folgte ihr.

»Thea, Schätzchen!« Mit ausgebreiteten Armen kam die

kleine Frau auf sie zu und drückte sie fest an sich. »Was für ein Glück, dass du wohlbehalten wieder hier bist.«

»Das war kein Glück.« Theodora machte sich von ihr los. »Ich hatte Hilfe.« Sie wies auf Hartmut und Ragna, die freudig herbeieilte. »Abgesehen davon ...« Ihre Miene verdüsterte sich. »Wir sind zu sechst aufgebrochen, aber nur zu dritt zurückgekommen. Auch Gundork ist tot.«

»Das habe ich bereits erfahren.« Ihre Mutter biss sich auf die Unterlippe. »Erneut haben wir schwere Verluste erlitten. Dennoch ist das Wichtigste, dass es dir gut geht.«

Hartmut hatte Mühe, in der Königinmutter die Kräuterfrau zu erkennen, zu viel Zeit war seit ihrer letzten Begegnung verstrichen. Ihr hellbraunes Haar war nun von grauen Strähnen durchzogen und die Fältchen in ihrem Gesicht hatten sich vertieft. Aber als ihr Blick sich auf ihn richtete, fühlte er sich in den Burghof zurückversetzt.

»Ich bin Beatrix«, stellte sie sich vor. »Und du bist Hartmut, nicht wahr?«

»Ja.« Er verneigte sich leicht.

Sie hob die Augenbrauen. »Du hast also doch den Weg nach Almira gefunden.« Die Königinmutter musterte ihn von oben bis unten.

Peinlich berührt senkte er den Blick. »Ihr hattet recht, mein Blutserbe hat mich geleitet. Schon in meiner ersten Nacht als Wassermann habe ich den Tunnel mit den Tentakelwesen entdeckt. Aber was danach kam ...«

»Man hat mir schon alles über dich erzählt.«

Ihm wurde bewusst, dass sie seine Anwesenheit als doppelt dreist empfinden musste. Nicht nur, dass er auf Lorettas Geheiß hin die Muscheln an sich genommen hatte – er hatte mit Theodora das Bett geteilt. Was konnte er sagen, um ihre Mutter nicht völlig gegen sich aufzubringen? »Es tut mir leid.« Er zwang sich, ihr in die Augen zu sehen. »Alles. Ich hatte keine Ahnung, was ich in Almira anrichte und ich möchte mich auch bei Euch entschuldigen. Ich habe mich Euch gegenüber unmöglich benommen.« Ihre Mundwinkel zuckten. Amüsierte sie etwa, was er sagte? Verwirrt rang er um Luft. »Mein Verhalten im Burghof, meine ich.«

»Du warst schrecklich anmaßend, und nicht nur mir gegenüber.« Trotz ihrer Worte breitete sich ein Lächeln auf ihrem Gesicht aus. »Aber du bereust und ich lasse das gelten. Vor allem hast du das Heilmittel gegen die Krebschensucht beschafft. Das zeigt mir, du bist tatsächlich ein anderer geworden. Abgesehen davon, dass meine älteste Tochter ihre Zuneigung nur wohlbedacht vergibt.«

Er war erleichtert, dass sie ihm nicht länger zürnte. Aber was sollte er darauf sagen?

»Seit wann bist du wieder hier, Mutter?«, warf Theodora ein. Wollte sie verhindern, dass das Gespräch sie beide noch weiter in Verlegenheit brachte?

»Ich bin gestern zurückgekommen. Und als ich erfahren habe, dass du dich selbst auf den Weg gemacht hast, in Begleitung eines Fremden«, ihr Blick schweifte neuerlich zu Hartmut, »war ich in allergrößter Sorge.«

»Es war weit gefährlicher, als ich erwartet hatte«, gab Theodora zu.

»Das einzig Gute daran«, mischte Hartmut sich ein, »ist, dass wir nun wissen, wie Lorettas Lichtwaffe unter Wasser wirkt.«

»Lichtwaffe?« Beatrix runzelte die Stirn. »Auch darüber hat man mir bereits manches erzählt. Ich kann mir allerdings kaum vorstellen, was das für ein Ding ist. Offenbar hat Loretta in den alten Schriften Hinweise darauf gefunden. Bedauerlicherweise hat sie diese Manuskripte entwendet, sodass niemand genau weiß, worum es sich handelt.«

»Das ist auch nicht so einfach erklärt ...«, hob er an.

Sie winkte ab. »Setzen wir uns ins Speisezimmer. Bei einem Becher Tee lässt sich alles besser besprechen.«

Während Hartmut und Theodora über Lorettas Machenschaften berichteten, wurde der Blick der Königinmutter immer trauriger. »Ich hätte nie gedacht, dass es jemals so weit kommt.« Gedankenverloren nippte sie an ihrem Tee. »Ich hatte gehofft, wenn schon meine Liebe zu Lorettas Vater keine Zukunft hat, dass sie selbst dazu beitragen würde, unsere Beziehungen zu den Landmenschen zu vertiefen und unserem Reich zu einer neuen Blütezeit zu verhelfen.«

Auch Hartmut nahm einen Schluck aus seinem Becher. Das Gebräu schmeckte herb, doch es klärte seine müden Sinne. »Warum ist Loretta überhaupt auf den Gedanken gekommen, sie hätte Anspruch auf den Thron?«

»Das muss an ihren übersteigerten Machtvorstellungen liegen«, antwortete Beatrix. »Wahrscheinlich hat sie das von ihrem Vater. Loretta ist meine Zweitgeborene. Die Königswürde geht jedoch immer auf das erstgeborene Kind über. Das konnte sie nicht akzeptieren.«

»Sie hält sich für jemand Besseres.« Theodora seufzte. »Und leider ist es ihr gelungen, auch andere davon zu überzeugen.«

Düster erinnerte Hartmut sich an die Erklärungen über ihren Verlobten.

Die Königinmutter stellte den Becher ab. »Gegen unser eigenes Fleisch und Blut zu kämpfen, ist das Schlimmste, das ich mir vorstellen kann.«

»Es tut mir leid, dass Euch nichts anderes übrig bleibt.« Er trank einen Schluck.

»Dafür wirst du wenigstens deinen Fluch los.« Sie versuchte ein Lächeln.

Ihre Worte verwirrten Hartmut – bis ihm klar wurde, dass sie natürlich annahm, Theodora und er würden heiraten, nachdem sie sich bereits der Leidenschaft ergeben hatten. Aber wollte die Königin das wirklich? Oder war ihre Frage, ob er ihr

Gemahl werden wolle, nur so dahingesagt gewesen? »Das ...« Wieder wusste er nicht, was er sagen sollte.

»Meinen Segen habt ihr.« Nun lächelte Beatrix tatsächlich.

Valentin stürzte in den Raum. »Thea! Mutter! Es hilft bereits!« Er zog den hohen Kragen seines Kittels zur Seite. Die Haut am Hals sah nach wie vor entsetzlich wund aus, doch Hartmut schien, dass die Schuppen darauf weniger geworden waren. »Das verdanke ich dir.« Ein Leuchten lag in Valentins Augen, als er zu ihm sah. »Hab meinen allergrößten Dank. Ich wusste, auf dich ist Verlass.« Er verneigte sich.

Tränen traten in Beatrix' Augen. Sie stand auf und schloss ihren Sohn in die Arme. »Mein lieber Junge. Meine Erleichterung ist unendlich und meine Dankbarkeit ebenso.« Ihr Blick suchte den von Hartmut, und er las darin, dass ihre Worte aufrichtig waren.

Auch in Theodoras Augen schimmerten Tränen, als sie ihre Hand auf die seine legte. »Gewiss freut sich ganz Almira. Morgen werden die Heiler den Trank an alle ausgeben, die ihn benötigen. Und ich selbst kann gar nicht hoch genug schätzen, dass du den Weg zur roten Kiefer auf dich genommen hast.«

Ich hätte auch mein Todesurteil akzeptieren können. Aber diesen bitteren Gedanken behielt Hartmut lieber für sich. Das Schicksal hatte ihm die Gelegenheit geboten, sich aus seiner Gefangenschaft zu befreien – und er hatte sie ergriffen. Allerdings hatte er damit noch keineswegs sein Leben gerettet. Nicht nur, dass Theodora sein Todesurteil offiziell noch gar nicht aufgehoben hatte, nun galt es, Loretta zu besiegen. Andernfalls würde sie ihn umbringen.

Schlachtplan

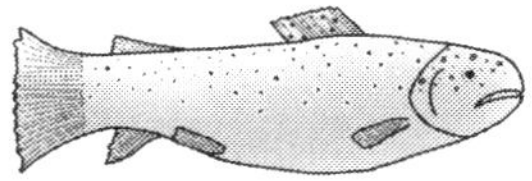

2. November 1064, abnehmender Mond

Hartmut tippte auf das Pergament auf dem Tisch. »Mit dieser Taktik könnte es uns gelingen, den Kampf mit möglichst wenigen Verlusten zu beenden, und es wäre nicht nötig, Loretta zu töten.«

»Sie wäre fortan eine Gefangene«, spann Theodora seine Überlegung weiter, »und würde für immer unter Arrest stehen.« Es schien ihr zu gefallen, dass ihre Halbschwester am Leben bleiben konnte. Bislang wusste niemand, wann die Abtrünnigen angreifen würden, aber zweifellos würde dies in Kürze der Fall sein.

»Ein guter Plan.« Eike nickte Hartmut anerkennend zu. »Vorausgesetzt natürlich, Loretta verhält sich während der Schlacht so, wie wir es erwarten.«

»Ich kann mir nicht vorstellen, dass sie anders handelt«, sagte Theodora. »Sie ist zu feige, um sich unter ihre Leute zu mischen. Außerdem braucht sie den Überblick über das Geschehen und den hat sie nur, wenn sie ein wenig Abstand hält.« Sie betrachtete weiter die Landkarte von Almira.

Valentin verschränkte die Arme vor der Brust. »Allerdings wird sie Leibwächter um sich haben. Du wirst also einige Leute brauchen, die dich begleiten, Hartmut. Sonst kommst du unmöglich an Loretta heran.«

»Das ist mein einziges Bedenken.« Er rieb sich den Nacken.

»Wer will sich denn meinem Kommando unterstellen?«

»Ich.« Der junge Mann schob entschlossen den Unterkiefer vor.

Ruckartig blickte Theodora auf.

»Ich trage den Beutel mit unserer ... *Geheimwaffe*«, fuhr Valentin fort.

Die Königin schüttelte den Kopf. »Auf keinen Fall. Du bist nicht nur geschwächt, du hast keinerlei Kampferfahrung.«

»Dafür ist ja Hartmut bei mir«, beharrte ihr Bruder. »Außerdem, wenn alles glatt läuft, muss ich niemanden niederstechen. Und abgesehen davon, dass mir ganz sicher keine Bedenken kommen, gegen unsere Halbschwester vorzugehen, werden sich mir bestimmt noch mehr Männer anschließen.«

Stille senkte sich über den Tisch.

Zweifelnd musterte Hartmut den Jüngling ihm gegenüber. Wäre es erfolgversprechend, wenn Valentin diese Aufgabe übernahm? Oder wäre das schlichtweg leichtsinnig?

»Ihr wart im Speerkampf immer ein Vorbild ...«, brach Eike das Schweigen. »Auch wenn Ihr Euch bisher nie auf Leben und Tod bewähren musstet, bin ich überzeugt davon, dass Ihr Euer Können umsetzt. Zumal noch ein paar Tage Zeit sind, um Euch vorzubereiten.«

Valentin nickte. »So wie alle anderen werde ich bei den Unterweisungen dabei sein.«

Theodora schnaubte. »Dann bin ich also überstimmt?« Sie sah zu Hartmut.

Er zögerte.

Doch schließlich sagte er: »Ich verstehe Eure Sorge um Euren Bruder, aber er bringt die nötige Entschlossenheit mit. Und da Eike keine Einwände hat, wäre Valentin für mein Vorhaben eine wertvolle Unterstützung.«

Sie atmete tief durch, ehe sie sich dem jungen Mann zuwandte. »Dann sei es so. Unter der Bedingung, dass du dich strikt an Hartmuts Anweisungen hältst.«

»Selbstverständlich. Ich möchte wohlbehalten mit dir unseren Sieg feiern.«

»Gut.« Theodora blickte von einem zum anderen. »Dann sind wir uns über das weitere Vorgehen einig.«

»Gleich nach unserer Unterredung beginnen wir mit den Waffenübungen«, fügte Eike hinzu. »Wir werden uns bestmöglich auf den Angriff vorbereiten.«

»Hoffen wir, dass das genügt.« Sie seufzte. »Und dass dann endlich Frieden einkehrt. Geht nun.« Sie winkte den Kommandanten und ihren Bruder fort. »Hartmut, ich möchte noch mit dir allein sprechen.«

Abwartend musterte er die Königin. Was konnte sie auf dem Herzen haben, das sie nicht vor allen anderen sagen wollte?

Sie schwieg, bis sich die Tür hinter den beiden Männern schloss. Dann lächelte sie. »Danke für deine Unterstützung und für deine Sorge um unser aller Wohlergehen. Ich bin davon ausgegangen, dass es keine andere Möglichkeit gibt, als Loretta zu töten. Nötigenfalls würde ich das über mich bringen, aber es hätte schwer auf mir gelastet.«

»Ich weiß.« Er trat nahe an sie heran. »Umso glücklicher bin ich, Euch dieses Leid zu ersparen.«

»Versprich mir nur eines.« Theodora sah ihm in die Augen. »Bitte, halte dich und Valentin von unnötigen Risiken fern. Ich könnte es nicht ertragen, einen von euch zu verlieren.« Sie legte die Arme um seinen Hals.

»Wie ich Euch schon einmal gesagt habe: Ihr könnt Euch auf mich verlassen. Ich passe auf Euren Bruder ebenso gut auf wie auf mich selbst.« Er umfing ihre Taille. »Denn ich sehne mich nach nichts mehr, als zu Euch zurückzukehren.«

Sie öffnete leicht den Mund und er küsste sie. Wohlige Wärme durchströmte sein Herz. Diese Nähe barg das wahre Glück für ihn. Eines, von dem er nie gedacht hatte, dass er es je finden könnte.

Ein Klopfen an der Tür setzte dem Hochgefühl ein jähes Ende. »Verehrte Königin!«, drang die Stimme eines Wachmannes durch das Holz. »Es gibt dringliche Neuigkeiten.«

Widerstrebend löste Theodora sich von Hartmut. »Komm herein.«

Der Wächter trat ein und verneigte sich vor ihr. »Einige unserer Späher sind zurückgekehrt. Lorettas Anhänger sind bereits auf dem Weg hierher. Offenbar haben sie nicht in ihrem Versteck auf ihr Eintreffen gewartet, sondern hatten einen Zeitpunkt für den Aufbruch vereinbart.«

Die Königin atmete hörbar aus. »Wie weit sind sie noch entfernt?«

»Unsere Leute haben sich alles abverlangt, um uns so früh wie möglich zu warnen. Aber die Angreifer könnten morgen bereits hier sein.«

Theodora war blass geworden. »Danke für deinen Bericht.« Sie entließ den Wächter mit einem Wink.

Nachdem ihr Untergebener den Raum verlassen hatte, wandte sie sich wieder Hartmut zu. »Uns bleibt zu wenig Zeit.« Ratlos schüttelte sie den Kopf.

Er fasste sie an den Händen. »Wir sind vorbereitet. Und Eike hat noch weitere Späher ausgeschickt. Sie werden Alarm schlagen, sobald die Abtrünnigen sich nähern.«

»Trotzdem.« Sie biss sich auf die Unterlippe. »Die meisten meiner Leute sind keine Krieger.«

»Das gilt aber auch für die anderen, oder?«

»Ja. Allerdings haben sie sich bestimmt auf den Angriff vorbereitet. Und sie wissen genau, wann sie zuschlagen.« Sie sah zur Seite. Als sie sich ihm wieder zuwandte, lag Traurigkeit in ihrem Blick. »Ich wünschte nur, es würde gar nicht zu einem Kampf kommen.«

Sanft drückte er ihre Hände. »Das geht mir genauso. Dennoch müssen wir uns dem Unausweichlichen stellen. Wenn Ihr erlaubt, begebe ich mich nun auf den Hauptplatz, um mich an den Waffenübungen zu beteiligen und um Unterstützer für mein Vorhaben zu finden.«

Theodora nickte und machte sich von ihm los. »Tu das. Sag Eike, wie die Lage steht. Er soll mir so bald wie möglich berichten, wie er mit den Vorbereitungen vorankommt. Wenn wir Glück haben, wartet Loretta den Halbmond übermorgen ab. Sie könnte es als Zeichen sehen, das die Entscheidung bringt.«

Das Herz tat ihm weh, sie im Besprechungszimmer allein zurückzulassen, aber ihm blieb nichts anderes übrig, wenn er Erfolg haben wollte. Hartmut deutete eine Verneigung an, ehe er den Raum verließ. Mir raschen Schritten durchquerte er den Thronsaal. Am Kleiderständer bei den Stufen zog er sich den Kittel über den Kopf und hängte ihn auf. Zielstrebig stieg er ins Wasser. Extra für ihn war zwischen den gelben Algen die Dunkelalge gepflanzt worden. Eine Berührung, und die Verwandlung setzte ein. In seiner Gestalt als Wassermann tauchte Hartmut durch den Kanal ins Freie.

Der Halbmond ..., grübelte er über Theodoras Worte nach. Es würde zu Loretta passen, dass sie diesen Zeitpunkt des Übergangs für den Angriff wählte. Der Mond befand sich im Abnehmen. Hoffentlich bedeutete dies nicht, dass die Dunkelheit sie alle verschlang.

Auf dem Hauptplatz hatte sich bereits ein Gutteil des Wasservolkes versammelt. Wächter gaben Speere aus und teilten die Männer in verschiedene Gruppen ein. Manche der Leute begannen schon mit Übungskämpfen. Hartmut schwamm zu Eike, der mit einigen Kämpfern sprach.

Dennoch empfing der Kommandant ihn mit einem freundlichen Nicken. »Früher als ich erwartet hatte.«

»Es gibt leider schlechte Neuigkeiten.« In knappen Sätzen wiederholte Hartmut den Bericht des Wachmannes und was Theodora ihm aufgetragen hatte.

Eike verzog das Gesicht. »Wir müssen unsere Bemühungen verdoppeln, das ist nicht zu ändern. Sobald ich hier alles organisiert habe, gebe ich der Königin Meldung. Du kannst bei den Gruppen, die wir schon zusammengestellt haben, fragen, wer dir bei deinem Plan helfen möchte. Je eher wir das geklärt haben, desto besser.« Er wandte sich wieder seinen Untergebenen zu.

Hartmut schwamm zu den Leuten, bei denen sich Valentin befand.

»Gut, dass du da bist.« Der Bruder der Königin lächelte. »Ich habe schon Mitstreiter für uns gefunden.« Er wies auf drei Wassermänner, die Hartmut neugierig musterten.

»Ich helfe euch gerne«, sagte der Kräftigste von ihnen. »Denn mit dem Heiltrank geht es meiner Tochter endlich besser.«

»Wie meinem Vater«, ergänzte ein anderer.

»Und meiner Frau«, sagte der Dritte.

Überwältigt, dass diese Männer bereit waren, ihm zu folgen, neigte Hartmut leicht den Kopf. »Habt Dank für euer Vertrauen.« Er blickte sie der Reihe nach an. »Dann lasst uns besprechen, wie wir am besten vorgehen, um Loretta gefangen zu nehmen.«

Angriff

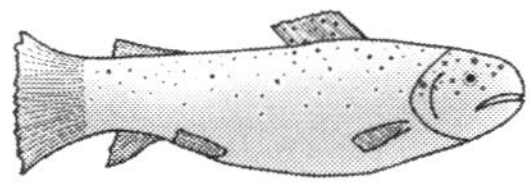

4. November 1064, Halbmond

Blut färbte das Wasser rot. Schmerzensschreie erklangen von allen Seiten. Gebrüll, das die nächste Attacke begleitete.

Hartmut hatte gedacht, er würde nie auf einem Schlachtfeld stehen – stattdessen schwamm er nun in einem. Es war ein grausiger Kampf, ein Ringen Mann gegen Mann. Freund und Feind konnten sie nur an dem Band erkennen, das sich Lorettas Anhänger um den Oberarm geschlungen hatten. Mit Speeren gingen sie auf Theodoras Leute los. Ein unerbittliches Stechen und Aufspießen.

Als wäre das nicht schon schlimm genug, zuckten immer wieder Blitze durchs Wasser. Die Strahlen wurden an den Bäumen oder am bloßen Untergrund reflektiert. Da die Kämpfenden mit ihren Gegnern beschäftigt waren, gelang es ihnen oftmals nicht, auszuweichen. Ein Verteidiger schrie auf, als der Lichtstrahl ihn traf. Gleich darauf entglitt der Speer seinen Händen. Ungehindert stieß sein Widersacher ihm seine Waffe ins Herz.

Loretta hatte tatsächlich auf den Tag des Halbmondes gewartet, um den Angriff zu befehlen. Es war ihr gewiss als günstiges Zeichen erschienen.

Wie Hartmut vermutet hatte, hielt sie sich mit gebührendem Abstand hinter ihren Leuten auf.

Auf ihrem Kopf thronte ein goldenes Diadem, wohl um

ihren Herrschaftsanspruch zu betonen. Drei Kämpfer umringten sie.

Hätte er nicht gewusst, dass es sich um die Halbschwester des Fürsten handelte, er hätte sie nicht erkannt. Durch die Verwandlung hatte ihre Haut einen ebenso grauen Farbton angenommen wie die der übrigen Wassermenschen, und ihre Haare waren genauso schwarz.

Wir müssen hinter sie gelangen. Aber das ließ sich nur bewerkstelligen, wenn sie einen großen Bogen schwammen. Hartmut packte seinen Dreizack fester und winkte seine Begleiter mit sich.

Die vier Wassermänner folgten ihm bereitwillig. Darunter Valentin, der in einem Beutel eine besondere Waffe mit sich führte. Eine, die sie nur gegen Loretta einsetzen würden.

Hartmut warf dem Bruder der Königin einen Blick zu. Obwohl der junge Mann schwer an seiner Krankheit gelitten hatte, ging es ihm mittlerweile bedeutend besser. Wie sehr seine körperlichen Kräfte tatsächlich zurückgekehrt waren, würde sich allerdings erst zeigen.

Im Rücken der Abwehr hielt Hartmut auf das Ende des Schlachtfeldes zu.

Doch so weit kamen sie nicht, denn ein Lichtstrahl traf einen Verteidiger vor ihm. Ein gellender Schmerzensschrei löste sich von den Lippen des Getroffenen. Ein Angreifer nutzte diese Gelegenheit und stach ihn nieder, ehe er sich Hartmut zuwandte.

Blitzschnell stieß dieser mit seinem Dreizack nach dem Abtrünnigen.

Sein Widersacher wich ebenso behände aus und rief weitere seiner Leute zu sich. »Hier wollen ein paar flüchten!«

Binnen weniger Herzschläge waren Hartmut und seine Begleiter umzingelt. Nun befanden sie sich mitten im Kampf. Schon wurde der Erste seiner Getreuen verletzt. Blut verteilte sich im Wasser. Der Mann stöhnte qualvoll. Hartmut hatte keine Zeit, sich darum zu kümmern, denn ein Angreifer stach mit dem Speer nach ihm. Gerade noch gelang es Hartmut, mit dem Dreizack die Spitze nach unten wegzudrücken. Sein Gegner holte erneut aus, aber Hartmut war schneller. Er stieß seine eigene Waffe in den Bauch seines Widersachers. Sein Kontrahent riss die Augen auf. Mit einem Ruck zog Hartmut den Dreizack zurück – was drei Blutschwaden folgen ließ. Der Schwerverletzte röchelte und krümmte sich. Sein Speer entglitt ihm.

Hastig sah Hartmut sich um. Einer seiner Begleiter war bereits kampfunfähig, die Übrigen setzten sich verbissen zur Wehr. Er stach Valentins Kontrahenten nieder und half einem weiteren seiner Männer. Damit war der Sieg der ihre. Dennoch glitt sein Blick voller Bedauern über die Toten und Verwundeten, die auf den Grund gesunken waren. *Wofür das alles?* »Schwimmt zu den Heilern«, wies er den Verletzten und einen Unversehrten an.

»Aber dann seid ihr ja nur noch zu dritt!« Der Mann presste sich die Hand auf die Stelle, aus der unaufhörlich Blut quoll. Doch ihr Vorhaben schien ihm über die Maßen wichtig zu sein.

»Wir schaffen es auch so.« Hartmut nickte den beiden zu. »Seht zu, dass ihr euch in Sicherheit bringt. Bevor jemand auf die Idee kommt, ihr wärt leichte Gegner.«

Der Unversehrte fasste den anderen am Arm. »Wir sehen euch alle später.« Damit zog er seinen Gefährten mit sich.

»Weiter!« Hartmut schwamm voraus. Er nutzte jeden Baum und jedes Pflanzendickicht, um sich ungesehen vom Schlachtfeld zu entfernen. Immer wieder warf er einen Blick über die Schulter, aber tatsächlich schien ihr Alleingang keinem weiteren der Angreifer oder gar Loretta aufzufallen.

Schließlich ließen sie das Kampfgebiet hinter sich, und Hartmut änderte die Richtung. Von hinten näherten sie sich der Halbschwester des Fürsten und ihren Leibwächtern. Er wandte sich seinen Begleitern zu. »Wir müssen schnell sein und Verwirrung stiften. Valentin ...« Er sah den jungen Mann eindringlich an. »Du öffnest den Beutel erst, wenn du Loretta ganz nahe bist. Nicht, dass dann einer von uns kampfunfähig wird.«

Der Bruder der Königin nickte.

Hartmut richtete den Blick auf seinen anderen Gefährten. »Wir beide attackieren von hinten die Leibwächter. Valentin, du positionierst dich über Lorettas Kopf.«

»Alles klar.« Der Angesprochene klopfte auf den Beutel. »Diese Überraschung wird sie nie vergessen.«

»Bestimmt nicht. Also mach dich auf den Weg.« Er deutete nach oben.

Der Jüngling schwamm Richtung Wasseroberfläche.

Zufrieden beobachtete Hartmut die Halbschwester des Fürsten und ihre Leute vor ihm. Sie alle waren auf den Angriff fixiert. Niemand sah nach oben oder hinter sich. Und aus sicherer Entfernung betrachtet war es ja auch ein eindrucksvolles Spektakel.

Lichtstrahlen zuckten durchs Wasser und erleuchteten für einen Herzschlag gleißend hell das Geschehen. Loretta riss ihren Arm mit der Waffe von einer Seite auf die andere, offenbar ganz, wie es ihr beliebte, um die Blitze gleichmäßig über das Schlachtfeld zu verteilen.

Hartmut sah wieder nach oben. Valentin war nur noch fünf Manneslängen von den Leibwächtern entfernt. Grimmig presste Hartmut die Lippen aufeinander. Ein Blick zu seinem anderen Getreuen. Sein Begleiter bestätigte mit einem Nicken, dass er bereit war.

»Los!«, stieß Hartmut aus. Mit kräftigen Flossenschlägen erreichten sie binnen weniger Augenblicke die Wachen.

Der Angriff traf Lorettas Leibwächter unvorbereitet.

Hartmut bohrte seinen Dreizack in den Rücken eines Mannes, riss die Waffe heraus und stieß erneut zu. Sein Unterstützer machte einen weiteren Gegner nieder.

Blieb nur noch ein Wachmann – und Loretta, die sich umgewandt hatte, die Lichtwaffe erhoben.

»Feiglinge!« Die Königinschwester verzerrte das Gesicht zu einer grausamen Fratze. Ein Lichtstrahl zuckte aus dem Zepter und traf Hartmuts Getreuen. Augenblicklich verlor der Mann das Bewusstsein und sank auf den Grund.

Zeit, um irgendetwas zu empfinden, blieb Hartmut allerdings keine. Der dritte Leibwächter stieß mit dem Speer nach ihm. Gewandt wich er aus und griff seinerseits an. Aber auch sein Kontrahent erwies sich als äußerst behände.

»Spieß ihn auf!«, brüllte Loretta. Ein weiterer Lichtstrahl löste sich aus dem Zepter, prallte am Untergrund ab und verfehlte Hartmut nur um eine Handbreit.

Was ist mit Valentin? Er riskierte einen Blick nach oben.

Den Speer unter einen Arm geklemmt nestelte der Bruder der Königin an dem Knoten des Beutels, der sich offenbar nicht lösen wollte.

Verdammt!

Ein heftiger Schmerz ließ Hartmut zur Seite taumeln. Dass er einen Augenblick abgelenkt gewesen war, hatte sein Widersacher genutzt, um zuzustechen.

Die klaffende Wunde in Hartmuts Schwanzflosse blutete nicht nur entsetzlich, sie sandte Wellen von Schmerz durch seinen Körper.

Er biss die Zähne zusammen.

Sein Kontrahent verzog verächtlich das Gesicht und griff erneut an.

Gerade noch entging Hartmut der Attacke. Aber er spürte seine Kräfte schwinden.

Valentin ... Hilf mir doch endlich!

Ein neuer Lichtstrahl zuckte durchs Wasser. Das Gleißen hüllte den Körper von Hartmuts bewusstlosem Gefährten ein. Gefolgt von schauderhaftem Gestank, als Haut, Haare und Fleisch verschmorten.

»So wirst auch du enden!«, kreischte Loretta. Nur um gleich darauf einen überraschten Laut von sich zu geben.

Ein Schrei, der den Leibwächter verblüffte. Und nun war es an Hartmut, diese Gelegenheit zu nutzen. Er stieß mit dem Dreizack den Arm seines Gegners beiseite und rammte ihm die Waffe ins Gesicht.

Sein Widersacher heulte auf. Ebenso wie Loretta. Die Königinschwester schlug wild um sich, um die Schlingpflanze loszuwerden, die sich um ihren Hals gewunden hatte – was unerträglichen Juckreiz bewirkte. Diese leidvolle Erfahrung wollte Hartmut nicht noch einmal erleben.

Aber dass Loretta völlig außer sich war, bedeutete auch, dass sie die Lichtwaffe überhaupt nicht mehr unter Kontrolle hatte. Gleißende Strahlen zuckten durchs Wasser und trafen weitere Menschen.

»Kümmere dich um den Leibwächter«, wies Hartmut den Bruder der Königin an. Er selbst musste dessen Halbschwester bändigen, ehe er sich der Waffe widmen konnte.

Von hinten schwamm er an Loretta heran und drückte ihr den Dreizack in den Rücken. »Ergebt Euch, und Euch wird nichts geschehen.«

Das Röcheln des Wachmannes kündete davon, dass Valentin seinen Auftrag erfüllt hatte.

»Niemals!«, stieß Loretta aus. Für einen Augenblick schien der unerträgliche Juckreiz vergessen. Sie versuchte, sich umzuwenden, doch Hartmut übte noch mehr Druck mit seiner Waffe aus. Blutstropfen quollen hervor. Nun hielt die Verräterin in ihrer Gegenwehr inne.

Valentin schwamm neben ihn. Von hinten schlang er ein Seil um Lorettas Bauch und ihre Ellbogen.

»Zieh den Knoten schön stramm«, wies Hartmut ihn an, ehe er dessen Halbschwester die Lichtwaffe entwand. Dabei löste sich erneut ein Strahl, der nach oben ging, aber offenbar wirkungslos verpuffte.

»Nehmt endlich das Ding von meinem Hals!«, kreischte Loretta, woraufhin Valentin mit seinem Speer vorsichtig die Pflanze entfernte.

»Halt sie gut fest.« Hartmut selbst ließ die Verräterin los. Sein Herz pochte heftig. Hitze flutete durch seinen Körper. Nun, da die allergrößte Gefahr vorüber war, wurde ihm bewusst, wie schwach er sich fühlte. Aber noch musste er durchhalten. Nach wie vor lösten sich Lichtstrahlen aus der Waffe. Wie er es bei Loretta gesehen hatte, tippte er dreimal gegen das stumpfe Ende und entfernte eine Perle. Damit erloschen die Blitze. Allerdings entglitt seinen Fingern die Perle und sank auf den Grund. Kurz verspürte Hartmut Bedauern, doch es war wohl besser so. Die Lichtwaffe sollte nicht mehr zum Einsatz kommen.

Endlich wandte er sich wieder der Gefangenen und Valentin zu. Offenbar zu hastig, wie ihm das Flimmern in seinem Sichtfeld verdeutlichte. Unwillig schüttelte er den Kopf, um seine Sinne zu klären. Dadurch bemerkte er die näherkommenden Angreifer erst, als sie ihn schon fast erreicht hatten.

Augenblicklich spannte er die Muskeln an. *Vier Kämpfer – und wir sind nur zu zweit.* Er ließ das nutzlose Zepter fallen.

»Helft mir!«, rief Loretta. Nun wehrte sie sich erneut, sodass Valentin Mühe hatte, sie festzuhalten.

Hartmut schwamm vor die Verräterin. »Ergebt euch! Wir haben eure Königin gefangen genommen, die Schlacht ist entschieden.«

»Ist sie nicht!« Lorettas Stimme überschlug sich beinahe. »Der Kampf ist in vollem Gange, wir können immer noch siegen!«

Der Vorderste der Wassermänner verzog das Gesicht. »Nein.« Er richtete seinen Blick auf Hartmut. »Wir legen die Waffen nieder.«

Loretta heulte auf. »Verräter!«

Erleichterung breitete sich in Hartmut aus. Seine Verletzung blutete weiterhin und vor seinen Augen flimmerte es wieder. Unter diesen Umständen einen Kampf zu bestreiten, wäre unmöglich. Das wollte er sich allerdings nicht anmerken lassen. »Dann übergebt mir eure Speere.« Er streckte die freie Hand aus.

Drei der Wassermänner folgten seiner Aufforderung. Als ihr Sprecher an der Reihe war, schwamm er zwar zu Hartmut – aber an ihm vorbei. *Eine Täuschung!*, durchzuckte es ihn. Hartmut ließ die Speere fallen und warf sich herum, den Dreizack erhoben.

Ein Aufblitzen in Lorettas Augen. Sie wehrte sich heftig gegen den Klammergriff ihres Halbbruders.

Ihr Untergebener holte mit der Waffenhand aus.

Mit einem Flossenschlag brachte Hartmut sich an den Angreifer heran, doch er wusste, er war den einen entscheidenden Augenblick zu spät. Valentin reagierte zu langsam auf den Angriff.

Sein Gegner stieß zu und rammte die Spitze seines Speers in Lorettas Brust.

Ein Schrei entrang sich ihrer Kehle.

Hitze durchwogte Hartmut. Auch Valentin schrie auf, doch er konnte nicht seine Halbschwester festhalten und gleichzeitig auf den Angreifer losgehen, der erneut ausholte.

Hartmut stach mit dem Dreizack nach dem Unbekannten. Aber der Mann wich behände aus. Das Flimmern vor Hartmuts Augen hinderte ihn an einer weiteren Attacke.

Der Verräter hingegen durchbohrte neuerlich Lorettas Brust.

Ein qualvolles Röcheln kam aus ihrem Mund – gefolgt von Blut.

Sie darf nicht sterben! Hartmut wusste, dass dies nur noch Wunschdenken war. Dennoch ging er mit letzter Kraft wieder auf seinen Gegner los.

Abrupt ließ sich der Fremde zu Boden sinken – Hartmuts Dreizack stach lediglich durch Wasser.

Valentin zerrte seine Halbschwester mit sich, in dem Bemühen, sie von dem Angreifer fortzubringen.

Der jedoch hob die Lichtwaffe auf. Ein schmieriges Lächeln breitete sich auf seinem Gesicht aus. »Nun ist sie mein!« Schon richtete sein Blick sich auf den Boden.

Um nach der Perle zu suchen! Offenbar handelte es sich bei dem Kämpfer nicht um einen gewöhnlichen Verräter, sondern um jemanden, der sich selbst an die Spitze setzen wollte. Und dessen Untergebene folgten ihm auf den Grund, um nach ihren Speeren zu greifen. Es war unmöglich, gegen sie alle zu bestehen. Doch Hartmut musste um jeden Preis verhindern, dass sein Widersacher neuerlich die Lichtwaffe einsetzte.

Trotz seiner Schwäche ließ er sich ebenfalls tiefer sinken und stach mit dem Dreizack nach dem Anführer der Unbekannten. Aber seine Bewegungen waren viel zu träge. Der Mann bemerkte sein Näherkommen und wich aus. Nur eine Zacke von Hartmuts Waffe streifte den Fischschwanz.

Allerdings schlug sein Gegner zurück. Sein Speer durchbohrte Hartmut unterhalb des Schlüsselbeines. Unbarmherzig riss sein Widersacher die Spitze aus der Wunde.

Schlagartig hüllten flirrende Lichtpunkte Hartmut ein. Seine Sicht verschwamm. Laute Rufe drangen undeutlich zu ihm, doch er konnte kein Wort verstehen.

Starke Arme packten ihn zu beiden Seiten.

Er versuchte, sich zu wehren. Vergeblich. Unerbittlich zogen die Männer ihn mit sich.

Verbundenheit

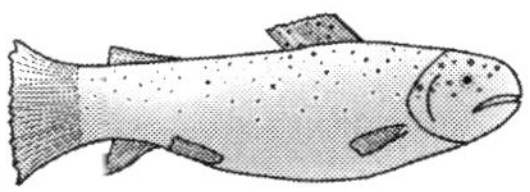

»Ihr solltet ihm noch ein bisschen Ruhe gönnen.«

»Wie lange?«

»Bis morgen Früh.«

»Das ist zu lange!«

Undeutlich drangen die Stimmen in Hartmuts Bewusstsein. Seine Erschöpfung hatte ihn vollkommen übermannt. Bruchstückhaft erinnerte er sich daran, dass jemand ihn mit sich geschleppt hatte. *Wohin?*

Er schlug die Augen auf. Hartmut lag auf einer bequemen Lagerstatt, mit einer Wolldecke zugedeckt. Die dunkle Seite des Halbmonds hatte also weder ihn noch Almira verschlungen. Ein Fiepsen ließ ihn zu seinen Füßen blicken. »Ragna!«, wollte er ausrufen. Doch es kam nur ein Krächzen über seine Lippen.

Das Ceppi freute sich dennoch. Eifrig leckte es seine Hand ab.

Verwirrt blickte er sich um. Unzählige Blätter der Lichtbäume erhellten den kleinen Raum. Auf einem Tisch standen ein Wasserkrug und ein Becher. Hartmut fuhr sich mit der Zunge über die trockenen Lippen. Wasser, danach sehnte er sich. Obwohl die Schmerzen deutlich nachgelassen hatten, fühlte er sich völlig entkräftet. Er war zu schwach, um aufzustehen und zum Tisch zu gehen.

In dem Versuch, sich daran zu erinnern, wie er hierher gekommen war, sah er an sich herab. Er trug einen naturfarbenen

Kittel – aber darunter? Vorsichtig tastete er nach seiner Wunde unterhalb des Schlüsselbeins. Sie hatte sich bereits geschlossen. *Die Blisteralge*, vermutete er. Auch die Verletzung am Oberschenkel schmerzte nur noch wenig. Jemand hatte ihn gut versorgt. Und ihm ermöglicht, in seiner zweibeinigen Gestalt im Bett zu liegen.

»Ich sehe selbst nach ihm«, drang von draußen abermals eine aufgebrachte Stimme herein.

Theodora!, erkannte Hartmut nun. Gleich darauf wurde die Tür aufgerissen und die Schritte von zwei Menschen näherten sich dem Bett.

»Da siehst du«, entfuhr es der Königin. »Er ist ohnehin schon wach.«

»Dennoch sollte er ruhen«, gab eine männliche Stimme zu bedenken.

Hartmut wandte den Kopf. Neben Theodora stand ein hochgewachsener Mann, ebenso in einen hellen Kittel gekleidet. *Ein Heiler?*

»Hartmut!« In den Augen der Königin schimmerten Tränen. »Ich habe mir solche Sorgen gemacht.«

»Dazu gibt es keinen Grund.« Er versuchte ein Lächeln. »Offenbar bin ich in guten Händen.«

Sie nickte. »In den Besten.«

Die Mundwinkel des Heilers hoben sich.

»Was ...« Hartmut strich sich über die Stirn. »Was ist geschehen?«

Theodoras Gesicht verdüsterte sich. »Der Sieg ist unser, aber Loretta ist tot. Auch die Blisteralge konnte sie nicht retten.«

Damit war eine Befürchtung eingetreten. »Das tut mir leid.« Bedrückt senkte er den Blick. »Wir hatten sie völlig unblutig in Gewahrsam, Valentin und ich. Bis diese Männer zu uns gestoßen sind.« Fragend sah er wieder zu ihr.

Sie biss sich auf die Unterlippe. »Mein Verlobter.«

»Euer ...« Hartmut fehlten die Worte.

»Giso hat eingesehen, dass er einen schweren Fehler begangen hat«, erklärte Theodora. »Den wollte er wiedergutmachen, indem er Loretta umgebracht hat.« Sie blickte zur Seite. Nach wie vor schimmerten Tränen in ihren Augen. Aus Trauer um ihre tote Halbschwester? Oder rührte die Tat ihres Verlobten sie so sehr – als Treuebeweis?

Bruchstückhaft blitzten die Augenblicke, ehe er das Bewusstsein verloren hatte, in Hartmut auf. »Ich wollte ihn um jeden Preis daran hindern, dass er Loretta tötet. Kann sein, dass ich ihn verletzt habe.«

Theodora vollführte eine wegwerfende Handbewegung. »Seine Wunden sind unbedeutend.« Sie blinzelte die Tränen fort. »Einige meiner Männer wurden auf euren Kampf aufmerksam und sind dir und Valentin zu Hilfe geeilt. Sie haben dich zu mir gebracht.«

»Aber ...« Verwirrt schüttelte er den Kopf. »Warum hat Euer Verlobter Loretta umgebracht? Ich meine, sie ist Eure Halbschwester, er konnte doch nicht ernsthaft denken ...« Er verstummte. Es ging nicht an, dass er Gisos Verhalten infrage stellte.

Der Verlobte der Königin! Dagegen fühlte Hartmut sich als unbedeutender Wicht. War er zu weit gegangen?

Theodora seufzte. »Giso ist der Meinung, dass Lorettas Tod den Kampf endgültig zu unseren Gunsten entschieden hat. Und hätte sie weitergelebt, wäre sie eine Gefahr gewesen. Denn möglicherweise würde es immer Menschen geben, die sie als die bessere Königin ansehen.«

»Damit könnte er recht haben.« Mit einem Mal fühlte Hartmut sich innerlich leer. Giso hatte bereits seinen Anspruch an Theodoras Seite geltend gemacht, indem er sie davor beschützte, dass ihre Familienbande sie zu weichherzigen Entscheidungen verleiteten. Nun bereitete ihm Ragnas Anblick ebenso keine Freude mehr wie die Sorge der Königin. *Sie gilt nur einem ihrer Krieger.*

»Hast du Durst?« Die Frage des Heilers stellte eine willkommene Unterbrechung seiner trübsinnigen Gedanken dar.

Er nickte dankbar, woraufhin der Mann ihm einen Becher Wasser eingoss.

Beflissen half die Königin Hartmut, sich aufzurichten, und stopfte zwei Kissen in seinen Rücken.

Der Heiler hielt ihm das Gefäß an die Lippen.

Was für eine Wohltat! Hartmut trank in kleinen Schlucken.

»Du solltest nun wieder schlafen«, befand der Mann und nahm die Kissen in seinem Rücken fort, während Theodora ihm half, sich hinzulegen.

Tatsächlich hatte das Gespräch Hartmut erschöpft. Ragna rollte sich zu seinen Füßen zusammen, und auch er schloss die Augen. Er hatte genug gehört, um am liebsten in eine Traumwelt zu versinken.

Doch Theodora ließ sich am Bettrand nieder. »Geh«, wies sie den Heiler an. »Ich komme gleich nach.«

Der Mann brummte unwillig, verließ aber den Raum.

Was wollte die Königin noch hier? Anspannung erfasste Hartmut. Dennoch tat er so, als hätte die Müdigkeit ihn erneut eingeholt und atmete bemüht gleichmäßig.

Nachdem der Heiler die Tür hinter sich geschlossen hatte, strich Theodora Hartmut über das Gesicht. Ihre Berührung war kaum mehr als ein Hauch.

Er ließ es geschehen und gab weiterhin vor, zu schlafen. Sanft legte sie ihm eine Hand auf die Stirn, die andere aufs Herz. Sein Puls beschleunigte sich. Was tat sie da? Was sollte der Heiler nicht sehen?

Binnen eines Atemzugs raubte ein Stechen in Hartmuts Brust ihm fast den Atem. Er riss die Augen auf. Ein rotes Glühen umhüllte seinen Körper – und es schien von Theodoras Hand auszugehen. Entsetzen packte ihn. Dieses eigenartige Leuchten kannte er von damals, als ihre Mutter ihn verflucht hatte.

»Was tut Ihr mir an?«, krächzte er.

Wollte die Königin ihn töten? Nun, da sie ihn nicht mehr brauchte? Immerhin hatte er das Heilmittel beschafft und ihr Verlobter war auch wieder hier. Für Theodora mochte er nur noch ein Ärgernis darstellen.

Er wollte sie von sich stoßen, doch er schaffte es nicht einmal, eine Hand zu heben. Die Schmerzen raubten ihm jegliche Kraft.

»Bitte entschuldige.« Sie lächelte traurig. Gleich darauf verblasste das rote Glühen und die Pein verschwand so schnell, wie sie gekommen war. »Mutter hat mir gesagt, dass es weh tun wird. Leider ging es nicht anders, aber dafür bist du den Fluch los. In einer Woche ist Neumond, und keine Verwünschung soll dich dann quälen.«

Hartmut blinzelte verwirrt. *Das* war ihr wichtig gewesen? Aus welchem Grund? Und wie war das überhaupt möglich? »Ich dachte ... Der Fluch löst sich nur auf, wenn ich ...« Er brachte das Wort kaum über die Lippen. »... heirate.«

Sie schüttelte den Kopf. »Das war Mutters Wunsch, also hat sie dir das gesagt, aber ausschlaggebend ist, dass du deinen Hochmut abgelegt und gelernt hast, demütig zu sein. Das hast du bewiesen, indem du mit dem Heilmittel zurückgekehrt bist und mir und dem Volk von Almira bedingungslos zur Seite gestanden hast. Nun ist es nur noch auf die richtige Berührung angekommen.«

»Dann ... Dann ist das der Lohn für meine Dienste?«, fragte er vorsichtig.

»Wenn du es so sehen willst: Ja.« Sie blickte kurz auf ihre Hände, ehe sie ihn wieder ansah. »Mein Wunsch ist, dir die freie Wahl zu lassen. Durch deine Taten hast du einen Platz in den Herzen der Einwohner von Almira. Sie nehmen dich mit Freuden auf. Allerdings ist das Blut des Wasservolkes in dir nicht so ausgeprägt, wie es bei Loretta der Fall war. Du wirst die Dunkelalge nutzen müssen, um dich in deine Gestalt als

Wassermann zu verwandeln. Oder du gehst zurück an Land ...«

Er atmete tief ein und aus. An Land ... Was sollte er noch dort? Er hatte seinen Fürsten verraten und trug Schuld am Tod von dessen Halbschwester. Die einzige Möglichkeit wäre, fortzugehen und ein völlig neues Leben zu beginnen. Das wäre mit vielen Härten und Entbehrungen verbunden. In Almira hingegen würde er zusehen müssen, wie Theodora ihr Lebensglück mit einem anderen Mann genoss. Würde er das ertragen?

»Wann findet die Hochzeit statt?«, wollte er wissen.

Überrascht hob sie die Augenbrauen. »Hast du es plötzlich eilig? Du hast mir damals nicht geantwortet, deshalb dachte ich ...« Sie verstummte.

Ein Hoffnungsfunke stahl sich in sein Herz, so zart, dass er kaum daran glauben konnte. Dennoch griff Hartmut nach Theodoras Hand. »Bitte erklärt mir, was Ihr möchtet. Von mir.« Er sah in ihre Augen.

Sie erwiderte seinen Blick, zunächst schweigend, erst nach zwei Atemzügen, antwortete sie: »Gleich einmal: Mir wäre die vertrauliche Anrede lieber. Wir haben so vieles miteinander geteilt, ich möchte nicht einfach nur die Königin für dich sein.«

Das kam unerwartet. Trotz seiner Zweifel breitete sich Wärme in Hartmuts Herz aus. »Und mit welchem Namen darf ich dich ansprechen?«

Ein Lächeln stahl sich auf ihre Lippen. »Thea mag ich am meisten.«

Nun lächelte auch er. Sie schob ihn keineswegs beiseite, obwohl ihr Verlobter wieder in ihr Leben zurückgekehrt war. »Aber wird Giso das recht sein, dass du vertrauten Umgang mit mir hast?«

Sie zuckte mit den Schultern. »Denkst du wirklich, ich würde ihn danach fragen? Er sitzt im Kerker und wartet auf sein Urteil.«

Einen Moment lang schwieg Hartmut. »Du hast ihn also

nicht in Gnaden wieder aufgenommen?«, vergewisserte er sich.

Sie rümpfte die Nase. »Giso ist ein Verräter, und das gleich zweimal. Valentin hat mir berichtet, er hätte die Lichtwaffe an sich genommen. Nicht, um sie mir auszuhändigen, wie Giso selbst behauptet, sondern um sich zum Anführer zu machen. Ihm ist nicht zu trauen.«

Hartmut atmete auf. Nun erkannte er endgültig, dass er die falschen Schlüsse gezogen hatte. »Ich dachte nur, da es ihm so wichtig ist, dir ergeben zu dienen ...«

Sie schnaubte. »Das hätte ihm früher einfallen müssen. Das Einzige, das ihm tatsächlich etwas bedeutet, ist, sein Leben zu retten. Aber das wird ihm nicht gelingen.« Theodora atmete tief durch, ehe sie seine Hand drückte. »Mit dir hingegen ... Du hast mir bewiesen, dass du immer an meiner Seite bist, was auch geschieht. Deshalb bitte ich dich noch einmal um deine Antwort: Möchtest du mein Gemahl werden?«

Heftige Gefühle wallten in Hartmut hoch: für die Frau, die er liebte. Eine Frau, die sich keinerlei Vorteil davon versprach, dass er sie heiratete – und die dennoch all ihr Vertrauen in ihn setzte.

Glückseligkeit durchströmte ihn. Er spürte eine Träne in seinem Augenwinkel. »Ja, das möchte ich von ganzem Herzen.«

Ein Leuchten trat in ihre Augen. Sie beugte sich zu ihm und küsste ihn sanft.

Epilog

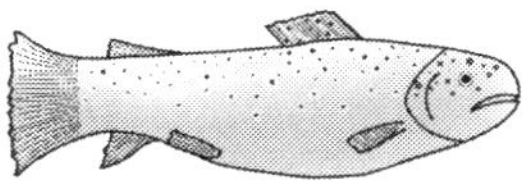

»Wie vereinbart.« Hartmut legte den prall gefüllten Sack auf den Tisch. »Wir haben Euch sogar noch ein paar Muscheln dazugegeben.«

»Sehr großzügig.« Der Fürst nickte ihm und Theodora zu und wies auf die kostbaren Stoffballen am anderen Ende des Tisches.

Die Halle, die Hartmut so gut kannte, kam ihm viel kälter vor, als er sie in Erinnerung hatte. Und auch finsterer. Nie hätte er sich vorstellen können, dass er hierher zurückkehrte – an Theodoras Seite, als Anführer des Wasservolks.

Sein zärtlicher Blick glitt über die Halskette der Königin und dem Anhänger in Form eines breiten Sichelmondes. Ein unregelmäßig geformter Rosenquarz zierte das Schmuckstück, eingebettet in die Splitter von Opalen. Hartmuts Hochzeitsgeschenk, erworben mit all seinem verbliebenen Besitz auf der Burg.

Nach Lorettas Tod hatte der Fürst keine Möglichkeit mehr gehabt, in Kontakt mit dem Wasservolk zu treten, um die wertvollen weißen Muscheln zu ertauschen. Hartmut hatte dies als Gelegenheit gesehen, die ehemals friedvolle Beziehung wiederherzustellen.

Tatsächlich hatte die Gier des Fürsten gesiegt, denn niemand sonst handelte mit diesen Kostbarkeiten.

»Packt die Stoffe ein«, wies Hartmut die Wachmänner an, die ihn und Theodora begleiteten.

Die Wächter verstauten die wertvolle Ware in abgedichteten Säcken.

»Es war mir eine Ehre.« Der Fürst verneigte sich leicht vor Theodora. »Bis zum Herbst.«

»Ganz meinerseits.« Sie erwiderte die Geste, ehe sie Hartmut anlächelte.

Er gab den Wachmännern ein Zeichen, woraufhin sie sich die Säcke auf die Schultern luden und aus der Halle stapften. Da der Kräuterzauber die Wassermenschen nur für zwei Stunden an Land in ihre zweibeinige Gestalt verwandelte, war die Zeit auf der Burg eng begrenzt. Hartmut war froh darüber, denn hier hielt ihn nichts.

Am Ufer der Donau legten erst er und Theodora ihre Kleider ab und verstauten sie in Beuteln. Hartmut schlang die Dunkelalge um sein Handgelenk, für die Königin genügte es, ins Wasser zu steigen, um sich zu verwandeln.

Auch der Weg durch die Donau war Hartmut mittlerweile wohlvertraut. Ohne zu zögern, schwamm er in den Tunnel mit den bläulichen Tentakelwesen. Hinein in die dunklen Wasser von Almira. Seiner Heimat.

Die Community für alle, die meine Bücher lieben

Die heißesten News zu meinen Fantasybüchern erhalten

In meinem Newsletter bekommst du

* Eine mystische Kurzgeschichte mit Figuren, so lebendig wie im echten Leben
* Alle Infos zu kommenden Neuerscheinungen
* Textschnipsel aus den Büchern, an denen ich gerade schreibe
* Hintergrundinfos zu spannenden Recherche-Themen
* Einblick in mein Autorenleben
* Weitere Kurzgeschichten zu den Buchfiguren, die du nur im Newsletter lesen kannst

Jetzt kostenlos anmelden:
bernadetteoffenberger.at/newsletter

Hat dir mein Buch gefallen?

Hey, schön, dass du meine mystische Geschichte gelesen hast!

Wenn dir mein Buch gefallen hat, schreib mir gerne eine Rezension im Internet. Die kann kurz oder lang sein, ganz wie du magst.

Ich bin Selfpublisherin, das heißt, ich veröffentliche meine Bücher selbst. Deshalb ist es für mich so toll, eine Bewertung von dir zu bekommen. Denn das schenkt meinen Romanen mehr Sichtbarkeit und motiviert mich, noch mehr Bücher zu schreiben.

Danke für deine Zeit und deine Mühe!

Danksagung

Danke, liebe Leserin, lieber Leser, dass du mich in meine mystische Welt begleitet hast!

Bei »Hüter der Donau« haben mich großartige Menschen unterstützt:

Ein großes Dankeschön an meine Lektorin, Veronika Moosbuchner: Du hast mir gezeigt, an welchen Stellen ich die Geschichte noch abrunden kann und wie ich das Beste aus meinem Text heraushole. Deine Rückmeldungen haben meine Geschichte enorm bereichert.

Danke an meinen Mann und unsere Kinder! Wann immer ich euren Rat zur Entwicklung der Geschichte und der Figuren gebraucht habe, wart ihr für mich da.

Danke an meine Tochter Fee, dass du mir bei der Gestaltung des Covers zur Seite gestanden hast, und für die Illustration für die Kapitelzierde.

Danke an meinen Sohn Alexander für die Idee, besondere »Wollies« als Haustiere für die Königin in die Geschichte aufzunehmen.

Herzlichen Dank an alle, die meine Bücher lesen und weiterempfehlen!

SKORPION-EPOS

Absolute Macht. Die Hohepriesterin übt sie aus. Die Druiden wollen sie brechen. Der Meister des dunklen Ordens strebt danach.
Sie alle richten ihr Augenmerk auf Luca. Denn das Schicksal des Jungen ist eng mit dem Kampf um die Vorherrschaft verknüpft. Seine hellsichtigen Fähigkeiten werden über den Sieg entscheiden. Aber Luca weiß: Er muss sich zur Wehr setzen. Niemand soll sein Talent für eigennützige Zwecke missbrauchen.

Prophezeiungen, dunkle Rituale und mystische Plätze – historische Fantasy im Waldviertel in der Jungsteinzeit

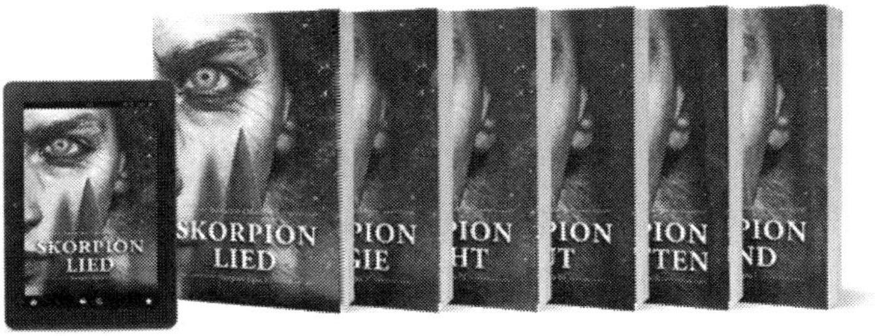

Hier meine Bücher lesen: bernadetteoffenberger.at/buecher

BONUSSTORY
Die Vorgeschichte zu meinem Skorpion-Epos bekommst du in meinem Newsletter: bernadetteoffenberger.at/newsletter

Skorpion-Epos I

SKORPIONMOND

Ein hellsichtig begabter Junge – und der Meister des dunklen Ordens

Mit seinen übersinnlichen Fähigkeiten gelingt es Luca, eine einzelgängerische Wölfin aufzuspüren. In seinem Dorf gilt er für seinen Erfolg als Held. Dennoch verweigert Lucas Vater ihm den Wunsch, in seine Fußstapfen als Jäger zu treten. Luca soll zum Druiden ausgebildet werden.
Doch ehe es dazu kommt, tauchen finstere Gestalten am Haus seiner Eltern auf. Der Meister des dunklen Ordens will Lucas Talent für seine eigenen Zwecke nutzen. Dabei kennt er keine Gnade.
Luca muss in die Wälder fliehen. Sein einziger Schutz ist ein magisches Amulett – und seine Verfolger sind ihm auf den Fersen.

Prophezeiungen, dunkle Rituale und mystische Plätze – historische Fantasy im Waldviertel in der Jungsteinzeit

Mehr zu diesem Buch findest du hier:
bernadetteoffenberger.at/skorpionmond

BONUSSTORY
Die Vorgeschichte zu meinem Skorpion-Epos bekommst du in meinem Newsletter: bernadetteoffenberger.at/newsletter

Skorpion-Epos II

SKORPIONSCHATTEN

Ein hellsichtig begabter Junge – und eine Hohepriesterin, die auch vor Mord nicht zurückschreckt

Um den finsteren Plänen der Priesterinnen zu entgehen, flieht Luca aus ihrem Heiligtum. Und trifft auf einen noch schlimmeren Feind: Arin, den Handlanger des dunklen Meisters. Er will Luca in seine Gewalt bringen.
Doch Luca setzt sich zur Wehr. Ein erbitterter Wettlauf entbrennt. Nicht nur Arin hat es auf Luca abgesehen – auch die Wächterinnen der Hohepriesterin schrecken vor nichts zurück, um ihn in die Hände zu bekommen. Bis Lucas Freundin Rhian zwischen die Fronten gerät.

Prophezeiungen, dunkle Rituale und mystische Plätze – historische Fantasy im Waldviertel in der Jungsteinzeit

Dieses Buch hier lesen:
bernadetteoffenberger.at/skorpionschatten

BONUSSTORY
Die Vorgeschichte zu meinem Skorpion-Epos bekommst du in meinem Newsletter: bernadetteoffenberger.at/newsletter

Skorpion-Epos III

SKORPIONBLUT

Ein hellsichtig begabter Junge – in den Fängen des dunklen Ordens

Von der Hohepriesterin verraten, setzt Luca alles daran, den Izenern zu entkommen. Aber auch seine Freundin Rhian befindet sich in ihrer Gewalt – und eine Flucht ist unmöglich. Jede Hilfe versagt. Arin wird sie beide zu seinem Meister bringen. Dort steht Luca ein ganz besonderes Einweihungsritual bevor, das ihn der dunklen Göttin verpflichten wird. Um jeden Preis muss er diesen Bund verhindern. Denn ihn kann nur der Tod wieder auflösen.
Doch auf dem Weg zum Meister kommt es zu einem ungeahnten Aufeinandertreffen. Mit einem Mal tut sich eine gänzlich andere Bedrohung vor Luca auf. Und nicht nur sein eigenes Leben ist in Gefahr.

Prophezeiungen, dunkle Rituale und mystische Plätze – historische Fantasy im Waldviertel in der Jungsteinzeit

Dieses Buch hier bestellen:
bernadetteoffenberger.at/skorpionblut

BONUSSTORY
Die Vorgeschichte zu meinem Skorpion-Epos bekommst du in meinem Newsletter: bernadetteoffenberger.at/newsletter

Skorpion-Epos V

SKORPIONMAGIE

Ein hellsichtig begabter Druidenschüler – und sein Vater

Verbissen kämpft Luca gegen die Izener, die ihn vom Beltane-Fest entführt haben. Mithilfe eines alten Freundes gelingt es ihm, sich zu befreien.
Aber statt zu den Druiden zurückzukehren, beschließt Luca, den Orden zu verlassen. Die Zeit ist gekommen, endlich nach seinem vermissten Vater zu suchen. Der hat Luca jedoch längst gefunden – und verfolgt einen skrupellosen Plan.

Prophezeiungen, dunkle Rituale und mystische Plätze – historische Fantasy im Waldviertel in der Jungsteinzeit

Dieses Buch jetzt lesen:
bernadetteoffenberger.at/skorpionmagie

BONUSSTORY
Die Vorgeschichte zu meinem Skorpion-Epos bekommst du in meinem Newsletter: bernadetteoffenberger.at/newsletter

Skorpion-Epos VI

SKORPIONLIED

Ein hellsichtig begabter Druidenschüler – im Kampf um die Macht

Um seiner Hinrichtung zu entgehen, flieht Luca aus dem Heiligtum der Priesterinnen. Doch einer seiner Retter liefert ihn an den ehemaligen Druiden Tamus aus. Der Abtrünnige plant, die Priesterinnen und Druiden zu vernichten – mithilfe von Lucas Freundin Rhian. Ihr besonderer Gesang verleiht seinen Gefolgsleuten Unverwundbarkeit. Für Luca gibt es nur einen Weg, die Niederlage seiner Freunde abzuwenden: Er muss Rhian befreien.
Aber auch die Izener machen sich bereit, die Macht an sich zu reißen. Der Kampf steht unmittelbar bevor ...

Prophezeiungen, dunkle Rituale und mystische Plätze – historische Fantasy im Waldviertel in der Jungsteinzeit

Dieses Buch hier bestellen:
bernadetteoffenberger.at/skorpionlied

BONUSSTORY
Die Vorgeschichte zu meinem Skorpion-Epos bekommst du in meinem Newsletter: bernadetteoffenberger.at/newsletter

Mystische Wald-Schauplätze

Die mystischen Plätze in den Wäldern meiner Fantasybücher habe ich nicht erfunden. Sie existieren auch in Wirklichkeit im Norden Österreichs.

Alle diese Plätze habe ich schon oft aufgesucht und ihre Schwingungen auf mich wirken lassen.

Du kannst sie auch selbst erforschen, denn sie befinden sich frei zugänglich im Wald.

Fotos von diesen Plätzen findest du auf meiner Website:
bernadetteoffenberger.at/mystische-plaetze

Über mich als Autorin

Hey, ich bin Bernadette, Autorin für historische Fantasy. Am liebsten schreibe ich mystische Geschichten mit tiefgründigen Figuren.

Mit meinen Fantasybüchern erschaffe ich Welten, in die du versinken kannst: Schauplätze in den Wäldern, die es auch in Wirklichkeit gibt, Figuren mit außergewöhnlichen Fähigkeiten und eine Geschichte voller Emotionen.

Auf Ideen für meine Bücher komme ich bei langen Spaziergängen und Wanderungen oder bei einem Ausflug ins Museum.

Mehr über mich findest du auf meiner Website:
bernadetteoffenberger.at

Impressum

Lektorat
Veronika Moosbuchner (lektorat-moosbuchner.de)

Coverbild
Bernadette Offenberger und Fee Offenberger

Kapitelzierde
Fee Offenberger

Herausgeberin
Bernadette Offenberger, Schulgasse 2/Lokal 3, 3353 Seitenstetten

ISBN
9798333460448

Imprint
Independently published

Printed in Poland
by Amazon Fulfillment
Poland Sp. z o.o., Wrocław
09 April 2025

0987e82f-f3bb-48b2-877c-aabdd0bd6de0R01